大畫情聖
一
畫龍點睛
上山打老虎 著

【目錄】

第一章
史上最強藝術大盜

「為什麼周小姐天生麗質，那周恆卻是個標準的豬八戒模樣？
一個是富家小姐，一個是雜役，不知有沒有機會？
不對，我沈傲是誰？堂堂的藝術大盜，怎麼會配不上她？
好，我要去做書僮，先進了內府再說。」

「現在插播一條最新新聞。」電視中，面帶微笑的主播聲音很圓潤，隨即電視螢幕畫面一轉，一個衣冠楚楚的男子出現在觀眾們的眼簾。

「著名的藝術大盜沈傲今日在逃避國際刑警組織過程中墜崖身亡，有關部門就事發地點組織搜尋，已找到相關遺物，暫時還沒有尋找到屍體。」

「讓我們來回顧一下沈傲的犯罪過程。二〇〇一年，沈傲偽造明清時期傳世作品《五彩竹林七賢圖瓷器》，獲利七千萬元人民幣。此後該嫌犯瘋狂作案，在荷蘭博物館盜竊價值七百萬美元畫作《西班牙古堡》。

二〇〇三年，嫌犯偽造了梵谷最有價值之一的作品《向日葵》，並順利兜售，一名國際收藏家以一億四千萬美元收購。二〇〇六年，嫌犯偽造《清明上河圖》試圖出售時被國際組織破獲，但嫌犯一直在逃。

逃亡過程中，曾多次偽造名畫、古董兜售，行為惡劣，並且屢屢以詐騙、偷竊手段作案，以非法手段得到各時期名畫、古董數十件。

國際刑警組織將通緝等級上調至紅色通報，懸賞百萬美元尋覓該嫌犯蹤跡。直到五年後的今天，嫌犯終於難逃法網。」

電視畫面切換到了一處懸崖邊，各色警服的員警、西裝筆挺的幹探以及軍警已經佈置好了警戒線，直升機在半空盤旋，有人放下纜繩，開始試圖進入懸崖底搜索。

「本案的後續內容，我們仍將關注。接下來為您播放的是，關於肯亞的最新消息……」

…………

春水、桃花、遊船交錯在若水湖畔的春天裏，湖面微波粼粼，靜若處子。迎著湖岸的陽光，停駐在河面的畫舫瀰漫著桃花的芬芳。

畫舫上，幾個公子風華正茂，笑聲不絕。

「本公子詩興大發，少不得要吟上一首來助興了。」

一個爽朗大笑、個子矮胖的公子，一張麻子臉熠熠生輝起來，叉著手道：

「河邊一群鴨，呱呱呱呱呱，我往河邊站，群鴨呱呱散。」

「好詩！」

同桌的兩公子拍案而起，激動之情溢於言表。個子高瘦的公子差點兒就五體膜拜。個矮的那個雙眼冒光，紛紛道：「周公子畫作得好，詩才更是無雙，這樣的好詩，天下間再難尋了。」

「聽說清河郡主最愛才子，周公子拿這首詩贈予清河郡主，還怕俘獲不到清河郡主的芳心？」

「哈哈哈……」矮胖的周公子開懷大笑，得意中帶著謙虛，謙虛中隱含著卓傲，卓傲中兼帶著矜持，坐下道：「兄台們過獎了，本公子的詩嘛，比起李杜來，還是差那麼一點點的。」

在岸上的楊柳樹下，幾個小廝家僕們靜候著，一個俊秀的家丁吐出一口吐沫：「我呸！」

狗屁打油詩也就罷了，偏偏還要伺候著一群相互吹捧不知廉恥的「公子」，讓沈傲有想去撞牆的衝動。

沈傲沒有死，當日被刑警追捕，懸崖下是汪洋大海，而沈傲早在海中佈置了救生裝置。他的計畫很簡單，就是製造假死，來使國際刑警組織相信他已經死了，然後再改頭換面，重新開始自己的大盜生涯。

那一跳卻出了差錯，也不知是什麼原因，他重新換了一個身分，成了北宋宣和四年汴京城祈國公周府的雜役。

他竟然穿越時空了，而且「穿」得似乎有點兒讓沈傲失望，一個沒有地位的雜役。賣身契還捏在周府，也就意味著他沒有人身自由。一旦擅離周府，官府就可以將他抓捕起來，在額頭上印上刺青，發配衛戍邊關去。

身為大盜，沈傲自然有許多種辦法開始新的生活。只不過他對這裏並不熟悉，而且單純為了逃脫周府就受到官府的通緝，確實有點划不來。所以，這個雜役他還得做下去。

最好的出路，就是想辦法弄些錢贖身。

今天的沈傲算是死過一回的人，早就厭倦了逃亡的生活，要重新開始，不到迫不得已時，他不會用激烈的手段。

而且，雜役的生活似乎還不錯，雖然辛苦一些，但是周府裏，小姐、丫鬟成群，俱都是中上的姿色，倒是挺對沈傲的胃口。

只不過周公子與幾個狐朋狗友的互相吹捧，讓身在遠處的沈傲忍不住有逃亡的衝動，他一輩子浸淫各種藝術，從詩畫到瓷器、雕刻，造詣非凡。遇到這群附庸風雅的傢伙，沈傲無語問青天。

佇立在楊柳樹下，與其他的僕役、家丁們比起來，沈傲顯得有點卓傲不群。幾個家丁有點兒看沈傲不太順眼，湊在一堆閒扯，將沈傲排斥在外。

沈傲笑了笑，眼睛落在其中一個家丁抱著的酒罈子上，他鼻子微微一動，濃郁的酒香瀰漫在鼻尖盤繞不散。

「好酒！」沈傲湊過去：「我猜得沒有錯，這應當是儲藏了十年的竹葉青。只這一聞，就知它是酒中聖品了。」

抱著酒罈的家丁叫張紹，是張公子的跟班，冷眼瞥了瞥沈傲：

「我家公子帶來的自然是好酒。只不過，這酒又不是咱們下人喝的，你又開心什麼？」

幾個家丁俱都笑了，有人道：「或許人家也想嘗嘗也不一定，只可惜爹媽不是王侯，只有乾看的份。」

沈傲微微一笑，道：「這麼說，你們是咬定我喝不上這酒了？」

「是又如何？」張紹將酒罈子抱得緊了些，眼眸中滿是蔑視。

沈傲嘆了口氣：「本小廝很佩服你們的勇氣，我們來賭一把。若是我沒有喝上這竹葉青，便每人賠你們一貫錢。可要是喝上了呢？」

張紹與幾個家丁面面相覷，不知這沈傲是不是瘋了。一貫錢對於僕役來說，可是一個月的工錢，連同張紹這裏一共有四個家丁，如果沈傲賭輸了，可能要賠上半年的用度出來。

張紹眼珠子轉了轉：「你要賭也無妨，你能喝上這竹葉青，我們出四貫錢給你。只不過事先說好，你須當著幾位公子的面喝。」

張紹怕沈傲使詐，若是這傢伙偷偷的沾了一點去吃，豈不是中了他的詭計？

沈傲立即露出爲難的樣子：「這樣啊……好吧，我試試。」

四個家丁笑作一團，張紹更是心裏樂開了花。這酒是張公子的珍藏，最是寶貝不過。這個沒有眼色的東西竟敢在公子們面前喝他們的珍藏，公子們發起怒來，非活活打死他不可。

三個公子裏頭，一個姓周，名恆，是祈國公的嫡子，也是沈傲伺候的正主。另兩個，一個姓張，一個姓王，張公子是樞密副使家的公子，姓王的家世也不簡單，乃是汴京最大的巨富之一。

三人在汴京是出了名的紈褲子弟，打死個人還不是玩兒似的。這姓沈的當真是要錢不要命了。

這個時候，張公子的聲音從畫舫裏傳出來：「張紹，還不拿本公子的酒來？」

沈傲對張紹道：「我送過去。」

張紹將酒罈子交給沈傲，存心要看沈傲的熱鬧。張紹早就看這個新來的傢伙不順眼。此時整整他，還能賺一貫錢，實在是好得很。

沈傲抱著酒罈子，沿著河堤上了畫舫，那張公子顯得有點兒不滿：

「怎麼張紹那狗才不端酒過來？」

沈傲笑道：「他胳膊有點兒痠麻，生怕攪了幾位公子的雅興，是以讓我來代勞。」

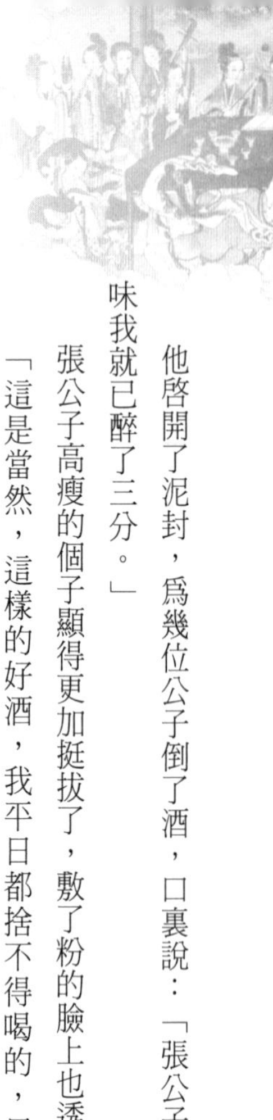

他啓開了泥封，爲幾位公子倒了酒，口裏說：「張公子的酒當真好的很，只聞這酒味我就已醉了三分。」

張公子高瘦的個子顯得更加挺拔了，敷了粉的臉上也透出一點兒鮮紅：

「這是當然，這樣的好酒，我平日都捨不得喝的，只有遇到至交好友才肯拿出來。」

周恆剛才吟詩吟得口乾舌燥，此刻也滿是期待，端起杯子淺嘗了一口，連忙說：

「好酒，好酒，張公子的詩好，酒也好的很。」

張公子連忙謙虛的說：「祈國公府有的是好酒，在下獻醜了。」

幾個人互相吹捧，沈傲已經聽不下去了，笑呵呵的道：

「其實說起這酒，我倒有個絕活，只怕要讓幾位公子見笑。」

周恆臉拉下來，呵斥道：「狗才，這般的沒有規矩，我與兩位仁兄喝酒，哪裡有你說話的份？」

沈傲連忙告罪。

一旁的張公子道：「周兄別急，先聽聽他怎麼說？咱們吟了詩又賞了景，正愁找不到樂子。」

沈傲裝作小心翼翼的樣子道：

「我這人天生有個毛病，但凡喝了劣酒，臉上就會長出黑斑，可喝的若是好酒，就沒有任何妨礙了。要知這酒是不是上品，只要我品嘗一下就可以。」

周恆有點兒惱了：「狗才，你這話莫不是說張公子的酒是劣酒？」

沈傲搖頭：「不是這個意思，酒自然是好酒，只不過到底有多好就不得而知了。」

他這話算是忤逆之極，周恆是什麼人？立即就要發作。恰恰這個時候，張公子卻來了興致，連忙說：「這樣只能分辨好酒壞酒，至於好酒好到什麼地步，又如何估量？」

沈傲道：「酒中的瑕疵越多，臉上黑斑就越多，這酒越是極品，臉上便沒有異常了。」

「妙極！」

張公子神采飛揚起來，他這十年竹葉青珍藏已久，若不是要巴結這位周少爺，他也捨不得拿出來。可是酒這東西卻有一個壞處，好酒壞酒雖有區分，可是好酒之間又難有分別，能讓沈傲證明這酒乃是佳品中的佳品，他在周恆面前豈不是更有臉面？

須知周恆乃是公爵世子，家中珍藏無數，所飲的哪一樣不是珍品？若是嘗不出這十年竹葉青的妙處，豈不可惜？

「那麼你就自斟一杯，給我們開開眼界。」

一旁的王公子也起了興趣，一雙眼睛直溜溜的盯著沈傲。周恆也就不好發火了，笑

嘻嘻地袖手旁觀。

沈傲拿來一個空杯，斟滿之後喝了一口，這酒香醇的很，入口帶來一股竹葉的芳香，回味無窮。

「好酒！」沈傲咂了咂嘴，回味著這股醇香的氣味，放下酒杯便向張公子道：「公子看我臉上生出了黑斑嗎？」

張公子認真端詳，搖頭：「沒有。」

沈傲又給周恆、王公子看，兩個人也饒有興趣的打量了片刻，俱都是搖頭。

沈傲衷心稱讚道：「這酒已是佳釀中的極品了，在酒市上，只怕百貫也買不來，張公子真是豪爽，這樣的好酒也捨得拿出來與人分享。」

張公子已是樂開了花，哪裡還管這沈傲是不是故弄玄虛，他要的就是這一句評價，對周恆道：「周家果然非同凡響，就連一個家奴也這樣的有眼色、會說話。」

沈傲捧了張公子的酒，張公子又回過頭來捧周家的家風，周公子那麻子臉上立刻光彩照人，看沈傲時覺得順眼多了，哈哈大笑著謙虛起來：

「不敢當，不敢當。」

沈傲又給幾個少爺們斟了酒，便退出畫舫，回到那楊柳樹下。只見張紹幾個家丁臉色蒼白，奇怪地望著沈傲完好無損的帶著酒氣回來。剛才他們是親眼看見沈傲倒滿了一杯竹葉青，一口飲盡的，想辯也無處辯了。

「拿錢來！」沈傲微微一笑，伸出手，朝著四個目瞪口呆的家丁努了努嘴。

片刻功夫就詐了四貫錢，相當於沈傲四個月的工錢。沈傲拿著價值四貫的銀子在手裹頭掂了掂，感覺很爽很痛快。話說古人真是單純啊，這種小把戲就能引人上當，看來穿越倒不是壞事。

張紹已是氣得嘴唇發白，很是不服氣的瞪了沈傲一眼。

沈傲笑吟吟的道：「你不服嗎？」

張紹脫口道：「自然不服。」

「小爺就再給你一個機會，再賭一局你敢不敢？」

張紹心裏猶豫，但見沈傲一副吃定自己的模樣，頓時怒不可遏：

「怎麼個賭法？」

沈傲嘿嘿一笑，將那四貫錢的碎銀摸出來放在地上：

「你再拿出四貫錢來。」

張紹想了想，又是一陣猶豫。銀子他是有，每次少爺出門都是他跟班的。平時買些小物事也都是他去結賬，一來二去，私下裏便藏了十幾兩銀子，這些銀子爲了以防不時之需，都帶在身上。只是這個沈傲神秘兮兮的，讓他不得不多留一個心眼。

「這小子欺人太甚，無論如何，總要和他賭一賭。」張紹咬了咬牙，摸出價值四貫錢的碎銀放置地上。

「你看，地上有八貫錢了。你我相互競價，誰競價越高，這八貫錢就歸誰所有，誰就贏了。如何？」沈傲氣定神閒的將碎銀攏成一堆，其他兩個家丁也聚攏過來。

張紹點點頭，心裏說：「誰競價高，誰就能得八貫錢，嘿嘿，這還不容易，這一次絕不會輸給你。」

沈傲先開口道：「現在開始，我競價四貫錢。」

張紹連忙道：「我競價五貫。」

沈傲笑了笑：「那我出六貫。」

張紹冷哼一聲：「我出七貫。」他心裏想：「出了七貫能換回八貫錢，總算還賺了些小利回來，更何況還能贏這傢伙一次。下一次他要競價八貫，就沒有盈利了。哈哈，這一次我絕不會輸。」

沈傲滿是懊惱的搖搖頭：「我能出七貫五百錢嗎？」

張紹冷笑道：「沒有這個規矩，必須一貫一貫的疊加。」

沈傲嘆了口氣道：「看來我輸了，好吧，你拿出七貫錢給我，這八貫錢就是你的了。」

張紹哈哈大笑：「看你還敢囂張！」說完，從八貫錢的碎銀中拿出一小塊來，在手裏掂了掂：「這差不多是一貫錢了，剩餘的七貫你拿走。」

沈傲微微一笑，將七貫錢的碎銀收起來，說：「這一次你贏了，今日我們扯平，下次再賭。」

「隨時奉陪！」張紹得意洋洋的收起一貫錢，臉色卻突然變了。

方才他拿出四貫錢來，與沈傲一起湊了八貫錢。現在自己贏了八貫，可是其中有四貫是他自己的錢。自己卻又出了七貫，算來算去，他竟是虧了三貫。

「又上了這廝的當！」張紹再也笑不下去了，哭笑不得。

而沈傲則笑嘻嘻地走到另一棵楊柳樹下曬著太陽，心裏愜意的調侃：「才幾分鐘七貫錢入賬，看來要贖身似乎並不太難。」

眼看那張紹可怖的樣子，沈傲便忍不住想笑出來。

「等我賺了錢贖了身，也要做一個公子，買下一條畫舫在汴河喝酒賞景，這日子似乎並不壞。」

天已經黑了，畫舫上燭影閃現，五色的燈籠懸掛在船舷船尾，煞是好看。

周恆醉醺醺的被人扶下船，沈傲提著燈籠去接了，尋到不遠處歇息的車夫，一齊將周恆架上車廂，沈傲斜坐在車轅上打道回府。

祈國公府邸占地數百畝，雄偉氣派，門前的石獅猙獰兇惡，又增添了一分肅穆森然。

招呼內府的丫頭扶周恆回寢室歇息，沈傲今日的工作也算是完成了。他住的地方是沈府東北的一處角落，與他處的金碧輝煌顯得寒酸的多，一個灰舊的小樓，家丁們兩人一間臥房。

和沈傲住在一起的叫吳三兒，見到沈傲回來，愁眉苦臉的道：「沈大哥，你總算回來了，咦，你怎麼帶了一身酒氣？」

沈傲拿著銅盆倒了些水淨了淨手，一邊說：「沒什麼，瞧你這樣子，莫非又是偷偷溜出府去和人賭錢了？」

吳三兒氣呼呼地道：「又撞見了那胡六手，一個月的月錢全輸給了他，這個月只怕不能給鄉下的老娘寄錢了。」他摑了自己一巴掌：「都怪自己不爭氣，明知十賭九輸，卻偏偏忍不住，總想著把以往輸的錢贏回來，哎……」

沈傲笑了笑，摸出一貫錢給他：「拿去寄給你娘吧。」

吳三兒一下子愣住了：「沈大哥，你……你也沒有富餘，我怎好要你的錢？再說，你這個月的月錢還沒發，這錢是哪裡來的？」

吳三兒這人什麼都好，就是好賭，每次都輸得精精光光才肯甘休。

吳三兒與沈傲相處了一個多月，沈傲剛剛穿越的時候身體虛弱，還虧得他前後照料著，這一份恩情，沈傲一直記在心裏。

沈傲將錢塞在他的手裏：「你拿著就是，我這裏還有。」

吳三兒接了錢，連忙稱謝，口裏興奮的道：「明日我就把這錢托人送回鄉下去，再也不賭了。」

他這句話，沈傲倒是聽得多了，哂然一笑，坐在床沿脫下靴子，又將裹腳的白布取下來，跟著那周少爺在外頭瘋了一天，倦意已經襲上來。

吳三兒道：「今日聽外府的主事說，過幾日少爺要去太學讀書，依著夫人的意思，是要從府中選拔出一個書僮來，年紀最好與少爺相仿，能識文斷字更好。」

沈傲道：「書僮有什麼好的，還不是下人？」

吳三兒道：「這可不同，書僮能進內府陪少爺讀書，而且不必做雜活，就是月錢也是普通雜役的三倍。」

「有這樣的好事？」沈傲一骨碌從榻上翻起來，睡意一下子沒了：「這樣看來，書僮倒是很有前途的職業。」

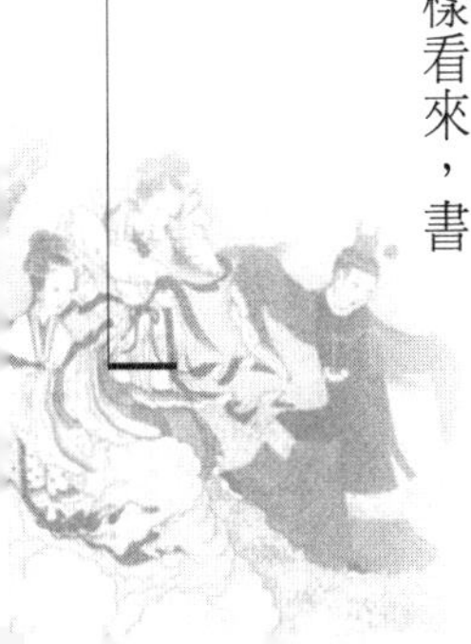

吳三兒道：「我勸沈大哥還是不要打這個心思，府裏頭已經有傳言了，內府、外府的主事都盯著這個肥差呢，他們在鄉下都有親戚，正好舉薦自己的親戚來，我們這種人哪裡會有門路？」

沈傲道：「這也不一定，事在人爲，輕輕鬆鬆拿三倍的月錢，還能進入內府……嘖嘖……讓我想一想。」

吳三兒驚訝的道：「內府？沈大哥，你不會是爲了那幾個夫人跟前的丫鬟吧？」

沈傲笑道：「這都被你看出來了，你可真是聰明伶俐，未卜先知啊。」

說到女人，吳三兒頓時精神奕奕起來：

「要我說，夫人跟前的幾個丫頭就春兒最漂亮，哈哈，你這樣一說，我也想去做書僮了，至少隔三岔五的總能見她一面，嘖嘖……不過，小香也不錯，雖然比不過春兒，可是那身材，那胸……喂，沈大哥，你有沒有在聽我說話？」

沈傲半夢半醒，腦海中浮出一個人來，隱隱約約聽到吳三兒在呼喚他，卻不願回應，腦中浮出很多念頭：

「同樣是一個爹媽生的，爲什麼周小姐天生麗質，那周恆卻是個標準的豬八戒模樣？很費解啊，莫非……一個是富家小姐，一個是雜役，不知有沒有機會？不對，我沈傲是誰？堂堂的藝術大盜，怎麼會配不上她？好，我要去做書僮，先進了內府再說。」

第二章
書僮萬歲

「竹林七賢圖？」

沈傲直愣愣的盯著，畫中山石用柔勁的線條勾出輪廓，

完密地皴擦出山石的質感。

還有那賢者或坐或臥所表現出來的不拘。

這幅唐朝孫位的作品，幾乎將七賢的神態舉止刻畫得栩栩如生。

過兩日就是中秋節，祈國公府的各色人等已是忙得腳不沾地了。掛燈籠，準備節慶的糕點，清掃院堂，擦洗傢俱，總會有不少事情要做。

沈傲和吳三兒被分配去擦洗傢俱，今日周大少一大早出門去了，二人提著木桶進入周大少的寢室，一個擦拭地板，一個擦拭桌椅，一邊東拉西扯。

吳三兒在府裏頭的消息是最靈通的，將府裏頭的趣聞說給沈傲聽。沈傲心裏惦記著書僮的事，問：「書僮的人選已經出來了嗎？」

吳三兒道：「差不多了，內府主事推薦了他的遠房侄子，夫人那邊說是叫來看看，只怕這一兩日就有結果。我勸沈大哥還是踏實一些，咱們在府裏頭只是小廝，比不得人家。」

沈傲心裏卻在打著算盤，這個書僮他一定要爭取。

沈傲就是要這樣，要麼不做，要麼做到最好。打定了主意，沒有條件下也要創造條件，想辦法達成。

「三兒，你一定是怕我進了內府以後，沒人和你作伴了。」

沈傲天性是個樂觀的人，雖然知道要競爭這個職位千難萬難，卻一點也不擔心。

吳三兒道：「誰說的，你走了，我一人住一個屋子不知多愜意。」

「是嗎？」沈傲笑了笑，攥著抹布，有意無意的擦拭著凳腿：「一人獨守空房，這種守活寡的滋味可不好受。」

吳三兒也笑了起來。

恰在這個時候，一個丫頭踱步進來，虎著臉問：「誰守活寡？」這丫頭瓜子臉蛋，肌膚水嫩，身材微微有些豐滿，鼻膩鵝脂，黛眉大眼，觀之可親。正是昨天夜裏吳三兒說的春兒。

吳三兒見到春兒，嚇得不敢再說話，攥著抹布的手使勁揉搓著地板。倒是沈傲一點畏懼的心思都沒有，笑著道：「當然不是春兒姑娘。」

春兒惱怒道：「你是怎麼知道我的名字？」

「完了，穿幫了。」沈傲瞥了吳三兒一眼，心裏正在考慮是不是把這傢伙招出來，上一次春兒從外府路過，就是這個傢伙指點給自己看的。否則一個丫頭一個小廝，一個在內府一個在外院，怎麼可能知道人家的芳名？

「看來不得不出賣你了。」沈傲不懷好意的看著吳三兒，心裏偷笑，正要「招供」，春兒卻沒有了窮究的心思，深望了沈傲一眼：

「你，隨我到外院去搬夫人的盆栽。」

沈傲搖頭：「主事說了，今日我和他只負責擦洗，春兒姑娘還是找別人吧。」

「就是叫你去！」春兒跺了跺腳，府裏頭還沒有哪個小廝敢這樣和她說話。

「春兒姑娘爲什麼一定叫我去？不得了，莫非是看上本公……小廝了？」沈傲瞇著眼，不懷好意的打量著春兒。

沈傲這種盯人法，在後世叫「電眼」，在這個年代，勉強可以叫眉目傳情。春兒被沈傲肆無忌憚的打量，頓時沒有了底氣，畢竟是女兒家，再兇也兇不起來了。

「咳咳……春兒姑娘，我們是不可能的。」

沈傲放下抹布，直挺挺的站起來，很有幾分翩翩公子的風采。雙目凝視著春兒，邊說邊一步步靠近她。

「什麼，什麼不可能？」春兒清亮的眼眸中劃過一絲迷茫。

「那個……就是那個……你懂的！」

「哪個？我才不懂。」

春兒突然發現，對面的小廝竟是這樣的大膽，在夫人的貼身丫頭面前，竟一下子貼過來，她幾乎可以聞到對方的呼吸了。

「『那個』是什麼？『你懂的』又是什麼意思？什麼時候府裏頭進來了一個登徒子了。我是不是該喊救命啊？好像不太好，這個傢伙模樣倒是長得挺討人喜歡，怎麼會這樣的浪蕩？」

春兒發現自己的臉竟燙得厲害，心裏頭轉了無數個念頭。

「喂，你再過來我就喊了。」

沈傲又向前走了一步，靴子已經碰到了春兒的繡花鞋：

「春兒姑娘還不懂嗎？」

「不懂！」春兒的聲音微若蚊吟。

沈傲哂然一笑：「就是我和他……」

他的手指指了指目瞪口呆的吳三兒：「是不可能的……不可能和春兒姑娘去搬什麼盆栽，春兒姑娘現在懂了吧？」

對付這種小丫頭，沈傲還不是手到擒來，一下子就把春兒弄了個措手不及。

「原來是這樣……」

春兒鬆了口氣，隨即感覺到自己被沈傲戲弄，慍怒的瞪了沈傲一眼：「你好大的口氣，我的話也敢不聽，我去告訴夫人。」

「喂喂……」沈傲拉住她：「你不會這樣小氣吧，只是開玩笑而已。」

「誰和你開玩笑？」春兒脫口而出，又發現自己的手竟被沈傲拉住。觸電似的要甩開，可是掙不脫，她突然眼眶一紅，眼淚就在眼眶裏打轉了：「你欺負我，你欺負我，我要告訴夫人……」

「還真是個小孩子心性，動不動就哭，動不動就告狀。」

沈傲放開她，道：「好了，好了，我隨你去搬就是。」

春兒咬著唇，瞪著他：「你不是好人。」

沈傲聳聳肩：「你看，你一進來就大呼小叫，指指點點。到底誰不是好人？我們做小廝的也有自尊的好不好。」

「自尊？這句話倒是從來沒有聽哪個小廝說過。」春兒心裏想著。其實她這種小女孩心性的人也壞不到哪裡去，只不過夫人疼愛、下頭的人又敬重，難免養成了一些驕橫。此時心腸也軟了下來，語氣柔和的道：

「那麼，能請你去爲夫人搬一下盆栽好嗎？」

沈傲托著下巴，很認真的思考了片刻，道：

「好吧，那麼本……小廝就勉爲其難吧。」

春兒破涕爲笑：「你這人真有意思。」

沈傲剛剛放下抹布，一個沒頭沒腦的人口裏發出嗚哇的叫聲，瘋瘋癲癲的衝進來。

「春兒也在？哈哈，來的正好，快，把這畫給本公子裝裱起來……」周恆拿著一幅畫卷，興沖沖的朝春兒道。

眼睛落在沈傲處：「你，立即拿我的名帖去請人，明日上午叫他們來府上喝酒，京城裏頭的幾個公子都要請上，一個都不許漏了。」

周恆精神抖擻的叉著腰：「我要讓全京城的人知道，要讓所有人都來賞光，讓他們瞧瞧清河郡主贈送給我的名畫。哈哈，我周恆風流倜儻，文采斐然，得到清河郡主的青睞也是遲早的事。」

沈傲頓時眼珠子都要掉出來，傳說清河郡主非但貌美如花，更是對詩畫有很高的造詣，這樣的大美人會看上周恆?還送一幅名畫?

沈傲去接周恆的畫，一邊道：「公子，裝裱畫卷我最在行了，讓我來替公子裝裱吧。」

一邊說，一邊在八仙桌上展開畫卷，一幅畫面展現在周恆眼簾。

此畫爲《竹林七賢圖》，圖中只剩四賢，四賢的面容、體態、表情各不相同，並以侍童、器皿作補充，豐富其個性特徵。

「竹林七賢圖?」沈傲眼都綠了，直愣愣的盯著，畫中山石用柔勁的線條勾出輪廓，完密地皴擦出山石的質感。還有那賢者或坐或臥所表現出來的不拘。這幅唐朝孫位的作品，幾乎將七賢的神態舉止刻畫得栩栩如生。

七賢圖只剩下了殘卷，餘下四賢，可是在後世，這幅作品有價無市。

「無價之寶啊。」沈傲心裏感嘆。

周恆在一旁得意的道：「正是竹林七賢圖，郡主將它贈予我，想必是慧眼獨具，將我看做是賢者了。哈哈……」

「切！什麼東西！」沈傲心裏罵了一句，凝視七賢圖的目光突然一頓，隨即笑了起來。

「公子，這圖是僞作。」

「僞作？」周恆的眼珠子都要掉下來，隨即罵道：「你個下人懂什麼？這是郡主的心意，豈會作假……」

他口裏雖這樣說，但心裏頭卻是有些沒有自信，伸著脖子去看。

沈傲指著圖中的侍者：「公子你看，這圖僞造的極爲巧妙。只是這侍者的線條卻有點生硬，還有這裏……」

沈傲在畫上一按，手指處立即顯現出一絲墨跡：

「墨跡未乾，顯然是新作。再看這題跋，這人雖善於僞造名畫，可是僞造別人的字跡顯然有些生疏，此畫的作者孫位，爲人豪放不拘，題跋應當是一氣呵成，可是這裏明顯有臨摹的痕跡。」

沈傲深吸了口氣：「再者，這幅畫據傳是宮中之物，被今上收藏，就算賜給了清河郡主，清河郡主又怎麼會輕易贈人？」

周恆臉都綠了，沈傲的話他不敢信，又不得不信，這傢伙說得頭頭是道，又表現出這般的篤定，周恆想不信都難。

「你也懂畫？」

沈傲微微笑道：「略知一二。」口裏謙虛，心裏卻比周恆更橫，恨不得對周恆說：「老子僞造的名畫沒有一千也有八百，只有後世的顯微鏡才能看出破綻，鑑定名畫還不是小菜一碟。」

周恆皺著眉：「既然是僞作，爲什麼清河郡主不和本公子說呢？這又是什麼意思？莫非是要考校本公子？」

沈傲道：「只怕清河郡主要給公子難堪。」

「公子你想，以公子的爲人，得了這一幅畫會不會請人來看？」

周恆點點頭：「本公子交遊廣闊，自然會有不少好友一齊來鑑賞的。」

「這就是了，看的人多了，大家都知道郡主贈了公子一幅名畫。可是總有一日，會有人看出破綻是不是？」

周恆想了想，道：「沒有錯。」

沈傲繼續道：「這件事本是人盡皆知，可是一旦發現這是假畫，旁人又會怎麼說？」

周恆臉都青了：「一定會有很多人看我笑話。說本公子沒有眼力，竟連假畫都分不清。」

沈傲微微一笑：「只怕不止這些。人言可畏，說不定，會有人說公子癩蛤蟆想吃天鵝肉呢。」

「誰敢說？」周恆咬牙切齒的道：「快，把這畫收起來，這件事也不要讓人提起。」

方才還是興沖沖的樣子，現在的周恆卻如鬥敗的公雞。心裏又暗自慶幸，還好，還好，這假畫發現的還算及時，否則真要請人來看，只怕不出幾日，整個汴京城就要笑話本公子了。

「郡主送本公子假畫，難道真的是羞辱於我？哇……不行，我咽不下這口氣，你叫什麼名字？」周恆這一次認真打量起沈傲了，只覺得這個小廝有些眼熟，可是在他看來，下人們大多都是一個模樣。

「我叫沈傲。」

周恆攥著拳頭道：「沈傲？跟我走，去找郡主，我要去質問她，她到底是什麼居心？」

沈傲連忙阻攔道：「公子不能去。」

「爲什麼？」

周恆飛揚跋扈慣了，哪裡受得了這個氣，肚子裏的無名火就要發作了。

沈傲道：「公子就算去了也是於事無補，我倒有個主意。」

「公子你想，那郡主以爲公子是個草……包，故意拿幅假畫來羞辱公子，不如我們也僞造一幅七賢圖贈還給她，一來告訴她，她的詭計已經被我們揭破，二來嘛，也讓她見見我們的手段。」

「僞作七賢圖？」周恆驚訝的大叫：「本公子雖然有些才情，可是只會臨摹鴨子、小雞什麼的，七賢圖我不擅長啊。」

「真是個草包。」沈傲忍住一腳踹死他的衝動。

「我對作古畫倒是有一點兒心得。」沈傲心懷鬼胎的轉了轉眼珠子，毛遂自薦道。

「哦？你會？」周恆狐疑的望了沈傲一眼。

沈傲道：「不是我吹牛，臨摹的水準至少比這幅畫要高。」

「這就好了，真是天助我也。沈傲是吧，現在你不必做雜活了，給我立即臨摹七賢圖，事成之後，本公子重重有賞，哈哈……」

周恆轉怒爲喜，從腰間抽出一張紙扇，很瀟灑的樣子搖啊搖。

「敢小看本公子，嘿嘿，到時候讓你們大開眼界。」周恆想到回贈一幅七賢圖給清河郡主的模樣，又是一陣開懷大笑。

沈傲抿抿嘴：「要作畫，只怕沒有這麼容易，就比如這七賢圖，乃是唐朝孫位所作，這七賢圖用的是唐時的蜀紙，用徽墨畫成，只是這兩樣東西都價格不菲……」

周恆搖著紙扇打斷沈傲道：「不成問題，不成問題，本公子去買。」

沈傲又道：「而且，要作出一幅假畫，所耗的時間不少，還需要幾個人手，不如就請春兒姑娘和吳三兒做我的助手吧。」

周恆道：「不成問題，不成問題，春兒的事我去和娘說。」

沈傲圖窮匕見，微微一笑：「聽說公子需要一個書僮？公子認爲我怎麼樣？」

周恆氣呼呼的道：「你是個下人，本公子瞧得起你，你哪來這麼多廢話？」

沈傲哈哈笑道：「公子，選一個好的書僮可並不簡單呢。比如說，書僮可以爲公子畫些畫，抄寫些書法什麼的。公子不是只想要一個小跟班吧？」

周恆的紙扇頓了頓，歪著頭想了想：「好，只要畫能臨摹出來，我就去和娘說，就讓你做我的書僮。」

「君子一言，駟馬難追。」沈傲伸出手掌。

「你這是做什麼？」周恆愕然。

「擊掌爲誓。」

「哈哈，有意思！不成問題，不成問題，我這就與你擊掌。」周恆大笑，也伸出手掌。

「嗟余薄祜。少遭不造。哀煢靡識。越在襁褓。母兄鞠育。有慈無威。……一生三秀。予獨何爲。有志不就。懲難思復。心焉內疚。庶勖將來。無馨無臭。采薇山阿。散發岩岫。永嘯長吟。頤性養壽。」

周恆的書房裏，沈傲一字一句的吟唱著古詩詞，身下是一方蜀紙，沈傲提筆蘸了蘸墨，卻並不急於下書。

吳三兒給他端來了糕點，春兒則是一雙眼睛瞅著闔目吟詩的沈傲，一邊研磨。

「這日子過得倒是舒坦，紅袖添香，哈哈，難怪後世這麼多人羡慕才子佳人，原來做才子有這麼多好處。」

沈傲心裏愜意極了，樂在其中。

「沈大哥，你吟的是什麼詩？」春兒好奇的樣子，眼睛總是大大的，彷彿蒙了一層水霧。

沈傲笑道：「這是嵇康的《憂憤詩》，竹林七賢，俱都是棄經典而尚老莊，蔑禮法而崇放達的人物。這樣的人要刻畫他們，就必須先瞭解他們的心境，下筆之後才能一氣

呵成。」

春兒笑道：「沈大哥真的會畫畫？」

沈傲虎著臉道：「我若是不會作畫，世上再沒有會作畫的人。」

吳三兒在一旁咕噥：「你倒是會說大話，我和你認識這麼久，也沒見你能畫畫。」

其實吳三兒也是爲他擔心，海口已經誇下，若是作不出畫來，依著周大少的意思，必不肯干休。

沈傲不去理他，卻是突然貼近春兒，鼻翼微微顫動，竟是去聞春兒的體香。

「真香！」

「嗯……沈大哥……」春兒呢喃著說不出話來，小臉窘得通紅。

沈傲訕訕一笑：「我這是寫生。」

「寫生？」春兒覺得沈傲謊話連篇。

「就是在作畫之前，要瞭解作者的心性，去感悟他的性格和筆意，作這畫的人叫孫位，孫位這個人嘛……」沈傲抿嘴道：「有點兒放蕩不拘，尤好美女，哈哈，我這也是爲了體驗生活，感悟孫位的喜好。」

一旁的吳三兒已經忍不住吐血了：「沈大哥，你爲什麼說謊話不臉紅？」

沈傲揮揮手：「三兒，你到外面去，我要作畫。」

吳三兒道：「你作畫和我有什麼干係？」
沈傲很清高的擲筆：「孫位不喜歡臭男人。」
「是嗎？孫位自己不就是臭男人？」吳三兒決定力爭到底。
沈傲撇撇嘴：「越是臭男人，就越討厭臭男人，同性相斥、異性相吸懂不懂，出去，出去……」
吳三兒沒法子，很悲憤的出了書房。

第三章
比試

擺在沈傲面前又多了一個難題，比詩、比畫還要送禮？

沈傲托著下巴思考起來。

首先，這個什麼神童是什麼底細還不清楚，作畫，沈傲有十足的把握。

至於玩詩，恐怕不是這個傢伙的對手，沒辦法，只能取巧了。

「你在騙我。」吳三兒走了，春兒瞪著沈傲，下唇都要咬破了。

沈傲理直氣壯的叉著手：「我騙你做什麼，單純的臨摹處處都是破綻。而我的臨摹卻是不同，就是把自己當成孫位，角色替換之後，再用孫位的思維去感悟竹林七賢，之後再一氣呵成，這才是臨摹的最高境界。」

春兒經不住騙，頓時心就軟了：

「好吧，再讓你聞一聞。」

沈傲投下筆，步步緊逼：

「不行，只聞一聞還不夠，最好能抱一抱。孫位作畫，都是攬著美女的，我要用心去體會他的感受。」

沈傲接下來很是懊惱的搖搖頭：「像春兒這樣的好姑娘，我也不忍褻瀆你，哎，這個孫位，畫做的這樣好，爲什麼秉性就這樣差。算了，我不去體驗他了。」

「可是不體驗他，又臨摹不出好畫，不能給少爺交差，真是頭痛啊。」

春兒低垂著頭，窘得說不出話來，拿出很大的勇氣說：

「如果這樣能讓沈大哥交差，那麼春兒就讓你抱抱吧。」

沈傲憂憤的道：「不抱！我寧願被少爺打死，也不能褻瀆春兒姑娘。春兒姑娘似洛神一樣的仙子人物，我能一睹芳容，與你說說話就已是唐突了，再與你肌膚相親，實在是罪該萬死。」

春兒眼淚都要出來了，原來她在沈傲心中竟這樣高尚。可是轉念一想，如果沈傲作不出畫，萬一惹惱了少爺……

想到這裏，春兒的眼睛都紅了，危顫顫的貼近沈傲，低聲呢喃：

「沈大哥，我……我……」

「春兒怎麼了？」

沈傲風度翩翩的又拿起筆，很猶豫的樣子。

春兒咬咬唇，溫柔的身軀便貼過來，似受驚的小貓一樣貼在沈傲的胸前，軀體還在瑟瑟作抖。

「哇，這不太好吧。」沈傲很受傷的想著，連忙配合著春兒，一下子將她攬在懷裏，懷中的嬌軀款擺，渾身輕顫。呼吸愈來愈急速，先是有些扭捏，再後來，就完全與沈傲重合在一起。

「香，更香了。」沈傲陶醉的深吸口氣，陰謀得逞，心情更加愉悅起來。騰出一隻手抬起春兒的下顎，在她的櫻唇上輕輕一點：「哈哈，本小廝的靈感來了。」

擁抱過後，春兒已經羞得抬不起頭了，期期艾艾的道：「沈大哥快作畫吧。」

「好。」沈傲捏著筆，彷彿一下子變了一個人，手腕輕輕舞動，筆尖在雪白的蜀紙上蘸了一點墨汁，隨即筆走龍蛇，輕快的急畫起來。

方才他還是放蕩不拘的樣子，但是這一刻卻顯得極爲認真，手腕不停，一雙眼睛直勾勾的隨著筆峰轉動，好似連呼吸都已經忘了。

這種認真樣，讓春兒一下子失了神。只見他全神貫注的蘸著墨水，不斷地用筆鋒在紙上勾勒七賢的輪廓。他的眼睛閃耀著，專注而尖銳。時而，他的眼睛高興得發亮；時而，他的雙眉苦惱地蹙著。有的時候，他抱著手陷入深思，有的時候，卻不自覺的發出爽朗的笑聲繼續點墨。

一直過了半個時辰，他舒嘆一聲，擱下筆，小心溫柔的吹著未乾的墨跡：「成了。」朝著書房外大吼：「三兒，進來。」

吳三兒走進來和春兒湊過去看畫，果然一幅絕美的畫卷出現在眼簾，春兒由衷嘆道：

「沈大哥畫得真好。」

吳三兒卻是皺起了眉：「沈大哥，這畫與郡主送給少爺的那幅略有不同。」

沈傲呵呵笑道：「自然不同，若是完全相同，那就落入下乘了。我臨摹的不是孫位的畫，而是孫位的畫風，那種筆精墨妙，雄壯奔放，情高格逸的感覺，這才是臨摹的至高境界。」

沈傲撿起桌上的糕點吃了一口：

「三兒，去把少爺叫來，讓他來看看。」

吳三兒咕噥道：「叫我進來又叫我出去。」

「這幅畫能行？」周恆狐疑的看看沈傲，目光又下落到桌上展開的畫卷上。

「能，一定能，郡主見了這畫，一定茶不思、飯不想，羞愧難當，自愧不如。」沈傲篤定而簡潔的回答他。

信心很重要，沈傲表現出信心，才能讓周恆這個完全不懂畫的傢伙深信他的才能。

「郡主送我的畫，裏面有四個賢者、三個童子，可是爲什麼你的畫裏卻有七個賢者、五個童子？」周恆很沒有把握的樣子。

沈傲道：「我臨摹的是意境，不是畫。單純的臨摹，那不是和郡主一樣落於下乘了？要一鳴驚人，要舉座皆驚，就得還原一幅七賢圖出來，讓郡主瞧瞧，她是狗眼看人低，是門縫裏看人。」

周恆笑了起來：「對，要給她一個教訓。不過嘛……郡主的眼睛美極了，你不能用狗眼去形容她。」

沈傲白了他一眼：「好了，畫作好了，書僮的事怎麼樣了？」

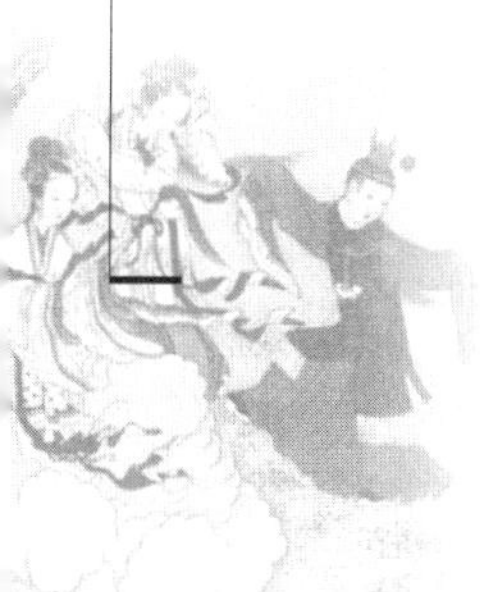

周恆搓著手，笑得很奸詐：

「有一點點麻煩，我和娘說了，可是我娘說，內府主事已經推薦了他的侄兒。據說是個秀才，因爲家裏窮，打算做一段時間書僮，賺點銀子補貼家用，順便等待來年的科舉。我娘對他很滿意，所以，所以……」

「你不講信用！」

沈傲都要吐血了，他一手交了錢，對方卻說沒有貨了，簡直是豈有此理。這個混賬的惡劣行徑，深深刺傷了沈傲的赤子之心。

周恆連忙道：「別急，別急，這件事木已成舟，但是在本公子的努力爭取下，我娘終於答應在中秋佳節的時候，讓你們一起去見見她，比試比試，再決定人選。」

沈傲不滿的道：「說好了我做書僮，怎麼還要比試？不行，我不同意！」

一邊的春兒、三兒已經有些不自然了，想不到沈傲用這樣的口氣和少爺說話，都在爲沈傲擔心。

周恆也覺得有些臉面拉不下，扯了扯沈傲的衣襬：「借一步說話。」

兩個人在牆角下，周恆才道：「我對你有信心，一個酸秀才怕什麼。」

沈傲冷笑，這傢伙在給自己灌迷魂湯呢，還有信心，本小廝可沒有這麼多信心。他最討厭的就是升等考試，尤其是自己沒有後台的情況下。

「不行，周少爺，我們擊掌爲誓了的，怎麼能說變就變。」

周恆瞄了瞄春兒：「你是不是看上了那春兒？」

沈傲聞到了很濃的陰謀氣息：「是又怎麼樣？」

周恆低聲笑道：「這就好辦了，只要你做了我的書僮，我和我娘說，讓春兒來服侍我，這樣你就可以和她朝夕相處，哈哈……好了，好了，你看，如果你再說個不字，本公子可會生氣的，本公子生氣起來，後果也是很嚴重的。」

「好無恥，竟然威脅利誘本小廝。」沈傲心裏罵了姓周的祖宗十八代，不過這種利誘，倒是很對他的胃口。

好漢不吃眼前虧，還是不要讓這傢伙生氣的好，沈傲瞇著眼睛：

「中秋那天比試什麼？」

周恆笑呵呵的道：「先比畫畫，之後是作詩，最後是送禮。」

「送禮？」畫畫和作詩倒是能理解，可是送禮就有點匪夷所思了，夫人莫不是招募個書僮還想撈上一筆？好無恥！沈傲脆弱的心靈又受到了傷害。

周恆道：「中秋恰好是我娘的誕日，我娘一向不愛熱鬧，再說，中秋佳節各家團圓，也不好請人來祝壽。因此，只在內府中請上各房的丫頭、主事喝些酒，吃些糕點也就是了。你和那秀才各送上一份禮物，看看誰的禮物更能打動我娘的心。」

「哦，好像很難的樣子，那個秀才是什麼來路?是不是很厲害?」

周恆道：「據說在鄉下是個神童，前年就中了州試。只是家裏頭窮，所以不得不到府上來尋點事兒做，既可以讀書，又可以賺點銀子。沈……沈傲是吧，你可要小心一些。」

沈傲又有了信心，叉著腰道：「放心，小小一個鄉下神童，自然不是我的對手，到時候看我怎麼對付他。」

周恆很擔心的樣子：「你可一定要通過，不能讓這狗屁神童做我的書僮。」

這傢伙一點都不傻，笑嘻嘻地道：「像這種書呆子做了本公子的書僮，再加上他的叔叔又是內府主事，在我娘面前說不定要告我多少狀。我寧願讓你來做我的書僮，幫我抄寫些書法，做些畫什麼的，哈哈，我們有福同享，有難同當。」

沈傲白了他一眼，看來周大少也是賊精賊精的人，不就是希望有人替他寫作業，幫他泡妞嗎?就這副德行，就是化身成真正的孫位，人家郡主也不會多瞧他一眼。

周恆顯得很是真誠的道：「還有兩日就中秋了，時間緊迫，作詩作畫的事自然你去辦。不過，這禮物的事就交給我吧，銀子我出，我娘近來正好缺一條搭配衣飾的吊墜，我去幫你挑一樣。」

沈傲搖頭：「夫人的首飾這麼多，送這種東西沒有新意。還是我自己想辦法。」

周恆翹起大拇指：「沈兄弟，我第一眼瞧見你，就知道你骨格清奇，好，那你自己想辦法，本公子佳人有約，送畫去也。」

周恆捲起畫，如風一陣的跑了。

沈傲目送周恆遠去的背影，臉上的肌肉抽了抽。

「切，連本小廝骨格清奇都被他看出來了，這個傢伙很有慧眼啊。」

擺在沈傲面前又多了一個難題，比詩、比畫還要送禮？沈傲托著下巴思考起來。首先，這個什麼神童是什麼底細還不清楚，作畫，沈傲有十足的把握。至於玩詩，恐怕不是這個傢伙的對手，這鳥神童有備而來，沒辦法，只能取巧了。

送禮，沈傲認爲這是最重要的關節，什麼樣的人能做書僮？玩詩玩畫都只是點綴。對於夫人來說，品行才是最重要。品行好不好沒有評判標準，全憑夫人的感覺。

更貼切的說法，是女人的直覺。如果年齡恰好的話，夫人應該是更年期婦女的直覺。夫人說你行，你不行也行，夫人說你不行，你行也不行。

在夫人面前的第一印象最重要。這個印象，就看誰能夠打動夫人的心，所以，禮物必須精挑細選，不能出現一點差錯。

「沈大哥，剛才你和少爺在嘀咕什麼？」春兒見沈傲沉著臉，小心翼翼的過來問。

沈傲的心情多雲轉晴，哈哈笑道：「我決定了，要和那神童比試比試，不過，有件事要春兒幫忙。」

春兒挺起胸脯，顯然認爲自己能夠爲沈傲幫忙而自豪：「春兒盡力而爲。」

「好飽滿啊。」沈傲一雙眼睛差點被勾住了，戀戀不捨的從那雙峰之間移開，尷尬的咳嗽一聲：「你去打聽打聽夫人的愛好，來告訴我。」

春兒道：「我陪在夫人身邊，怎麼會不知道夫人的喜好？夫人平日寡言少語，性子卻是極好的。她每日都要去內府的佛堂裏禮佛，不知這算不算喜好？」

「當然算！」沈傲打了個響指，靈感已經來了：「禮的是什麼佛？是菩提老母，還是如來，金剛什麼的？」

春兒白了他一眼：「什麼菩提老母，夫人禮的是觀音娘娘。」

「哦。」沈傲點點頭，又問：「那個什麼內府主事是什麼人，平日裏能在夫人面前說上話嗎？」

春兒道：「趙主事是頂好的人，對夫人忠心耿耿，對我們這些下人也是好的。他也喜歡禮佛，所以夫人也經常找他說話。」

沈傲意識到，自己的對手很不一般，難怪周恆那個傢伙在夫人面前說話也不頂事。這個趙主事一定是個非常圓滑陰險的傢伙，這場比試，他一定會藉著與夫人走得近的關係，幫襯他侄兒一把。

「不過還好，本小廝也是有底牌的，有春兒這個內應在，哈哈……」沈傲得意的笑了笑，說：「春兒，如果這幾天夫人提起我，你要記得……」

春兒插口道：「自然是爲沈大哥美言了。」

沈傲搖頭：「不，不要說我的好話，要說我的壞話。」

「壞話？」春兒的大眼睛閃過一絲疑惑。

沈傲負著手，用春兒的口吻道：

「夫人，這個沈傲啊……我聽趙主事說，這個人油奸嘴滑，好吃懶做，識得幾個大字便四處炫耀，平日做事總是拖拖拉拉……，諸如此類的話都可以說。」

春兒窘道：「我……我不會騙人，沈大哥明明挺好的，哪有這麼壞。」

沈傲語重心長的誨人不倦：「這不是騙人，這是善意的謊言。好啦，我的好春兒，你放心大膽的去編排本小廝吧。」

春兒猶豫了很久才嗯了一聲，眼看天色晚了，告別道：「我回內府去了，沈大哥，我下次還會見到你是不是？」

沈傲道：「中秋就能再見了。」說完，小心翼翼地捧起春兒的臉頰：「那個時候，記得打扮的漂亮一些，最好能讓本小廝眼前一亮，哈哈。」

春兒的臉上升起緋紅，很不好意思的打開沈傲的手：「沈大哥又不正經了。」

「嗯？本小廝很不正經嗎？下次讓你見識見識什麼才叫真正的不正經。」沈傲托著下巴心裏偷笑，目送著春兒離開。

房裏鋪陳雅潔精緻，南牆懸一幅仕女圖，靠窗的几案上有一架九弦古琴，牆上伸出個燈架子，擱著一盞錫燈檯，臺上插著紅燭，靠裏是一張三面欄杆的雕花繡榻，紅羅幔帳向兩邊勾起，薄衾竹簟。一個少女失了神的望著剛剛裝裱起來的畫上。

少女優雅而靜謐，一雙美眸在畫中凝視，時而茫然，時而驚嘆。

一旁的侍女低聲道：「郡主已看了一個時辰，是否叫人送些瓜果來填填肚子。」

少女若有所思的搖頭：「這人好厲害，竟是把孫位的神韻都琢磨透了，筆鋒原來可以細膩到這般地步。」

侍女狐疑道：「祈國公的公子作的畫，真有這樣好？」

少女搖頭：「不是周公子做的，應當另有其人，這畫若不是沒有落款，我還真當它是真跡呢。」

「這麼說，作畫的另有其人？」侍女道：「何不請那人來見見，看看是誰能臨摹出一幅讓郡主茶不思飯不想的畫作。」

少女微微一笑，帶著一股恬然的氣息道：「不能見，這人是故意向我挑釁呢，好吧，我也不能輸給他，前幾日我臨摹的畫還在嗎？」

「已經收起來了。」

少女道：「過兩日送到祈國公府上去，也不必說什麼，就說是送給周公子的禮物。」

侍女點了點頭。

少女抿了抿嘴，繼續觀摩畫作。

外府主事劉文聽說沈傲要競爭書僮，而且還是少爺親自推薦，對沈傲一下子熱情了，神神秘秘的拉著沈傲到角落裏說話：

「小夥子有出息，敢挑戰秀才，不愧是我老劉帶出來的。好好的比試，不要丟了我們外府的臉面。這幾天你不用幹活了，一切我會安排，需要什麼，趕緊跟我說。」

劉文熱情過度，其實還是有居心的。本來府裏頭要書僮，幾個主事都推薦了自己的親戚，這叫肥水不流外人田，誰知道內府趙主事面子大，侄子也厲害，把這個名額給占了。劉文心裏不舒服，記恨上了趙主事。

「職場競爭很激烈啊。」沈傲心裏感嘆。

不過這樣也好，趙主事占了名額，讓很多府裏頭有臉面的人丟了面子，現在大家結成統一戰線，一起支持沈傲。

到了中秋佳節，好不容易捱到了傍晚，黃昏的餘暉一掃而光，圓月高懸，皎潔的月光灑落下來。臨街的爆竹聲聲脆響，祈國公府張燈結綵，隨著主事們一聲聲掌燈的命令，一盞盞燈籠高懸在屋簷下，暈紅的光線將裏裏外外照得通明發亮。

「再往前走就是內府了，沈傲啊，你可要為本公子爭氣。」周恆笑嘻嘻地道：「族裏的幾個堂兄弟開了賭局，本公子押了十貫賭你贏。」

沈傲撇撇嘴：「你不會又押了那秀才二十貫吧？」

周恆很驚訝的道：「你怎麼知道？」

「信心！」沈傲很為他遺憾的搖頭：「是你對我沒信心，你是不是聽到了什麼風聲？」

周恆苦著臉：「聽到一些，這個秀才非同小可，州試第一呢，雖然我很看好你，可是比起這秀才來還是差了一點點。」

沈傲道：「等著瞧吧，我讓你們大開眼界。東西都準備好了嗎？」

周恆點頭：「都準備了，本公子給了你機會，你自己好好把握。」

兩個人邊走邊說，穿過閣樓月洞，眼前豁然開朗，一條波光粼粼的湖水展現在沈傲眼前，湖水之中是一座用棧橋連接的亭子，亭子很大，足以容納數十人有餘，人影綽綽，顯然已有不少人在等候了。

「可惜吳三兒沒有資格進來，要不然他一定被這景色震撼一把。」頭頂著圓月，腳下是湖中破碎的月色倒影，這種感覺，彷彿在仙境中穿梭。

沈傲很想唱歌，他哼著曲調：

「俺曾見，金陵玉樹鶯聲曉，秦淮水榭花開早，誰知道容易冰消。眼看他起朱樓，眼看他宴賓客，眼看他樓塌了。這青苔碧瓦堆，俺曾睡過風流覺，把五十年興亡看飽。那烏衣巷，不姓王；莫愁湖，鬼夜哭；鳳凰台，棲梟鳥！殘山夢最真，舊境丟難掉。不信這輿圖換稿，謅一套哀江南，放悲聲唱到老。」

周恆問：「你唱的是什麼歌？」

沈傲嘿嘿傻樂，卻不說話，要是讓這周大少知道自己對著他家的朱樓唱這種歌，非把自己掐死不可。

到了圓亭，周恆快步走向主位上的端莊婦人：「娘……」

沈傲的目光卻落在夫人身側的春兒身上，今日的春兒果然精心打扮過，在光影之下，更添了一份可人。沈傲朝著春兒眨了眨眼，春兒臉紅紅的，低垂著頭去玩弄衣襬。

「小妮子害羞了。」沈傲心裏暗爽，又將目光落到別處。在夫人的身邊坐著一名落落大方的少女，只見少女冰肌玉骨，那梔子花的臉容，透出公主般的高貴與純潔，冰冷絕豔的容顏，如同出水芙蓉般。

「這就是周小姐，上次離得遠沒看清，近看比以前更漂亮了。」沈傲看得有些呆了。

只不過目光移開，便看到周小姐身邊站著一名男子，男子有著一張成熟穩重的臉，流露出溫馨的微笑，那雙鷹眼般的眼睛透出霸道的眼神，加上那健壯的身軀，給人一種傲然的氣勢。

「爲什麼本小廝一見這男人就覺得不是好東西呢？」沈傲心裏酸酸的，挑釁的與那男人對視一眼，不過對方顯然並沒有把他放在心上，正眼都沒有瞧他。

再往外一些就是幾個主事了，劉文給沈傲傳來鼓勵的眼神。另一個主事引起了沈傲的注意，他約莫四十上下，一臉山羊鬍子，顯得很和善，帶著一種不顯露的笑意。與他站在一起的，則是一個消瘦的少年，少年膚色有些蒼白，可是隱隱之間，又能察覺出一股傲色。顯然雖然家貧，但多少有些自負。

沈傲走到夫人身邊，道：「夫人好。」

「好。」夫人朝他微微頷首，笑吟吟的道：「人都來齊了，國公府不比尋常百姓家，每到這個時候，國公總是要去宮裏陪皇上賞月。」

她頓了頓，嘆了口氣：「別人家團聚，我們卻沒有團圓的一日，所以我召你們來，一齊熱鬧熱鬧。正巧府裏要取個書僮，中意的人選卻有兩個。今日我就先拋磚引玉，請兩位少年英傑比試一二了。」

她抿了抿嘴，目光落在那臉色蒼白的少年處，顯然對他很滿意，道：「文卿，你是州試第一的秀才，將來必定要高中的，來府上做個小小書僮不會辱沒了你吧？」

那少年彬彬有禮的道：「能陪公子讀書，文卿豈有怨言。」

「好，那麼第一場就開始。」

第四章
最高的山

「第一場比試，作畫，請二位賢才準備。題目是：最高的山。」

趙文卿自恃是神童，州試第一的才子，

自然不會將一個周府的下人放在眼裏。

不多客氣，立即拿起桌上的筆，在白紙上飛舞起來。

亭子的中央，是兩方書桌，筆墨紙硯俱全。

一名主事高聲唱喏道：「第一場比試，作畫，請二位賢才準備。題目是：最高的山。」

少年與沈傲走到中央，沈傲向他抱了抱手：「在下沈傲。」

少年不以爲意的笑笑：「區區趙文卿。」

這種客氣，自然是表面上。兩個人的目光相接，挑釁意味很濃。

趙文卿自恃是神童，州試第一的才子，自然不會將一個周府的下人放在眼裏。不多客氣，立即拿起桌上的筆，在白紙上飛舞起來。

沈傲卻一點也不著急，慢吞吞地拿起筆，卻是皺起眉頭。

「最高的山？什麼樣的山才最高呢？」這明顯不止是畫畫這樣簡單，更像是智力測驗。

沈傲瞄了趙文卿的文案一眼，便看到一個輪廓已經描出，沈傲一眼就看出這是兩晉時期梁柏的伊峰圖。此畫並不出名，勝在繪畫出了恆山的雄奇。天下名山之中，恆山最高，趙文卿臨摹梁柏的伊峰圖自然就是最高的山了。

「難道要本小廝畫珠穆朗瑪峰上去？不行，就算畫出來也沒有人知道。可是又不能再模仿伊峰圖，否則就落了下乘，看來還真要動一番腦筋才是。」

一邊是筆舞龍蛇，另一邊的沈傲卻是踟躕不定，高下立判。

春兒和周恆都顯得有些擔心，尤其是春兒，一雙美眸直勾勾的盯著沈傲，關切之情溢於言表。

夫人不動聲色的望了望沈傲，隨後目光又落在趙文卿身上，眼眸中掠過一絲欣賞。那和善的趙主事此刻也露出一絲喜色，顯然覺得自己的侄兒已經穩操勝券。

時間飛快過去，趙文卿呵了口氣，終於擱筆，口裏說：「夫人，成了。」

春兒走過去小心翼翼地捧著畫給夫人看，夫人道：「畫得不錯。」

趙文卿略有得色的道：「天下名山，恆山爲最，這幅伊峰圖雖是仿作，卻正好迎合了主旨。」

夫人點點頭，目光又落在沈傲身上，只看到沈傲仍未動筆，雙眉緊蹙起來：「時間要到了。」

沈傲點頭，笑道：「馬上就好。」他手腕一動，在畫紙上很隨意的勾勒幾筆，便道：「作成了，請夫人品評。」

春兒又到沈傲的案前拿畫，沈傲趁人不注意，在她手上捏了一把，春兒一下子慌了，打了個踉蹌，羞紅的捧著畫給夫人看。

只隨意勾勒幾筆就算成了，亭中之人看沈傲的神情都有點怪異，就像一起圍觀動物園的猴子。

夫人對沈傲也不喜歡：「此人看上去沒有文卿莊正，總是帶了些邪氣。文卿作畫，有一種專注的氣質。而這個叫沈傲的，卻是隨隨便便，莫非是明知作畫比不過文卿，故意隨意勾勒幾筆來敷衍嗎？」

趙文卿也覺得自己穩操勝券，不屑地望了沈傲一眼：「沈兄好灑脫，隨便幾筆就能畫出高山？」

沈傲笑得很矜持，眼神中很值得玩味：

「趙兄拭目以待。」

月影朦朧倒映在波光粼粼的水面，微風輕輕拂過。難得月夜佳節，周恆的心情很不好。

沈傲是他推薦的，是他的代表選手。一開始，周恆對他還有一點點信心，可是看他漫不經心隨意勾勒幾筆就交卷的樣子，哇，漫不經心還耍帥裝酷啊。

「這個傢伙比本公子臉皮還厚，居然現在還笑得出來。」周恆搖著扇骨，很想過去揍沈傲一頓：「完了，看來第一場八成是趙文卿贏了。」

誰知春兒將畫放到夫人眼前，夫人卻是咦了一聲，踟躕不決的望望沈傲，好像一時很難裁決的樣子。

周恆伸著脖子過去看，沈傲的畫果然簡單。粗略的勾勒了幾筆，妙就妙在這幾筆很有神韻，一筆勾勒出一座峻峰的輪廓，另外幾筆卻在山腳下圈了幾朵雲彩。

「雲彩在山腳下，這山得有多高？」周恆歡呼雀躍，臉色多雲轉晴，道：「這座山比恆山要高，恆山的峰尖能有雲彩就不錯。哈哈……娘，這一次是沈傲贏了。」

周恆心裏想：「好小子，原來這傢伙玩了這一手，聰明，雖然比本公子差了一點點。」

夫人面色有些陰沉，她對沈傲的印象沒有趙文卿的好，不過這一次確實是沈傲贏了，只好道：「沈傲贏。」

沈傲很矜持的樣子道：「夫人垂愛，小生不勝惶恐。」心裏卻是得意極了。

趙文卿不可置信的過去看畫，立時失去了顏色，臉色更加蒼白。

不過他輸得確實無話可說，恆山雖然雄奇，可是沈傲卻劍走偏鋒，將雲朵畫在山腳下，山腳下就是雲朵，可想而知這山有多高，就是十座恆山也比不過。

春兒才不管誰的畫好，反正知道沈傲贏了就很高興。

周小姐和他身邊的男子也過去看畫，那男子冷哼一聲，顯然很不屑的樣子。倒是周小姐浮出一點欣賞之色，不過也只是一點罷了。

「咳咳……第一回合，沈傲贏。」趙主事臉色不太好的宣布了成績，繼續道：「第二回合比作詩，今日乃是夫人誕日，就以祝壽爲題。」

趙文卿馬失前蹄，急於表現，連忙道：「生就福如東海瀾，日臨南山青松嵐。快採瓊花祝生辰，樂曲仙音繞嬌嬈。」

他說得極快，竟是一下子把詩做了出來。

夫人連忙笑道：「好。」這一個好字，自然是褒獎之意，也有鼓勵趙文卿的意思。作弊啊，沒有天理。沈傲心裏悲憤極了，這個秀才出口成詩，就是曹植也沒有這個本事。可是人家脫口而出，顯然早就知道了題目，有人洩題！

看來這年頭，秀才還是很吃香的，國家認證的就是不一樣，夫人看趙文卿的模樣，激情四射啊。

「看來得拿出殺手鐧了。」沈傲覺得自己受了不公平的待遇，很傷自尊心，勉強掛起一點笑容，從容道：

「這個婆娘不是人……」

沈傲話音剛落，便感覺到亭中散發著濃重的殺氣，這種感覺怪怪的。

夫人的臉上已經掛不住了，虎著臉，漫不經心的故意去抓糕點。周恆目瞪口呆，春兒瞪著大眼睛還沒有反應過來。趙文卿和趙主事臉上浮出一絲冷笑，就連那一向波瀾不驚的周小姐也不禁蹙起眉頭。

「好大的膽子，竟敢誹謗夫人！」趙主事趁機站出來，臉上很義憤很護主的樣子，恨不得立即將沈傲踩死。

沈傲微微一笑，道：

「九天仙子下凡塵……」

這一句話落下，那殺氣頓時就化作了喜氣，就連夫人的臉上也終於緩和下來，心裏想：「原來是把我比作仙女了，所以才不是人。」

沈傲繼續道：「兒孫個個都是賊……」

有了前面的鋪墊，大家反而沒有先前的不快了，都是笑吟吟的期待下一句。只不過周恆的臉色很不好看，心裏說：「這個傢伙在光天化日之下罵本公子是賊，哇……受不了啊。」

沈傲最後道：「偷得蟠桃奉至親。」

「好……」

劉文幾個主事一齊鼓掌，很歡樂很給面子。反倒是趙主事和趙文卿一對叔侄有點兒臉色不好了。

夫人忍俊不禁地笑起來，春兒連忙去給他遞茶。身邊的周小姐也浮出一絲笑容，比剛才的端莊多了一分嫵媚。

「好，好，好……」夫人連說了三個好字，比對趙文卿的評價多了兩個好字。

沈傲朝著剛剛回過味來的周恆擠眉弄眼，周恆這才醒悟，想起之前沈傲對他的囑咐，連忙跪在母親的膝下，道：「孩兒給母親獻壽禮。」

他往自己懷裏掏了半天，掏出一個半大的桃子：「這桃子雖比不過蟠桃，卻是孩兒從靈隱寺的桃林裏偷來的，今日借著沈傲的詩，祝母親壽比南山。」

夫人的臉上頓時蕩漾出幸福的笑容，很疼惜的看著兒子，接過桃子：「我很喜歡。」

周恆更來勁了：「啊呀，母親不知道，孩兒偷這桃子的時候，被僧人發現，那些僧人放狗來追，孩兒跑得慢了一點，就要被狗追上了。」

夫人握著這半生不熟的桃子，已經很感動了，嗔怪道：「府裏頭不缺桃子，還用得著你這傻孩子去偷。」

周恆樂呵呵的傻笑，這一切自然是沈傲的安排。沈傲讓他去偷桃子，他權當幫忙，叫他今天把桃子帶來，他也貼身藏著，想不到這個沈傲竟是故意拿他來應景的，不過這個景應的不錯。

趙主事道：「夫人，沈傲教唆公子偷桃，很不應該。若是傳出去，怕要笑掉別人大牙。」

夫人此時也有些猶豫，兒子的孝心讓她很欣慰，可是偷桃又不應該，若是訓斥，難免冷了兒子的孝心；可要是放任，又怕以後周恆更加胡鬧。聽趙主事一說，夫人又愁眉不展了。

沈傲道：「趙主事這話不對，在沈傲看來，人生在世，不管是做官還是做賊，都講一個孝字。少爺偷桃是不應該，可是單孝順一事就足以掩蓋所有瑕疵了。常存仁孝心，則天下凡不可爲者，皆不忍爲，所以孝居百行之先。」

夫人護短，母雞啄米似的點頭：「對，對，百善孝爲先，有了孝心，其他的都不是大礙。」心裏想：「這個沈傲看來也不是一無是處。」

「所以這一回合是不是沈傲贏？」周恆給老娘灌米湯，就希望老娘點這個頭，這樣三局兩勝，沈傲就贏了。

趙主事連忙道：「夫人，方才沈傲說得也很有道理。不過就論詩來說，文卿那首詩顯然更好，反觀沈傲的詩雖然敏捷，卻少了意境。」

夫人點點頭：「那麼這一局就算文卿贏。」

夫人也是有算盤的，她雖然對沈傲的印象有了改觀，但是仍想再考察他，才決定人選。

沈傲很無奈，不過他還有後著，因此很虛僞的說：「趙秀才的詩確實比我的好，我心服口服。」

趙文卿卻覺得沈傲在諷刺他，冷笑著不做聲。

「這小子恨上本小廝了。」沈傲察覺到趙文卿的心態。

作畫是沈傲贏，作詩是趙文卿小勝。現在是平局，重軸戲還未開場，夫人似乎也不急。文案筆墨撤了下去，瓜果糕點送了上來，夫人朝眾人招招手：

「都累了，先吃些糕點。」

沈傲依言坐下，目光落在夫人捏著的一串佛珠上，這佛珠對比夫人的家世並不引人矚目，有一點寒酸。可是瞧那佛珠的色澤灰暗，想必是夫人常用的物品。

作爲藝術大盜，詐騙是沈傲最基本的素質，而詐騙的要求就是看人，通過每個人的細微處，分析對方的性格和喜好。

看這佛珠的色澤應該有些年頭，沈傲就可以料定佛珠是某個長輩贈予夫人的禮物。再看夫人對它的珍視程度，可以斷定這個長輩對於夫人的意義重大。

他吃了口糕點，便對夫人道：「夫人，這佛珠真好，我母親尚在的時候，也有一串這樣的佛珠。可惜……」沈傲露出悲痛之色，便不再說了。

當別人談及自己所珍視的東西時，往往會顯現出很大的興致。夫人含笑道：

「哦？你的母親也有一串這樣的佛珠？是了，這佛珠並不珍貴，你母親有也是常有的事。」

沈傲道：「只可惜家母已不在人世了，那是家母最珍愛的物品，我將它隨母親一起下葬。現在想起來，又覺得很不應該。若是將它留在身邊，多少還能睹物思親。」

夫人的眼眶紅了，很感傷的道：

「是嗎？你確實應當留下它，說起來不怕你笑話。這串佛珠也是我出嫁時母親送我的嫁妝，只可惜慈母也已不在人世，想起來，那時候家貧，慈母最愛這串佛珠，我嫁到這公府來，慈母竟只能拿她最心愛的佛珠陪嫁。」

眾人剛才還歡快得很，轉眼見夫人憂傷的樣子，也都笑不起來了。幾個奸詐的主事都是一副如喪考妣的樣子。

那周小姐最為驚詫，她的母親一向內斂，今日為什麼將這樣的心事和一個外人說。她瞥了沈傲一眼，心裏道：「此人心機很重呢。」

沈傲道：「夫人也是貧家出來的嗎？難怪夫人對下人這樣好，體驗了人間疾苦，自然就懂得下人們的艱辛了。」

一般而言，夫人的身世並不是豪門，許多人在說起這事時都有些忌諱。而夫人也頗有些自卑，可是沈傲卻侃侃而談，將話題引到夫人的善心上，非但沒有引起夫人的反感，反而讓她突然生出一點驕傲。自己雖然是貧家出身，可是我待人和氣，不知積了多少善緣，比起那些富家夫人又差到哪兒去？

夫人對沈傲和藹得多了，問沈傲的籍貫，又問沈傲哪裡讀的書。

沈傲一一作答，都是敷衍過去，說著說著，夫人又忍不住說起了佛理。這是她的興趣，誰知沈傲也多少懂些佛學，順著她的性子說了些見解。夫人笑吟吟的不斷點頭，說：

「好，好，你能懂得這些大道理，心性就不會壞到哪裡了。」隨後又道：「這些道理你是從哪裡得知的？」

沈傲道：「家母也曾是虔誠信女，耳濡目染，也就有了些感悟。」

夫人點頭：「是了，你母親想必也是個善心人。」

沈傲很無恥的道：「今日見了夫人，便如見了去世的母親，都是一般的心善仁慈。」

夫人眼眶又紅了：「慈母在世時也是如此，我嫁入公府，本打算讓慈母享幾年清福，誰知她便……」她掏出手絹擦拭眼角的淚水，很傷感。

兩個人一個問，一個答，一個回憶往事，另一個唏嘘蹉跎。好像一對忘年之交，竟是渾然忘了身邊的人存在，弄得大家都很尷尬，尤其是趙文卿，自始至終，夫人都沒將注意力轉到他的身上。

夫人越看沈傲就越覺得順眼，沈傲方才的許多話，都直擊了她內心的最深處，讓她又憶起了許多往事。

說了許多話，夫人眼睛紅紅的注意到身邊的眾人，這才矜持的笑了笑，目光落在趙文卿身上：「慢待文卿了，文卿多吃些糕點。」

趙文卿一副溫文爾雅的樣子，點頭說好。此刻他的心情很不平靜，從一開始他隱隱占了上風到沈傲翻盤，從夫人先是器重他，到更多的注意力轉移到沈傲身上，他已經預感到，若是拿不出殺手鐧，這場競爭他必敗無疑了。

想到這裏，趙文卿再無猶豫，從袖中掏出一個錦盒來：「夫人誕日，小生無以為敬，些許小禮，請夫人笑納。」

夫人許是覺得剛才對沈傲過於熱絡，冷落了這個神童秀才，笑吟吟的親手去接了錦盒道：「文卿的家境也不好，何必破費。」

周小姐淺笑道：「母親何不打開看看。」

夫人點點頭，在眾人的注目下打開錦盒，一對光彩奪目的吊墜在朦朧的光線下散發出柔和的光彩。

「啊呀！」夫人眼前一亮，喜道：「我恰好缺一件搭配衣衫的吊墜，想不到文卿竟如此曉事。」

女人都愛飾物，更何況是切合心意的吊墜，夫人在耳邊比劃，一邊朝周小姐問：「若兒，這樣得體嗎？」

周小姐道：「母親，再得體不過了，就彷彿是爲母親訂做的一樣。」

「好，很好，這禮我就收了。」夫人露出久違的笑容，將吊墜放入錦盒，又覺得方才不夠矜持，因而收斂笑容道：「趙主事，到庫裏頭支二十貫錢給文卿，這禮我收下，但不能令文卿破費，文卿也是懂事苦命的孩子呢。」

夫人缺一件搭配衣服的飾物，這件事不但周恆知道，趙主事也知道，周恆上一次就是希望沈傲送上這份禮物博取母親的歡心，沈傲卻拒絕了。而趙主事也同樣慫恿侄兒送這份禮，爲此，還貼了十貫出來讓趙文卿去籌辦，想不到果然有了效果，瞧夫人掩飾不住的笑意，讓這一對叔侄懸著的心總算又放下一半。

趙文卿誠惶誠恐的道：「花費的錢是小生賣些字畫攢下來的，只是聊表小生的敬意，哪裡還敢要夫人的賞。」

夫人道：「你有這個心意我就承你的情，你和沈傲都是乖孩子。」

沈傲咳嗽一聲，跟著道：「夫人，沈傲也準備了禮物，爲夫人慶賀。」

夫人笑咪咪的望著沈傲，其餘人也都引頸等待，方才沈傲出彩的地方太多，不知他又會拿出什麼別樣的東西來討取夫人歡心。

沈傲在眾目睽睽之下，從懷中掏出一個小小的佛像，佛像上刀痕累累，顯然還未完工，沈傲雙手獻上道：「兩天前才知今日是夫人誕日，因此時間倉促，這一尊觀音大士像請夫人笑納。」

這佛像並不精美，反而顯得很粗糙，許多地方的刀痕也不平整，若不是沈傲說它是觀音大士，只怕在場的人不細看也認不出來。

夫人卻很高興：「好，好，這是你的心意，我很喜歡。」拿手去接，目光卻落在沈傲的手上，雙眉已蹙了起來。

沈傲的手與佛像一樣都滿是刻痕，尤其是手背，一條清晰可見的刻痕從指縫一直劃到手腕，觸目驚心。

夫人的眼睛已經通紅了，說：「你的手是怎麼了？是不是雕佛像的時候傷著了？傻孩子，怎麼這麼不愛惜自己。」

夫人徹底的感動了，趙文卿的禮物她喜歡，這是女人愛美的天性。可是像她這樣的大福之人，對相配的飾物也只是喜歡而已，畢竟這只是點綴，花些銀子哪裡買不到？

可是沈傲的禮物卻不同，沈傲送的不是俗物，而是心意。這份心意分量很重，尤其是那滿是刻痕、刀疤的手，讓夫人一下子感動的說不出話來。

有些時候，送禮並不需要貴重，只要有誠意，帶著足夠的誠意去做，就是一根鵝毛，一尊不起眼的佛像，也足以打動人心。

沈傲仿製的雕刻藝術品不知凡幾，雕刻一尊佛像手到擒來，可是他故意這樣做，故意在手中劃出淺淺的刻痕，就表現出了自己的誠摯。而這種誠摯，卻不是用金錢來衡量的。尤其是對於夫人這樣養尊處優的人，什麼樣的珍寶沒有見過，可是見了這佛像，對沈傲的看法就完全不一樣了，注目在沈傲的美眸，多了一分疼惜憐愛。

夫人踟躕片刻，道：「趙主事。」

趙主事連忙道：「夫人有何吩咐？」

夫人道：「去，到帳房再取十貫錢給文卿，讓他安心在家讀書，來年總是要高中的。」

夫人這句話已是不言而喻了，這個書僮與趙文卿絕緣了。說起來夫人倒也厚道，前後一共賞了趙文卿三十貫錢，足夠趙文卿一年的用度。只不過，此刻趙文卿臉色更加蒼白，這已不是錢的事，輸給一個下人，他的面子往哪裡擱？

木已成舟，他勉強作出一副感恩的樣子，微微笑道：「謝夫人。」只是笑容有些僵硬。

接下來便是賞月吃糕點，夫人禮佛，自然是不吃酒的，所以也沒有擺酒上來，樂呵呵的吃了糕點，便都各自散去。

夫人回到臥房，淨了手，捻著佛珠念了會兒經文，卻見春兒還沒有走，便問：「春兒，你回去歇了吧。」

春兒俯首稱是，腳卻沒有挪動半步，臉窘得說不出話來，欲言又止。

夫人道：「你這丫頭今日是怎麼了？可有什麼話要說。」

春兒閉著眼，鼓起很大的勇氣道：

「夫人，我聽說沈傲這個人油奸嘴滑，好吃懶做，識得幾個大字便四處炫耀，平日做事總是拖拖遝遝……我……我……」

她一口念完，眼睛卻不敢睜開，臉色更加窘了。

「哦？」夫人嘴上含笑，眼眸落在春兒處：「這是誰教你說的？」

第五章
哪裡來的瘋子

「哪裡來的瘋子？」這人的舉動讓沈傲目瞪口呆，

見過不要臉的，還沒有見過比自己臉皮更厚的啊，這是怎麼回事？

這傢伙算不算占自己的便宜？

沈傲愣了，一時之間也不知該怎麼反應。

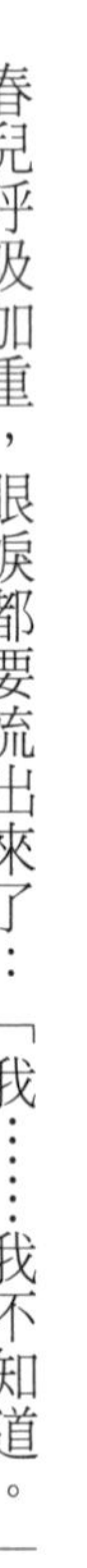

春兒呼吸加重，眼淚都要流出來了：「我……我不知道。」

夫人卻是笑了：「傻春兒，你跟了我這麼久，我會不知道你的心性，瞧你這模樣，肯定是有人教的。」

春兒便不敢說話了。

夫人放下佛珠，眼眸中掠過一絲冷然，道：「是趙主事教你說的？」

春兒不出聲。

夫人卻也不蠢，春兒這孩子不會說謊，可是誰能支使她？內府裏頭不會超出三個人。春兒編排沈傲，又是誰支使的呢？

夫人想到的只能是趙主事，她雖然慈善，卻也不是蠢人，否則這府上又如何會井井有條？想及此，夫人的臉色已有些冷了，漫不經心的道：

「好啦，你下去歇了吧，以後再不許說這樣的話。」

沈傲是和外府主事一道兒回去的，劉文很興奮，覺得沈傲爲外院爭了光，而且前途很無量。做了書僮，就是少爺的親信，又很得夫人的喜歡，將來在府裏頭也是個能說得上話的人物。因此劉文對沈傲很熱絡，笑嘻嘻的慶祝一番，又約定將來相互扶持。

沈傲對他笑：「劉主事太看得起我了，一個書僮罷了，比起劉主事來差得遠了。」

劉文聽了心裏很舒服，覺得沈傲很會做人，便悉心教導他道：「今日你駁了趙主事的面子，往後到了內府一定要小心注意。若是那趙主事爲難你，就來和我說，不是我吹牛，這府裏頭，我劉文還是有幾分薄面的。」

沈傲應承下來，口裏說：「趙主事哪裡比得上劉主事，依我看，這個內府該讓劉主事來管才是。」

內府和外府的主事雖然權力相若，可是內府的油水比之外府要大的多了，不說別的，就是夫人、小姐們採買的衣飾、書畫，一年就有數百貫的油水。外府是苦差，辛辛苦苦的打理著，可是國公和夫人都看不見，劉文早就惦記著去內府了。聽沈傲這樣一說，很是心花怒放，一直把沈傲送到住處，才掌著燈籠回去。

吳三兒見沈傲回來，興沖沖的問：「怎麼樣?打敗了秀才沒有?」

沈傲哈哈大笑，很張狂的道：「對付他還不是小菜一碟，從明天起，我就要搬到內府去了，每月的工錢四貫，賞賜另算。」

吳三兒很興奮又有些懊惱：「你搬出去，這屋子就我一個人了。」

沈傲道：「放心，劉主事很精打細算的，他不會讓你白白占著一個屋子，過兩天，說不定就會安排別人住進來。」

吳三兒很傷神：「就怕換一個有臭腳、睡覺打呼嚕的。」

沈傲點點他的頭，哈哈笑道：「我已經爲你安排好了，三兒，你做家丁很沒前途，知道不知道？」

吳三兒攥著拳頭，很生氣的說：「怎麼沒前途了？我一個人做的活比兩個人都多。」

沈傲搖頭：「所以你沒有前途啊，這說明你這人腦子不靈活，連偷懶都不會，怎麼能做好一個家丁？」

吳三兒很沮喪，沈傲說得沒有錯，他和沈傲一起幹活。每次這個傢伙都是偷懶耍詐，自己卻一個頂兩個，結果現在沈傲就要進內府了，自己還在做雜役，心中很不平衡啊。

沈傲道：「放心，我是不會拋下你的。你有沒有想過出府去做點生意？」

「做生意？」吳三兒眼珠子都要掉下來，期期艾艾的說：「我不會做生意，而且，做生意也要本錢……」

沈傲坐在鋪上：「本錢我們一起湊，不會做我來指點你，我們一起合夥，置辦些產業，家丁是不能做一輩子的。」

「好。」吳三兒很興奮，掰著指頭道：「我有個同鄉也在汴京做生意，如今日子過得不錯，我明天就去向他討教。」

「哇，不得了，原來吳三兒還認識生意上的朋友。」沈傲很欣慰，說：「這人是誰？做的什麼生意？」

吳三兒見沈傲對他另眼相看，已經有些飄飄然了：「他叫吳九，在城隍廟賣炊餅，生意好的時候，一天能賺三百文錢呢。」

沈傲很受驚，再不提這位生意場上的朋友了，轉開話題道：

「我的意思不是去賣炊餅、糖葫蘆什麼的，這雖然也是生意，但是太有前途，你這麼笨，做不來。所以我打算開一家私人會所。」

「私人會所？」吳三兒對這個陌生的名詞很難消化。

沈傲解釋道：「相當於茶室，當然要顯得有點兒層次，讓汴京城的名流才子們去那裏喝茶。要提升層次，首先，我考慮在汴河河邊上盤下一個大宅子來，再裝點一番，就差不多了。」

「汴河河畔的大宅子？」吳三兒底氣一下子沒了：「沒有幾百貫，不，就是一千貫，只怕我們也做不來這樣的買賣啊。」

「錢的事好說。」沈傲心裏已經有了主意，對於他來說，錢一向不成問題：「這件事我去辦，我身上差不多有二十貫，這些錢你先拿去。」

沈傲拉開睡鋪，在枕頭底下是一個嵌進床的小盒，盒子裏琳琅滿目的碎銀、制錢，

這是沈傲的全部身家。

之所以讓吳三兒去開店，是因爲沈傲對吳三兒很放心，他這些錢放在枕頭底下，吳三兒也知道，可是一文不少，說明吳三兒雖然有賭癮，但並不是一個手腳不乾淨、不懂克制的傢伙，和他一起合夥做生意不用擔心夾纏不清。

把小盒交在吳三兒手裏，沈傲伸了個懶腰，哈欠連連：「睡了，明天我就要去內府熟悉環境，哈哈……」

第二天天濛濛亮，沈傲起了個早，內府那邊已經有人來催了，沈傲隨著來人進了內府。昨夜雖然進來，但是畢竟夜色朦朧，因此並沒有細看。可是今日再看，這內府中又顯現出別樣的大氣磅礴，金碧輝煌。既融合了江南特色的清雅，又兼帶了北方的厚重感。

過了一條長廊，遠遠便看到周恆正托著下巴坐在石階下發呆，沈傲走過去，發現周恆捧著一幅畫卷。

「你來得正好，郡主又送來了一幅畫，看看是不是假的？」周恆看到沈傲，臉色頓時舒展開。

沈傲展開畫卷，一幅山水畫出現在眼簾。

「這是董源的大作，名叫《瀟湘圖》。」沈傲聚精會神看著，董源被後世稱爲北宋三大家，其畫技出神入化，想不到今天竟能遇見名聞已久的瀟湘圖，令他大開眼界。

「瀟湘」指的是湖南瀟河與湘江，二水匯入洞庭湖，「瀟湘」也泛指江南河湖密佈的地區。圖中繪畫出一片湖光山色，山勢平緩連綿，大片的水面中，沙洲葦渚映帶無盡。

「好畫！」不管真假，單這一幅栩栩如生的瀟湘美景，已讓沈傲沉醉其中，隨即又看了一會兒，才道：「可惜仍然是僞作。」

「又是假的？」周恆顯得很沮喪，雖然早就預料到這種結果，可是沈傲親口說出來，還是讓他有些難以接受。

沈傲指著畫中的小舟道：「這一幅比上一幅有點進步，可是畫風仍有生硬。董源以畫筆厚重見長，而這幅畫的主人力度欠缺了一些，雖大致臨摹出董源的神韻，臨摹的痕跡還是不少。」

周恆道：「郡主又送來僞畫是什麼意思？」

沈傲將畫卷收起來笑道：「她是不服氣，想和我們比一比。」

周恆叉手很張狂的大笑：「跟我們比？沈傲幫我教訓教訓她！」

「好一個狗仗人勢。」沈傲白了這傢伙一眼，點點頭：「我也臨摹一幅瀟湘圖來，讓她大開眼界。」

隨後又想起春兒的事，問：「春兒的事和你娘說了嗎？」

周恆氣勢一下子弱了，可憐巴巴的道：「正在辦，正在辦。」

沈傲覺得這傢伙很不靠譜，卻也無可奈何。

周恆笑嘻嘻地道：「你來我書房，看看一幅畫值多少錢。」

沈傲隨周恆進了書房，這書房並不大，書倒是不少，沈傲很陰險的想，這裏頭一定夾藏著不少有顏色的東西，說不準還有什麼密宗雙修大法什麼的。

書桌上，一幅山水畫倒是引起沈傲的注意，這幅畫的落款是楊潔，楊潔這個人倒是並不出名，和董源一樣都是北宋初期的畫家，只不過比起董源來要差了不少。

楊潔作畫，講的是一氣呵成，因此，就算是在後世，存留下的作品也很氾濫，再加上他的畫雖然細膩，可是意境上卻仍有欠缺。因此，這樣的二流畫家名聲不顯，而他的作品因爲太多，價值自然高不到哪裡去。

周恆問：「這幅畫送去當鋪能換多少錢？」

沈傲微微一愣：「你缺錢？」

周恆尷尬一笑：「前幾日給你買前唐蜀紙花了我七貫錢，我一個月也不過十貫的月例，如今已是一錢都不剩了。過幾日要和幾位好友去城外踏青，總不好向我娘討要。這幅畫是王公子送我的，王公子家裏頭有的是錢，這畫應當能值不少銀子吧？」

沈傲搖頭：「這幅山水圖確實是難得的佳作，只不過這樣的畫太濫，最多也就賣個五十貫，若是去當鋪，十貫五貫也是常有的事。」

周恆很是失望的道：「才這一點？我還道能賣上大價錢呢。」

沈傲道：「少爺也不必去賣畫，要是缺銀子，我們不妨一起合夥做點生意怎麼樣？」

沈傲早就打了拉周恆上船的心思，畢竟是國公世子，有他參股，許多事就輕鬆多了。

周恆皺眉：「做生意？做什麼生意？」

沈傲將自己的打算說給周恆聽，周恆頓時大感興趣：「才子會所？哈哈，本公子喜歡，好，我們一齊做生意。」他是看什麼都很新鮮，說白了就是沒腦子，一頭熱。

「不過，要做這門生意，至少得拿出一千貫來。」

沈傲一句話等於給周恆潑了一盆冷水。周恆瞪著眼睛道：「一千貫，這也太多了吧。」

沈傲很為難的樣子：「這個我來想辦法，誰教我將來是會所的董事長呢。」

「那我做什麼？掌櫃還是東家？」

「你是副董事長。」沈傲握著他的手，很真摯的問候：「周副董好，周副董吃了嗎？」

周恆很尷尬，他隱隱覺得，但凡什麼頭銜加了一個「副」字，總是有點不中聽，胖乎乎的手被沈傲握著搖啊搖，讓他很難堪。

「能不能把這個副字去掉？」

沈傲一本正經的搖頭：「你若是拿出一千貫來，我們就換個位置。」

周恆咂舌：「本公子還是退居幕後的好。」

兩個人商議了一陣，春兒來了，沈傲興致勃勃道：「春兒一來，本書僮的靈感也來了，拿筆墨來，我先給郡主畫畫。」

春兒掩嘴偷笑，去取了筆墨，好在這一次不必再用蜀紙，因此也不必破費。沈傲屏息，渾然似是換了個人，方才還是嬉皮笑臉，現在卻是說不出的嚴肅。

「少爺，你出去。」沈傲故伎重演。

周恆愕然：「出去？為什麼？本公子還想看看你怎麼作畫呢。」

沈傲道：「我現在要體會董源的心境，董源這個人嘛……不太喜歡臭男人。」

春兒臉騰地紅了，道：「上次那個孫位不喜歡男人，為什麼這一次董源也不喜歡男人。」

沈傲自覺失言，一個理由不能在人前說兩遍。不過他臉皮厚，正氣凜然的說：「作畫的人都是一副德性，有點怪癖是理所當然。」

周恆抗議道：「不走，你現在就畫。」

沈傲剛才差點被春兒揭破，底氣有些不足，只好道：「好吧，下不爲例。」說完手腕一抖，便開始在一塵不染的白紙上著墨了。到了這個時候，他顯得極爲認真。

沈傲最拿手的是臨摹，臨摹的要素在於細膩，要有一副觀察入微的眼睛，而且必須能夠使自己融入其中，出了一點點差錯，僞作的破綻就出來了。

《瀟湘圖》畫面中以水墨間雜淡色，山巒多運用點子皴法，幾乎不見線條，以墨點表現遠山的植被，塑造出模糊而富有質感的山型輪廓。墨點的疏密濃淡，表現了山石的起伏凹凸。

除此之外，董源在作水墨渲染時留出些許空白，營造雲霧迷濛之感，山林深蔚，煙水微茫。山水之中又有人物漁舟點綴其間，賦色鮮明，刻畫入微，爲寂靜幽深的山林增添了無限生機。

要僞作這種畫是最難的，沈傲不敢有絲毫的分心。

不斷的著墨、揮點，沈傲完全沉醉其中，一邊的周恆倒是失去了興致，很焦躁的抽出紙扇搖啊搖，一副不耐煩的樣子。

沈傲全神貫注盯著未完的畫卷，一面開口說：「給我搧風。」

「哇，這傢伙竟把自己當大爺了。」周恆很不平，不過，他又對這傢伙全神貫注在作畫上卻又能感應到身邊的變化很有興趣。心裏想：「他是不是在腦後多長了一隻眼睛，為何本公子在旁搖扇，他不抬頭也看得見？」

其實作為藝術大盜，時不時要做些梁上君子的勾當，耳聽八方的本事還是必備的。沈傲的本事多了去了。

不平歸不平，周恆還是乖乖的給他搖扇子。

整整過了半個時辰，周恆的手都麻了，沈傲才突然直起腰來，將畫筆擲地：「成了。」

這一次，周恆對沈傲有信心，也不再看畫，立即將它捲起，便道：「我去郡主那裏走一趟，生意的事，回頭我們再商量。」說完，將扇子插回腰間，飛也似地走了。

沈傲與春兒百無聊賴，便到東面的荷塘去，那裏正是涼亭的所在。此時春意盎然，一片片荷葉漂在湖面，荷花未開，只有雪白的花骨朵冒出來。沈傲看到湖中一尾尾魚兒撥開水面，瞬間蕩漾起無數的水紋。

「有魚。」沈傲眼睛發亮。

春兒道：「這是公爺從漢陽帶回來的鯿魚，開始時只帶了三尾來，誰知放在這湖中，竟繁衍出了這麼多。」

「原來是武昌魚。」沈傲心裏更樂了，武昌魚又名團頭魴，肉質嫩滑，味道鮮美，不可多得啊。

他捋起袖子，道：「你在這裏幫我看著，我撈幾條上來。」

春兒阻止道：「這魚夫人很喜歡呢，若是讓夫人知道，夫人會不高興的。」

美食當前，沈傲顧不得許多了，沈傲是四川人，四川人喜歡吃油炸、麻辣的食物。來到這裏之後，發現堂堂大宋朝竟沒有辣椒。再加上從前是雜役，吃的以素食居多，用現在的話叫「嘴裏都淡出個鳥來了」，忍不住啊。

他捲起褲腿，道：「所以才叫你盯著，有人過來就示警。我抓幾條就走。」

不顧春兒反對，沈傲走到湖畔，腳下踩著淤泥，躡手躡腳的踩入湖中。嬉游的魚兒聽到動靜，頓時一哄而散。沈傲便不動了，靜靜的等待。

魚兒先是不敢湊近，等到發覺沒有了危險，又重新游了回來。沈傲一雙眼睛死鎖住一尾胸鰭肥厚的鯿魚，身體突然動了，單手如電抄出，眼明手快到了極點，等狀若鉗子的手掌從水中抄出，那鯿魚已牢牢被沈傲扣住。

這一手可是沈傲的絕活，梁上君子，難免要做些掉人錢包的勾當，手要絕對的快，五隻手指更要恰到好處，爲了練習這一門絕技，沈傲吃過不少苦。

活魚入手，沈傲隨手將牠往岸上一拋，隨即又等待魚兒上鉤，如此反覆了三次，四條活蹦亂跳的鯿魚被拋上岸去，沈傲乾脆脫了外衫，用外衫將牠們包成一團，朝目瞪口呆的春兒努努嘴：「走，找個僻靜的場所烤魚去。」

春兒嚇得面如土色，生怕有人發現，連忙引著沈傲往湖岸的東側去，那裏倒是有一片低矮的建築，垂柳依依，風景不錯，人煙也稀少。

沈傲倒是一點不怕，笑呵呵的打趣：「春兒吃過烤魚嗎？廚房在哪裡？我去找點配料來。」

春兒敷衍著道：「待會兒我去拿，沈大哥，不要再開玩笑了，真要給人看見了就不好了。」

沈傲很委屈的樣子：「烤魚也犯法嗎？我看見如此肥美的魚拿來光觀賞實在可惜，是以才將牠們物盡其用，這是功德，讓這些魚兒早日脫離苦海，去西天極樂享福呢。」

末了，沈傲很莊重的高唱佛號：「善哉，善哉，本小廝有好生之德，早晚要立地成佛的。」

他一邊念，一邊心裏暗想：「原來本小廝還真有佛緣，看來找機會應該去佛堂和夫人研究研究佛法。」

春兒忍不住笑了，到了院牆的角落，春兒道：「這裏尋常沒有人來，我去找火摺和調味料來。」

沈傲在四周尋了些柴禾，拔出隨手帶的一把匕首，抓出魚來去鱗破肚。畢竟是穿越人士，人生地不熟，往往多留了幾個心眼。所以隨身攜帶以防不測的匕首此刻幫了大忙，操著匕首或削或割，熟稔極了。

殺魚和雕刻其實並沒有不同，在沈傲眼中，殺魚也可以成爲藝術，他這個人雖然極力表現出玩世不恭的樣子，可是本心上卻是個細緻入微的人。片刻功夫，便把四條魚處置的乾乾淨淨。

擦了擦汗，沈傲坐在樹墩上歇了歇，回想了這幾日發生的事，彷彿做夢一樣。不過現在的感覺不錯，已經適應了這裏的生活。從前是大盜，四海爲家，那個時候他追求的不是單純的錢財，而是一種刺激。

「只是，現在自己追尋的是什麼呢？」

沈傲很難得長吁短嘆，還沒有抒發完他的「情感」，春兒便帶著許多小東西來了。

沈傲接過春兒手裏的東西，一樣樣的清點，隨後便將魚兒串起來，升了火，熟稔的翻弄。春兒幫不上忙，窘著臉，托著下巴蹲在一旁看。

火焰跳躍起來，淡黃的火苗正好觸及魚肉，吱吱作響。

一股淡香傳出，沈傲不疾不徐的開始灑些鹽巴進去，逃亡時餐風露宿，使他的燒烤技巧提升了幾個層次，火苗炙燒的部位逐漸變得金黃，沈傲隨手翻過一面，一邊道：

「春兒，吃過燒烤嗎？」

「嗯？」春兒一時愕然，方才她失了神。沈傲不管是作畫還是燒烤，那一副自信滿滿、認真仔細的樣子，都讓她有些著迷。此時見沈傲的目光落過來，臉頰羞紅起來，低垂著頭道：「沈大哥說什麼？」

「前言不搭後語，小妮子在想什麼呢？」沈傲嘿嘿一笑，魚肉差點兒烤焦了。等一通忙活下來，沈傲捏著一條魚放到春兒身前：「嘗嘗本小廝的手藝。」

春兒很矜持：「我不餓。」

「不餓？」沈傲覺得自己一番苦心當了驢肝肺，很痛苦很傷心的樣子。春兒見狀，連忙又說：「我吃一些。」

貝齒輕輕咬了一口，春兒感覺到一種別樣的鮮美，尤其是那流出來的魚汁，很出味。沈傲大快朵頤起來，好久沒有沾過肉腥，難得今天開個小灶，自然沒有客氣的必要。

「好吃嗎？」

「好吃。」春兒很乾脆的回答。

「那下次我們再來。」

「啊……」春兒眼眸中閃過一絲慌亂，連忙說：「不……不了。」

沈傲大笑，春兒慌亂的樣子別有一番風味。

這時，一個人負著手過來，這人穿了件洗得漿白的儒裙，三旬上下，頸下一縷稀鬚，一副很頹廢的樣子。只是那一雙眼睛彷彿隱隱流出色澤，一張一闔之間閃動著孤獨和冷傲。

他走到篝火邊正對著沈傲盤膝坐下，一點客氣的意思都沒有，伸手便抓了一條魚往口裏塞，以至於連油膩都不理會了。

「哪裡來的瘋子？」這人的舉動讓沈傲目瞪口呆，見過不要臉的，還沒有見過比自己臉皮更厚的啊，這是怎麼回事？這傢伙算不算占自己的便宜？

沈傲愣了，一時之間也不知該怎麼反應。就在這個功夫，這老頭已是將一條烤魚解決了，一點都不怕燙。

他慢悠悠地掰下一根魚骨，氣定神閒的剔著牙，口裏含糊不清的道：「油腥味重了些，味道尚可。」

這句話是他一個字一個字從口中迸出來的，彷彿沈傲能得到這樣的評價，應該很激動才是。

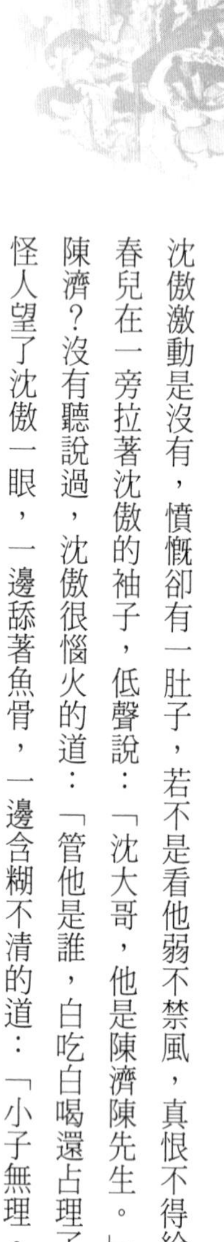

沈傲激動是沒有，憤慨卻有一肚子，若不是看他弱不禁風，真恨不得給他兩拳。

春兒在一旁拉著沈傲的袖子，低聲說：「沈大哥，他是陳濟陳先生。」

陳濟？沒有聽說過，沈傲很惱火的道：「管他是誰，白吃白喝還占理了嗎？」

怪人望了沈傲一眼，一邊舔著魚骨，一邊含糊不清的道：「小子無理。」

「大小子無理！」沈傲不理會一旁使眼色的春兒，爭鋒相對。

怪人很蠻橫，沈傲比他更蠻橫，這是沈傲的做人原則，從來不肯吃虧。

怪人愕然，放下魚骨，正襟危坐道：「鄙人姓陳，還未請教。」

「姓沈。」

「鄙人單名一個濟字。」

「老子單名一個傲字。」沈傲將傲字咬的很重，別有深意。

陳濟茫然：「沈傲？沒有聽說過。」

「我也沒有聽說過你。」沈傲微微笑道。

陳濟很驚愕的樣子：「你竟沒有聽說過我的大名？」

第六章
眾人皆醉我獨醒

這種強烈的鬱鬱不得志，正是陳濟一生的寫照，
尤其是那種慨嘆志同道合的朋友不多，
實與屈原慨嘆「眾人皆醉我獨醒」的心情類似的感懷，
彷彿正恰對了陳濟現今的心境。
也難怪他此時感觸的流出眼淚。

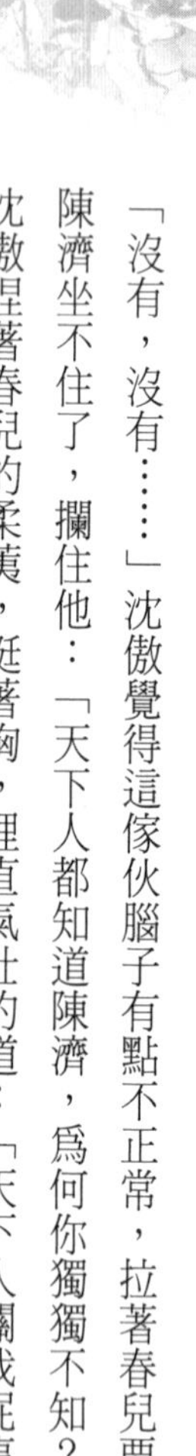

「沒有，沒有……」沈傲覺得這傢伙腦子有點不正常，拉著春兒要走。

陳濟坐不住了，攔住他：「天下人都知道陳濟，爲何你獨獨不知？」

沈傲捏著春兒的柔荑，挺著胸，理直氣壯的道：「天下人關我屁事，不要擋道。」

陳濟面子掛不住了，很受傷的樣子：「你讀過書嗎？」

沈傲道：「讀過。」

陳濟癡癡的佇立著不動，喃喃道：「他讀過書，莫非真不知我的大名嗎？」說完很懊惱的樣子，搖頭苦嘆道：「看來世人早已忘了陳濟，忘了……這才幾年光景……」

他昂起頭，見沈傲又要走，拉住沈傲道：「先別走，我考考你。」

「考我？」沈傲來了勁，叉著手道：「放馬過來。」

陳濟昂頭，隨即脫口道：「『昧昧我思之』何解？」

「妹妹我思之？」沈傲茫然，心裏想：「這傢伙不但好吃，看來還急色，你思妹妹也就算了，當著春兒的面一本正經的說出來做什麼?很無恥啊。」

陳濟見沈傲茫然，便喜道：「你根本就沒有讀過書。」

沈傲道：「思妹妹和讀書有什麼關係?」若說作詩詞、作畫什麼的，沈傲倒是可以照抄一些，憑著他精湛的畫技和記憶足以驚動四座，可是之乎者也的東西，他卻一點不懂。

陳濟冷笑道：「昧昧我思之，語出《尙書．秦誓》。這裏的『昧昧』，表沉思貌，有暗暗的意思，『昧昧我思之』也就是『我心裏暗暗地思索著』。你這不學無術之人，快走，快走，不要驚擾了我的興致。」

沈傲這才明白，原本他要走，現在人家攔著他，他卻不走了。

陳濟已是厭煩了，揮手道：「快走。」

沈傲放下春兒的手，微微笑：「我不走了。」

陳濟道：「這是爲何？」

沈傲道：「我要和你比一比。」

「哦？」陳濟滿是蔑視，心裏說：「此人未讀過四書五經，也敢在班門弄斧。」口裏道：「比什麼？」

沈傲最受不得旁人這種眼神，好勝心起，非要給這個怪人一點厲害嘗嘗不可，道：「之乎者也的酸文章，鄙人沒有興趣，不如就比作詩詞吧。」

「詩詞？」陳濟冷笑：「未讀過四書五經也敢作詩？」

沈傲抱著手，很輕快的樣子：「怎麼，你不敢？」

陳濟的屋子就在不遠，一個單獨的小院落，雖然人看上去邋裡邋遢，可是這院落卻出奇的乾淨雅靜，沈傲想不到周府之中還有這樣靜謐的場所。

二人搬來了書案，筆墨紙硯也備齊了，二人的書桌相對，案上攤著白紙。

春兒在一旁爲沈傲磨墨，陳濟的跟前也有一個小廝，名叫芸奴，姿色倒是好的，只是又聾又啞，在一旁爲陳濟鋪平紙張。

陳濟提筆，左手抓著右邊的袖子，冷聲道：「限三炷香時間，如何？」

他顯得很自信，對沈傲不屑一顧。

沈傲比他更自信，哈哈笑道：「一炷香就可以了。」

陳濟瞪了他一眼，心裏說：「看你張狂到幾時。」道：「好。」

陳濟不再多言，全心全意提筆書寫，陳濟與沈傲都有同一個脾氣，一旦開始做某件事時，便定下心來，心無雜念，一心一意撲進去。此刻的陳濟如入定的老僧，一雙渾濁的眼眸顯出凌厲之色，時而沉眉，時而舒展，時而提筆，又時而喃喃念叨。

恰恰相反，沈傲輕鬆的多，教春兒給自己斟了杯茶，眼睛的餘光掃視陳濟一眼，將春兒拉到一邊，問：「這個陳濟是誰？」

春兒愕然，低聲道：「沈大哥當真不知他是誰？」

沈傲苦笑，道：「真不知道。」

春兒虎著臉：「你既不知道，爲什麼還要惹他？」

「惹他又怎麼了？」

春兒道：「就是國公見了他，還要叫他陳相公呢。據說此人很厲害，是政和一年的狀元，他還做過一件驚天動地的事。」

「什麼事？」沈傲瞥了一眼這落魄的狀元，心裏想：「肯定是什麼事得罪了別人。」

春兒道：「他上疏彈劾了當時的蔡太師，還罵官家盡信小人，荒廢國事。」

沈傲深以爲然：「這傢伙倒是挺有膽量。」

春兒繼續道：「結果官家龍顏大怒，便將他廢爲庶人，聲言永不錄用。」

「可爲什麼他在周府呢？」沈傲對陳濟的印象有了些改觀。

春兒道：「雖然他不能做官了，可是蔡太師可不會輕易放過他，國公爺爲了保全他，所以特地請來府上住。平時出門，也派了許多人保護的。」

沈傲恍然大悟：「難怪這傢伙這麼自負，好，本書僮來打消他的囂張氣焰。」

他旋身去提筆，沉吟片刻，已經有腹稿了。北宋之後的詩詞很多，摘抄起來，沈傲一點壓力都沒有。

一炷香很快過去，陳濟擲筆，抬眼去看沈傲，只看沈傲雙手抱胸，顯然已經完成多時了。心裏便想：「不信你這孺子小兒一炷香能作出詩來。」口裏問：「詩作好了

嗎？」

沈傲微微笑：「等候多時了。」

陳濟不信，踱步過來看，這一看，便愣住了。口裏喃喃隨著沈傲寫的詩文念：

「甚矣吾衰也。悵平生交遊零落，只今餘幾！白髮空垂三千丈，一笑人間萬事。問何物、能令公喜？我見青山多嫵媚，料青山見我應如是。情與貌，略相似。一尊搔首東窗裏。想淵明《停雲》詩就，此時風味。江左沉酣求名者，豈識濁醪妙理。回首叫、雲飛風起。不恨古人吾不見，恨古人不見吾狂耳。知我者，二三子。」

他念著念著，眼中已噙出淚花來，愣愣地竟是癡了。

這首詞乃是沈傲摘抄辛棄疾的《賀新郎、甚矣吾衰也》，其實並不算極品佳作。抒發的是辛棄疾罷職閒居時的寂寞與苦悶的心情。

詞的上片一開頭「甚矣吾衰也。悵平生交遊零落，只今餘幾！」即引用了《論語》中的典故。《論語・述而篇》記孔子說：「甚矣吾衰也，久矣，吾不復夢見周公。」如果說，孔子慨嘆的是其道不行；那麼辛棄疾引用它，就有慨嘆政治理想無法實現之意。

辛棄疾寫此詞時已五十九歲，又謫居多年，故交零落，因此發出這樣的慨嘆也是很自然的。這裏「只今餘幾」與結句「知我者，二三子」首尾銜接，用以強調「零落」二字。

這種強烈的鬱鬱不得志，正是陳濟一生的寫照，尤其是那種慨嘆志同道合的朋友不多，實與屈原慨嘆「眾人皆醉我獨醒」的心情類似的感懷，彷彿正恰對了陳濟現今的心境。

也難怪他此時感觸的流出眼淚，一輩子閉門苦讀，好不容易實現了「朝爲田舍郎、暮登天子堂」的理想。可是如今卻如此凋零。

陳濟深深吸了口氣，隨即又是一愣，一雙眼睛都看直了。

沈傲所用的是瘦金體，瘦金體乃是宋徽宗趙佶所創，只不過現在趙佶的瘦金體還未完全脫胎，沈傲筆下的瘦金體卻有一種天骨遒美、逸趣靄然的韻味。

不說這詞，單論這字就已經是萬裡挑一了。

陳濟一下子忘了詞意，竟專心去看這字，眼眸中滿是不可思議，口裏忍不住道：「詞是好詞，字更好，足以與王右軍比肩，好字……好字……」他嘴唇哆嗦著連連說好，激動之情溢於言表。

「看來這陳狀元是個愛好書法的人。」沈傲心裏想。

對於自己的字，沈傲絕對有自傲的本錢。身爲藝術大盜，模仿各種藝術品是家常便飯，若沒有這手好字，在這一行是混不下去的。當年沈傲還僞造過《蘭亭序》，若不是被國際刑警組織及時發現，否則早有數千萬美元進入腰包了。

不管是行書、草書、楷書、草書、隸書，沈傲都有很深的心得，執筆、運筆、點畫、結構、佈局也很有造詣。管他什麼狀元，碰到沈傲這個吸取了五千年精華的怪物，都只有拜服驚嘆的份。

陳濟愛不釋手左看右看，良久之後，才戀戀不捨的移開目光。

「這是什麼書法？」陳濟這一次看沈傲的目光不同，小心翼翼又帶了些許期待。

瘦金體還未成型，或者說，趙佶那狗皇帝還處在探索階段，相比起來，沈傲的瘦金體倒是有一股大師的味道。沈傲臉皮厚，面不改色的道：「沈傲體。」

陳濟苦嘆：「詞好，字好，陳濟拜服，拜服之至。」

沈傲要去看陳濟的詩，陳濟面帶慚色的阻止。他心裏想：「若是我費一番功夫，寫出一首佳作來給他看，倒還尚可。可是急切之間潦草寫就的詩詞，就不必班門弄斧了。」

陳濟好書法，尤其是罷官之後心中苦悶，便一心撲在書法上，時間久了，也就養成了怪癖的性子。不過在沈傲面前，這種怪癖不得不收斂起來。

他繼續看沈傲的行書，又是一番感嘆，喟嘆道：「比蔡京那賊不遑多讓，蔡京對行書一向自負滿滿，若是見了沈相公的行書，必定自慚形穢。」

沈傲心裏很舒暢，難得有人識貨啊，話說自穿越以來，他結交的除了文盲就是草包。繪的畫、寫的字，最多也就得一個好字，這是外行人的看法。這位陳狀元就不同了，很識貨，誇起人來竟是不帶重樣的，怎麼肉麻怎麼來，痛快極了。

沈傲難得謙虛道：「我只是一小小書僮，哪裡稱得上相公。」

在宋朝，只有君子、生員才稱爲相公，沒有功名，是絕不會有人這樣稱呼的。陳濟抬眸，疑惑的望著沈傲，這才發現沈傲確實穿得並不華貴，道：「你竟是個書僮？可惜，可惜！難道還未考取功名嗎？」隨即又搖頭，喃喃道：「是了，方才我試探你時，你竟連『昧昧我思之』都不知何解，看來並沒有讀過經史。」慨然嘆息：「怪哉，不精通四書五經，竟能作這樣好的詞，寫這樣好的字。」

陳濟正色道：「男兒豈能不考取功名，不如這樣，你教我行書，我教你經史經義如何？以你的資質，考進士科定能高中。」

宋朝的科舉分爲兩種考試，一種是進士科，另一種是明經科。宋朝科考的題量相當大，不是答一張卷子就能獲取功名。進士考需要試詩、賦、論各一首，策五道，帖《論語》十帖，對《春秋》或《禮記》經義十條。這其中以詩、賦、論三項爲最重。而明經科考的也是相同的內容，只不過詩、賦、論三項擺在了次要的位置，而帖論語，對春秋、禮記經義最爲重要。

這就導致了進士科的生員往往瞧不起明經科，因爲明經科主要依靠死記硬背，不像進士那樣文采飛揚。

陳濟對沈傲入科舉很有信心，詩詞賦自然難不倒他的，只要惡補一下論語、春秋、禮記、策論即可。

沈傲卻是搖頭，道：「本書僮對之乎者也可不感興趣，你要學行書還不容易，我寫一個帖子，你自己拿去臨摹體會即是。」

陳濟的好心被當成驢肝肺，不由有些懊惱，道：

「沒有功名在身，你要一輩子爲人奴僕，爲人驅使？萬般皆下品、唯有讀書高，這個道理，沈相公莫非不懂？」

「人各有志，難道不考功名我就不用活了嗎？陳相公貴爲狀元之才，功名傍身，也不見有多快活。」

沈傲本來就是不循常規的人，否則在前世就已是一個乖寶寶了，又怎麼會去做江洋大盜。他想要的，只是那種隨心所欲的生活。

陳濟搖頭喟嘆：「罷了，陳濟亦不願受人恩惠，你既不願讓我教導，這行書我也不學了。」說罷，對又聾又啞的芸奴使了個眼色。

芸奴板起面孔，便把沈傲、春兒往外推，大門一關，算是閉門謝客。

沈傲苦笑，這人真怪，一言不合便教人吃閉門羹。他甩甩袖子，很生氣的朝著那緊閉的大門罵道：「我若是皇帝，也不讓你做官。」

春兒卻是抿嘴不語，方才陳濟的話倒是撥動了她的心思。她是真心希望沈傲好，就連陳相公都說沈傲必能高中，又說什麼萬般皆下品、唯有讀書高，這些道理春兒豈能不知？是以她真心希望這個沈大哥去參加科舉，博取一個功名。

春兒想勸說沈傲，可是隨即又想，若是沈大哥有了功名在身，只怕再也不願意和她這個奴婢在一起了吧？

想到這裏，她的耳根一紅，羞怯得說不出話。

沈傲和春兒沿著小徑往回走，一路上，人漸漸多了一些，春兒怕羞，便加快了步子，故意把沈傲落在後面，以免被人看見他們並肩而行。

沈傲臉皮厚，三腳兩腳的追上去。春兒回頭，又羞又急，壓抑著心裏的不忍，虎著臉道：「這裏人多，沈大哥不要跟著春兒好嗎？」

沈傲抱著手，饒有興趣的看著「翻臉無情」的小妮子，道：「小春兒走小春兒的路，本小廝走本小廝的路，兩不相干，怎麼說是我跟著小春兒？」

春兒在沈傲面前終究還是拉不下臉皮，呢喃祈求道：「被人瞧見不好，而且我要去佛堂見夫人了。」

沈傲嘻嘻笑：「真是巧了，我也正要去見夫人呢。」

春兒愕然：「你見夫人做什麼？」

「我爲什麼見不得夫人？昨夜夫人還說要我有空暇去佛堂陪她說說話，我現在有空的很。」

春兒呢喃無語，只好旋身繼續走，沈傲在她腳後跟追，引得不少人側目。

到了佛堂，春兒前腳進去，沈傲後腳就跟來了。這佛堂並不大，香燭氣息濃郁，四周是白壁，腳下是幾個蒲團，再前頭便是香案、佛龕。夫人捻著佛珠盤膝念著經文。見有人進來，那闔著的眼睛微微一張，看見沈傲，微微一笑，便道：「來坐。」

沈傲坐下，一點拘泥都沒有，彷佛他不是周府的下人，倒像是貴客一樣。

其實很多人對上位者都有一種天生的畏懼感，在他們面前躡手躡腳。其實他們也都是人，也有七情六欲，並不是吃人的怪獸。

夫人放下佛珠，這經是念不下去了，依舊坐在蒲團上，道：「沈傲不用給佛主上香嗎？」

沈傲坐著不動，大言不慚的回答：「佛在沈傲心中，不拘形式的。」他話音剛落，心裏在說：「酒肉穿腸過，佛主心中留，不知是哪個傢伙發明出來的，很對本書僮的胃口。」

夫人便收了佛珠，在春兒的攙扶下站起來，笑吟吟的道：「這麼說，我倒是拘泥了。」

沈傲連忙道：「我不是這個意思，夫人心誠，上香、念誦經文既可表達對佛主的敬意，同時也能寧心安神，並沒有壞處。」

夫人頷首點頭：「你這孩子倒是什麼都能說出個理來。」

沈傲便笑：「沈傲敬重夫人，所以言辭之中總是拐著彎的讚美，許多話還沒有思量，便脫口而出了。」

他作出一副無可奈何的樣子，意思是說，我奉承夫人可不是刻意的，而是隨心而動，是心中所想化成了溢美之辭。

這馬屁的殺傷力很大，夫人忍俊不禁的抿嘴笑起來，那一雙美眸露出一絲歡喜，在沈傲的對面坐下，對春兒道：「教人上些糕點來，去和廚子說，叫他們今日多做幾份素食，沈傲留下來陪我吃齋飯。」

春兒應聲去吩咐了。沈傲眼睛落在牆上懸掛的觀音像處，忍不住站起來駐足觀看，口裏道：「這觀音像不知是何人所畫，讓人看了很靜謐，很舒服。」

其實沈傲很無恥，這觀音像畫鋒欠了些蒼勁，顯然是女子所作。尋常的女子哪會畫像送人，想必作畫之人就在周府，不是夫人就是周小姐畫的了。他故作不知，誇耀一番，夫人肯定喜歡。

不出沈傲所料，夫人笑面如靨地道：「這是若兒畫的，難得你也喜歡。」若兒便是周小姐，親生女兒被人誇畫作的好，做母親的既自豪又欣慰。自始至終，夫人都覺得沈傲這個人嘴巴很甜，又不是尋常人那樣過度阿諛奉承，彷彿一切都是由心而發，很讓人舒暢。

「這個孩子倒不像是尋常人，看來也是讀過不少書的。」夫人越發覺得沈傲的好處不少，對他也更加和藹了。

沈傲欣賞完了畫，便道：「找一日功夫，我也爲夫人畫一幅觀音，夫人看看我和小姐哪一個畫得好。」

夫人連聲說好，於是便問沈傲的家世，在她看來，沈傲這樣好「教養」的人，不該入府來做僕役的，想來必有緣由。

沈傲睜著眼睛說瞎話，編的故事文情並茂，說自己原也是讀書人家，家境尚可，後來父親去世，便被族中的親戚們欺負，母親受不了氣，很快也跟著去世了。

夫人聽了，眼睛裏便團團閃著淚花，女人心軟，最聽不得這種悲劇，對沈傲又多了幾分同情。

沈傲繼續瞎扯，說自己父母沒了，世態炎涼，遭盡了族叔、族伯的白眼，只好流落到汴京。

到了汴京之後，又如何乞討，如何受人欺負，最終簽了賣身契進了周府。

夫人唏噓感嘆，撫慰道：「你進了周府，這即是佛主說的緣分，以後再沒有人欺凌你了。」說著說著，看沈傲那一副「儘量很堅強」的樣子，又忍不住疼愛起來。

沈傲連忙道：「天將降大任於斯人也，必先苦其心志、磨其筋骨。有了這些經歷，我才發現人世間的事雖然灰暗，但是總有閃光的色澤，也更珍惜眼下的一切。」

夫人連連點頭，心裏說：「原來這孩子竟這樣苦命，以後可不能慢怠了他，他的家世不錯，也不能將他當奴僕看待。」口裏道：「你這話倒是沒有錯，恆兒自小就沒有吃過什麼苦，現在還是一個孩子脾氣，真不知什麼時候才能懂事些。」

沈傲道：「周公子是貪玩一些，本心卻是很好的。有這樣的慈母庇護著，總是難免會有些小性子。」

這個時候，春兒上了糕點來，夫人叫沈傲吃。沈傲毫不客氣，捏起一塊蜜餞糕便塞入口裏，狼吞虎嚥，吃相有點難看。夫人不以為意，反而笑了起來：

「慢點吃，往後要是喜歡，我教廚房每日送一些去。」

說完，又教人給沈傲遞茶，沈傲吞了茶。夫人心念一動，想起一件事來，便問沈傲：「趙主事待你如何？」

夫人提及趙主事，一旁的春兒有些發窘了，她不明白，為什麼沈大哥讓她對夫人說那些話，更不明白為什麼明明自己「編排」了沈大哥，夫人對沈傲更熱絡，反而對趙主事有些冷落了。

沈傲放下茶盞，很真摯的回答：「趙主事人很好的，雖然為了競爭書僮時，搶了他的侄子的名額，但是我可以看出，這個人很和善，不會和我生出嫌隙。」

夫人頷首點頭，那一雙眼眸很值得玩味的深望了沈傲一眼。

趙主事教唆丫頭編排沈傲，而沈傲卻說趙主事人很好，兩個人的言行高下立判。夫人心裏想：「這個傻孩子，真不知人心險惡。」口裏道：「這樣就好，往後有什麼事，便徑直來和我說，我為你做主。」

沈傲很無恥的答應了，二人相談甚歡，沈傲這個人見識多，說些前世套上後世背景的笑話給夫人聽，夫人笑得連最後一點矜持也放下了，上氣不接下氣的笑。

不多時，便有一人進來，披著一件蓑衣，戴著斗笠，問：「母親笑什麼？」

沈傲瞥眼去看，只見周小姐渾身濕漉漉的，在丫頭的幫助下脫下蓑衣，因穿著這厚重之物，所以裏頭穿的不是衣裙，衣飾較為合身，凸顯出姣好的身材。

原來這會兒功夫，外頭已經下雨了。周小姐單名一個若字，原本看著母親笑吟吟的，可是眼角的餘光落在沈傲身上，眉頭微微一蹙，那鵝蛋般的面容頓時冷下來。

第七章
瀟湘圖

想到這裏，少女的俏臉生出緋紅，很是羞愧。

比起這幅畫的畫師來，她的畫太浮淺，可是偏偏她還不知天高地厚，

竟要與此人鬥畫，如今見了這幅《瀟湘圖》，再與自己臨摹的相比，高下立判。

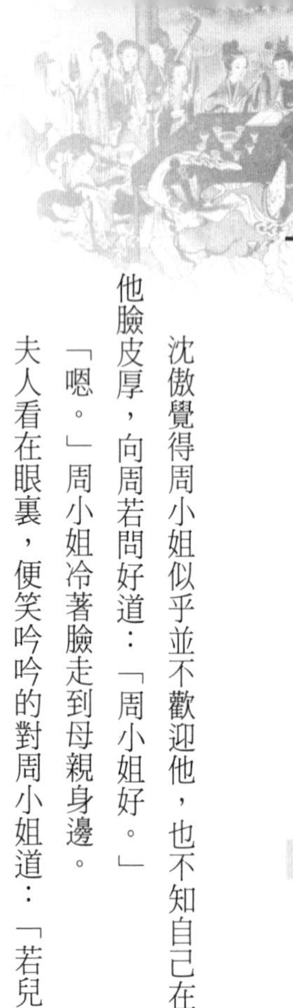

沈傲覺得周小姐似乎並不歡迎他，也不知自己在周小姐的印象中爲何這麼差，好在他臉皮厚，向周若問好道：「周小姐好。」

「嗯。」周小姐冷著臉走到母親身邊。

夫人看在眼裏，便笑吟吟的對周小姐道：「若兒，不要輕慢。」

周小姐原本還對沈傲若有若無，最多只是有點兒不適罷了，可見連母親都護著這個嬉皮笑臉的小子，看沈傲的目光便多了一分不屑。

夫人見冷了場，便笑道：「若兒今日去了哪裡？大雨天的，真讓爲娘的擔心。」

周小姐眼眶有些紅了，一團淚水盈盈欲出，如出水的梨花，低聲道：「母親，我去看劉小姐了，她真可憐。」

夫人嘆息：「這是運數，她父親若是不犯事，何至於落到這步田地。」

周小姐咬著貝齒道：「她父親犯了事與她何干？就算入了教坊，那教坊司的人也太可惡了，若不是他們做出這樣的事，劉小姐何至於輕生？」

沈傲在一旁聽，總算得知了一些原委，原來是周小姐的一個朋友因父親犯事，被充作了官妓。所謂教坊便是官妓的管理場所，誰知教坊的官吏與奸商合謀，將一些姿色上好的女子送至青樓調教。

這本來就是一種潛規則，其實有點兒像軍隊裏吃空餉的意思。官妓說白了是沒有錢賺的，於是一些私妓的商人便送些銀子去打點，再將一些官妓送到青樓去，這樣一來，教坊司的人得了好處，青樓也能賺取更多的利潤。

這趙小姐是個剛強的人，也不知進了青樓受了什麼侮辱，便上吊了。這種事也沒人過問，就是國公，也絕不會爲她出頭，畢竟她的父親是犯官，爲她說話，很容易讓人聯想到政治上去，成爲政敵攻擊的目標。

此時程朱理學還未傳世，習俗上多少還繼承了一些唐風，女子也沒有太多的禁忌。今日周小姐聽聞噩耗，清早便出門，去送趙小姐最後一程。

周小姐道：「那個醉雲樓的東家真是可恨，逼死了趙小姐，連治喪的錢都不肯出，母親，這樣的奸商是該治一治。」

夫人微微笑道：「無奸不商，我們的家世不比常人，去和一個老鴇生什麼氣？你這幾日就待在府裏，這些事不要管。」

周若滿不情願的頷首點頭。

聽到這裏，沈傲心念一動，望了周小姐一眼，心裏說：「本書僮做生意的本錢來了。」

周府的齋飯很不錯，夫人請客，沈傲自然沒有客氣的必要。菜都是家常菜，但很出

味，雖然沒有肉食，但廚子的技藝很精湛，沈傲讚不絕口。

夫人吃的不多，隨口撿了幾樣菜吃，便抿嘴拿濕巾擦拭了嘴，向人道：「去取些甜米酒來給沈傲喝。」

沈傲問：「怎麼周公子沒來？」

夫人抿嘴笑道：「他不喜素食，所以平時都不愛來這裏吃的，這孩子的性子像國公，沒點定性。」

沈傲偷偷瞥了一旁的周小姐一眼，心裏在想：「周小姐的性子像誰呢？應該不像夫人，夫人脾氣這麼好，她的脾氣太差。如是性子像夫人該多好啊，本書僮吃頓飯而已，用得著受她這麼多白眼嗎？」

原來周若聽說沈傲在這陪母親吃齋飯，心裏便有些不高興了，看向沈傲的目光很凌厲，讓沈傲大熱天忍不住打了個冷戰，總覺得今日赴的是鴻門宴——有殺氣。

「在內府也有兩天了，怎麼沒有看到國公，看來這國公也真夠忙的。好，有機會撞見他，一定要拍他一通馬屁。」沈傲的思緒聯翩。

有人端上甜米酒，夫人是不喝酒的，周若倒是喝一些，叫人斟上。沈傲上的是大杯，這酒的口感很甜，有點渾濁，畢竟時代限制，雖然有些雜質，在這個時候也是上等佳品了。

喝了米酒，周若的臉上升出一抹緋紅，起身向母親告辭。沈傲也不好待下去，便道：「夫人，過些時日公子就要進學了，我是書僮，也要提早預作準備。」

夫人點點頭：「平日有空，便來陪我說說話。」

沈傲應承下來，便告辭出去。

身後春兒追上來，道：「沈大哥，夫人教我和你說，過幾日要人為你裁剪些衣衫。你雖是書僮，可是與公子同出同入，總不能再以青衣小帽示人。」

沈傲點點頭，笑道：「春兒，有一件事請你幫忙。」

春兒見兩個婢女恰好迎面過來，小臉頓時又恢復了冷意，低聲道：「是什麼事？」

沈傲道：「請你去見周小姐一趟，教她去池塘中央的那涼亭處，就說我在那裏等她。」

春兒先是一愣，眼眸頓時黯然，一隻手緊緊的捉緊衣襟，滿是失望之色，眼淚又止不住流下來。「原來沈大哥對小姐……難怪他總是往夫人處跑，他接近我，是不是想今日教我替他傳話……」

她咬了咬唇，卻沒有拒絕，點頭道：「嗯……」這一聲應得很勉強，很傷感。

沈傲本是心思很細膩的人，不過剛剛喝了些米酒，被冷風一吹，已有些醉意，沒有注意到春兒的變化。笑嘻嘻的道：「告訴她，如果想為劉小姐報仇，一定要來。」

仍是那朱閣綺戶，明媚典雅的少女撐著下巴趴伏在梳粧檯上，一雙眼睛凝視著臺上的畫卷入了神。

「峰巒出沒，雲霧顯晦，不裝巧趣，皆得天真。此人還真繪出董源的神韻，哎……這一次只怕又出醜了，此人的畫技之高，令人嘆爲觀止……」

想到這裏，少女的俏臉生出緋紅，很是羞愧。比起這幅畫的畫師來，她的畫太浮淺，可是偏偏她還不知天高地厚，竟要與此人鬥畫，如今見了這幅《瀟湘圖》，再與自己臨摹的相比，高下立判。

「真是奇怪，董源作畫嚴謹，孫位筆走龍蛇、一氣呵成。這二人畫風迥異，此人卻都得了他們的神韻，這個人好可怕。」

少女不可思議的試圖尋找著《瀟湘圖》的破綻，可是很快又失望了，明知它是贋品卻沒有絲毫的瑕疵。

名家的畫各有特點，就是專攻其一，要做到這種程度，都不知要耗費多少心血。可是作畫之人既有孫位的豪放，又有董源的細膩，說明此人的畫技已到了出神入化的地步。

少女頓時茫然，她所見的名家不少，卻自認他們也不一定能做到這樣的程度，這個人到底是誰？

這時，有婢女進來道：「郡主，殿下來了。」

「嗯……」少女失神的應了一聲，美眸卻彷佛穿透了眼前的瀟湘圖，一片茫然。

「紫蘅，瞧我給你帶什麼來了。」有人興沖沖的跨檻進來。

這個男人身材纖細，一身月白項銀細花紋底錦服，大片的蓮花紋在白衣上若影若現。頭上戴著紫金冠，長眉下，黑色眼眸像灘濃得化不開的墨，英俊挺拔，貴氣逼人。

「哦……」少女又是虛應一聲，卻還是一動不動。

男人搖著骨扇，風流倜儻極了，走到少女身後，眼睛落在那幅瀟湘圖上。笑容頓時消散，一雙眼睛直勾勾的順著畫中的筆線遊走，訝然道：

「這幅瀟湘圖不是在禁宮嗎？怎地到了這裏？」

少女這才回過神來，旋身看了男子一眼，臉上展露出笑容：「殿下什麼時候來的？」

男人佯怒的搖著骨扇，虎著臉道：「爲兄來看你，你連理都不理，無趣，無趣的很，想來紫蘅是不歡迎我了，好罷，我走便是。」轉身要走。

少女連忙攔住，笑道：「人家哪有這樣的意思，殿下真是這樣小心腸嗎？」

男人大笑，旋身回來，目光落在《瀟湘圖》上：「紫蘅，這畫是哪裡來的？莫非是父皇賞賜你的？」他很是遺憾的苦笑：「父皇視它若珍寶，我幾次索要，他都不肯給我呢。」

叫紫蘅的少女搖頭，笑吟吟的道：「這是贗品。」

「贗品？」男人皺眉，俯下身細細去看畫，他也好畫，眼光還是有的，方才明明看到的絕對是董源畫作無疑，此時聽說是贗品很是驚愕。

足足觀摩了一盞茶功夫，男人眉頭皺得更緊了，雖然知道這幅畫並不是真跡，因爲畫的落款並沒有印上宮中的印璽。可是不管怎樣看，都瞧不出破綻。

男人驚嘆道：「此人定是董源再生，鬼斧神工，妙哉，妙哉！」隨即問：「這是何人所作？汴京城竟隱藏著如此厲害的畫師。」

紫蘅毫不隱瞞，將自己的際遇說出來，最後道：「人家羞愧死了，在這樣的宗師面前班門弄斧，他瞧了我臨摹的畫，一定笑死。」

男人微笑：「紫蘅先別急著羞愧，我們一起和他比一比，合你我二人之力，定能教他臣服。」

紫蘅笑道：「有殿下幫忙，我們或許還可以和他比一比，不知殿下可有新作嗎？」

男人道：「前幾日，我恰好臨摹了一幅父皇的畫，昨日呈給父皇看，父皇還褒獎了幾句呢，說是已得了他幾分真傳。我就拿這幅畫送過去，看他如何？」

這個躲在周府的畫師很強大，男人自認不是他的對手，只不過他也有自己的優勢。

他的父皇最擅長畫花鳥，身為人子，對花鳥的浸淫已到了爐火純青的地步，再加上自己又對父皇的畫風瞭若指掌，一定不會輸給這個神秘的人物。

男人搖著骨扇，很自信的大笑：「紫蘅，你等著瞧，為兄一定替你討回顏面，讓他瞧瞧我們的厲害。」

因是剛剛下雨的緣故，空氣漸漸濕潤清新起來。站在池塘的涼亭上，四周是荷葉、花骨和粼粼的湖水，微風吹過，帶來一陣心曠神怡的清香。

沈傲目光灼灼，望著不遠處欲開的荷花，很想將這一幅美景繪畫出來，永遠留住這景致如此美麗的時刻。

這種衝動只是一閃即逝，沈傲現在要做的是等，等周小姐來。

許久，仍然不見那期待的倩影。

沈傲略略有些失落，看來周小姐是不會來了。不過還好，沈傲經受得住打擊，雖然周小姐明顯厭惡他，不過他還不至於絕望。很快又精神奕奕起來，望著池塘中的荷葉發了會呆，朗誦道：

「泉眼無聲惜細流，樹蔭照水弄輕柔。小荷才露尖尖角，早有蜻蜓立上頭。」

「小小一書僮，每日吟詩作對，不覺得可惜了嗎？」一個聲音傳出來，很好聽。

沈傲回眸，發現竟是周小姐不知什麼時候出現在身後，忍不住道：「可惜什麼？」

周若穿著一身紫釵羅裙，顯然剛剛換了衣衫，雖然衣飾並不華美，可是穿戴在她身上，卻襯托出一股華美的氣質。她的面容好像只要對著沈傲就冷冷的，對沈傲的「誤會」不輕。

周若蹙眉：「明知故問，你既有文采，何必要屈居人下？討我母親歡心，也是你計畫中的內容嗎？」

「哇……看來周小姐對我的誤會很大，好像我的心機很深、很陰險一樣。」沈傲心裏抱不平。

周若冷若寒霜的道：「說吧。」她隨時有旋身便走的意思，顯然只是爲趙小姐復仇的事來。

沈傲開門見山：「只要周小姐願意聽任我的安排，我們可以設一個局，懲治醉雲樓的老鴇。」

周若揚眉，道：「如何懲治？」

沈傲反問：「奸商最怕的是什麼？」

周若不耐煩地道：「你不必賣關子。」

沈傲尷尬一笑，只好自問自答：「最怕的是破財，這樣比殺他更難受，我們就讓他破財，將他辛辛苦苦攢下的銀子騙來。」

周若淡淡地道：「這就是你叫我來的原因？」隨即旋身便走，顯然對沈傲的計畫並不感興趣。

沈傲連忙攔住，搶上去差點與周若撞了個滿懷，口裏道：「周小姐就忍心讓奸商逍遙法外，讓你的朋友含冤嗎？」

與周若貼近了很多，沈傲幾乎可以聞到淡淡的體香，還有一股清新的皂角味。

「走開！」周若大聲呵斥，腳步連退。此刻的她，彷彿受驚的兔子，又羞又怒。

沈傲欺身上去，繼續道：「我沈傲也有朋友，如果我的朋友為人所害，我一定會為他復仇。因為沈傲心裏清楚，如果我什麼都不做，於心不安。」

周若連連後退，被沈傲突如其來的舉動嚇到了，那冷冷的俏臉浮出一絲驚慌，許久之後才鎮定道：「你要怎麼做？」

沈傲笑道：「先教人去打探這個奸商，之後再想辦法。」

周若瞪了他一眼：「有了消息再教人通報我。」她不願久留，旋身快步沿著棧橋走了。

沈傲目光如電，忍不住低聲道：「原來如此，周小姐有怪癖。」

他之所以得出這個結論，是因為自己稍稍靠近她時，周若表現出來的慌亂無措和那種厭惡的眼眸，沈傲最擅長從細微處觀察一個人的性格，方才周小姐的舉動，應該與某種心理潔癖有關。

「不會是先天就厭惡男人吧。」沈傲摸摸鼻子，哂然一笑：「有意思。」

他回到外府去尋吳三兒，囑咐吳三兒去打探「醉雲樓」的資料，又教給他一些盯梢的心得，吳三兒應承下來，要沈傲去替他向外府主事告假。告假的事，沈傲很有把握，他和劉文正處在蜜月期，到時候隨便尋個搪塞的藉口便是，沒有大礙。

吳三兒很盡心，告假之後立即去「醉雲樓」，先是四處打聽這家妓院的東家，隨後又跟蹤此人，瞭解他的生活習性。「醉雲樓」是煙花之所，因此這東家交遊廣闊，很快就有了消息，吳三兒喜滋滋的回來給沈傲報信。

「這人也喜歡名畫？」沈傲沉著眉，開始從吳三兒的隻言片語中對此人進行分析。

佈局對於藝術大盜來說，是重中之重，必須掌握對方的心理以及性格，再對症下藥。一旦有疏漏，就很容易出差錯。沈傲很敏感，尤其是在這個時候，縝密的分析很重要。

吳三兒道：「他倒不是好畫，只是附庸風雅罷了。」

沈傲點點頭：「他的生活習性怎麼樣？」

吳三兒道：「每日清早，他先會到醉雲樓去一趟，到了辰時三刻，他又會去茶莊喝茶，一直到正午才回去。下午則閉門不出，到了夜間便在醉雲樓，一來打點生意，二來陪一些尊貴的客人。」

沈傲道：「你還發現了什麼？」

吳三兒想了想：「倒是沒有其他的了，不過，我聽說他與內侍省的宦官有些牽連。沈大哥，我們真的要騙他？只怕到時候被他看破，會引來麻煩。」

內侍省其實就是太監機構的一種，這奸商與宦官有來往的事早在沈傲的預料，若沒有這層關係，他不可能拿官妓到「醉雲樓」裏接客。

沈傲冷笑一聲：「放心，一切我會安排。」

「此人每日去喝茶的茶莊在哪裡？可有店名？」

吳三兒道：「叫飄香茶肆，就在醉雲樓不遠。」

沈傲對吳三兒道：「去幫我找些筆墨紙硯來。」

吳三兒不知道沈傲要做什麼，不過這些日子，沈傲的表現很出彩，吳三兒依著他，不多問，便去尋拿了。

一張宣白的白紙鋪開，沈傲執筆，目光落在白紙上，略略佈局之後，便筆走龍蛇，開始寫字。

「重重疊疊上瑤台，幾度呼童掃不開。剛被太陽收拾去，卻教明月送將來……」沈傲寫的是瘦金體，全神貫注。

做大事之前要定神，大山崩於前而面不改色。毛毛躁躁，那是小賊的行徑，而寫字就是沈傲定神的手段，精神隨著筆尖行走，心靈一下子淡泊起來。

寫完了字，沈傲擲筆，陷入深思。

首先，沈傲的對手並不簡單，這個人很貪婪，否則不會鋌而走險去染指官妓。其次，此人應當很謹慎，若不是這樣，對方早就陰溝裡翻船了，這也說明此人的心思很細密。

既要讓他進入圈套，詐取他的錢財，又要不留後患，不引起此人的察覺，就必須尋找一個天衣無縫的計畫。

該使用什麼手段呢？

第八章
請君入甕

沈傲一直表現出紈褲子弟的愚蠢，是要讓潘仁對他放鬆警惕。
此後將他引到這個宅子來，故意讓潘仁看到那幅楊潔的畫作。
接下來，設下一個更大的誘餌讓潘仁鑽進來，
只要潘仁足夠貪婪，不怕他不上鉤。

汴京的繁華超出了沈傲的想像，沿路店鋪林立，酒旗招展，路人熙熙攘攘，吆喝叫賣聲絡繹不絕，身處其中，讓沈傲有漫步在後世鬧區的感覺。

沈傲帶著吳三兒，在人流中閒庭漫步，他戴著綸巾，身上穿的是得體的綢衣，手上搖著紙扇，很有一副翩翩公子的風采。

衣服是周恆的，沈傲現在飾演的是一個少爺，而吳三兒則是他的家僕。

距離土地廟不遠，有一處茶莊，這家店雖有個茶字，卻也同時賣酒，甚至二樓還提供客棧服務。

茶莊的店面不大，茶幡比起臨街店鋪要低調的多，不過客流卻是不少，步入店裏，七八張茶座、酒座上已是坐滿了人。

這裏沽酒飲茶要比其他幾處便宜許多，想來也是生意興隆的原因。

「此人每日到這裏飲茶，想必就是看中了這裏的廉價，這樣的身家連這點錢都省，那麼這個人應該十分吝嗇。」

沈傲想了想，便抬腿進去，身後的吳三兒低聲朝著靠窗的座位道：「就是他。」

沈傲望過去，只看到一個眉毛很淡的胖子靠窗坐著，大腹便便，圓臉肥腮，穿著團花交領的員外衫，頭戴著一頂折角紗巾，悠閒自得的喝著茶。

沈傲朝吳三兒使了個眼色，朝著靠窗的位置走過去，與那人貼近時，提腳往胖子的靴子用力一踩。

「哎喲……」胖子頓時吃痛，呼叫起來。

沈傲連忙去扶他，滿是歉意道：「得罪，得罪。」他口裏雖是這樣說，一隻手卻輕巧的往胖子的腰身輕輕一捏，將一個錢袋子抄在手裏。

這是沈傲的一手絕活，偷竊有兩個要點，一個是要將對方的注意力引到別處，這一腳踩下去，胖子的注意力便移到了痛腳。第二是要求眼明手快，沈傲是大盜，只須臾的功夫，對方的錢袋子便神不知鬼不覺的落在手中。

「你瞎了眼嗎？」胖子痛罵，怒目瞪著沈傲。

沈傲連連致歉，胖子亦對他無可奈何，只好吃下啞巴虧，繼續喝茶。

偷他錢袋子是第一步，沈傲找了個靠近胖子的桌子坐下，朝茶博士大呼：「上好茶。」

偌大的茶莊只有一個博士，這人已忙得腳不沾地。看見沈傲一副公子哥的打扮，不敢怠慢，匆匆提著茶壺過來，爲沈傲斟茶。

「這是什麼茶，怎的和馬尿一樣？是欺負本公子沒錢給嗎？」沈傲見了茶，頓時皺眉，拍著桌子大呼大喝，頓時引得許多人注目。就連那胖子也側目過來看。

茶博士陪笑著道：「公子息怒，這已是本店最好的茶水了。」

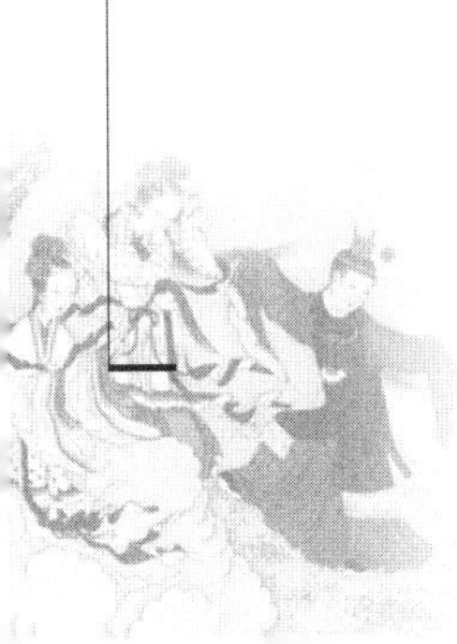

沈傲惡狠狠的道：「滾吧，若不是本少爺近來手頭緊，你這破門店就是拿八抬大轎請我來，我也絕不來。」

茶博士提著茶壺悻悻然的走了，心裏罵道：「什麼東西，瞧你這身打扮，還以爲是什麼大富之家的少爺，原來也是個沒錢的貨。」

沈傲拿起茶盞，倒是很優雅的樣子吹了茶沫，飲了一口，皺眉又道：「這茶成色不好也就罷了，想不到入口也這樣差，呸呸呸……早知還是去歸雲茶肆，那裏有好龍井。」

他的聲音並不大，比起方才大聲呵斥的力度要小的多，可是也足以讓隔座的胖子聽見。

吳三兒在旁侍立著，口裏道：「少爺將就一些也就是了，如今家裏頭連用度都支不出來，又沒有進項，歸雲茶肆是不能再去的，那裏茶水太貴。」

沈傲冷哼，斜眼望了吳三兒一眼：

「狗才，你瞎叫喚什麼？本公子會沒錢？大不了再尋些家裏的瓢盆拿去變賣便是，我爹在的時候，可是堂堂軍器少監，家大業大，如今再怎麼不濟，還喝不起好茶嗎？」

方才沈傲一驚一乍，引起不少人的注意，此刻大家埋頭喝茶，其實都在有意無意的聽這一對「主僕」對話，沈傲說到這裏，許多人心裏便恍然大悟：「原來這傢伙是個破落魄的公子，祖上風光過，到了這個敗家子手裏，只怕把家業都已敗光了。」

這一類紈褲子弟，汴京城多了去了，富不過三代，遇到了這樣的敗家子，再大的家業也玩完。

吳三兒道：「少爺，如今除了一些無用的字畫，家裏還有什麼可變賣的？昨日那幾個青花瓶子，當鋪的朝奉說只能當三百文，往後只怕……哎……」

吳三兒嘆了口氣，一副忠僕的模樣：「少爺，我勸你收收心，好好讀書，或許還能取個功名，否則往後真不知該怎麼辦了。」

沈傲冷笑：「我的事要你管，一邊去。」

吳三兒便不說話了。沈傲繼續喝茶，口裏卻是罵罵咧咧，一會兒說茶質太劣，一會兒又說桌上有油漬，有時又哼一句小曲，旁若無人，很囂張很擺譜。

過了一會兒，隔座的胖子招呼茶博士道：「博士，付賬。」

茶博士笑嘻嘻地提著壺過去，道：「客官，兩壺上好的毛尖兒，共是八文錢。」

胖子點點頭，去摸腰間的錢袋子。很快，臉色就有點兒變了，他站起來，左摸摸，右翻翻，又提起袖子去搜索。一邊的茶博士笑容有點兒僵，也沒有剛才那樣熱情了。

胖子的臉都綠了，眼角此刻不斷的抽搐，額頭鬢角處冷汗直流，肥胖的手在身遭四處摸索，口裏喃喃道：「奇怪，明明出門時，錢袋子還繫在腰間的，怎麼說沒就沒了？」

這胖子好歹也算是有點臉面的人，在這茶肆會不了帳，若是被店夥糾纏，這可不妙。再加上那錢袋子裏共有幾兩碎銀和幾百文錢，一下子不見了蹤影，胖子心中也很是肉痛，這些錢，足夠他吃半年的茶了。

「客官可是忘了帶錢？」那茶博士臉色更差了，眼中浮出一絲冷意。這樣的客人他見得多了，口裏說沒錢，說第二日一併結賬，誰知以後再也見不到蹤影。

這裏客流多，熟客有不少，可是茶博士卻大多只是打個照面，和他們並沒有交情。再者說，他只是個夥計，客人不結賬，他到掌櫃那也不好交代，所以他心裏已打定了主意，這客人若是不拿錢，就絕不讓他走。

胖子點頭道：「是是，博士，能不能讓我回家一趟去拿錢來？」

茶博士將茶壺放在桌上，雙手一叉，冷著臉道：「客官，我們這裏是小本買賣，概不賒賬，不付了茶錢，就不許出這門。」

胖子心情煩躁的很，錢袋子不翼而飛，這邊一個夥計竟是惡語相向，頓時也怒了，高聲道：

「叫你們掌櫃來，我和他說，我是這裏的熟客，還賴你這幾文錢？知道我是誰嗎？你這瞎了眼的東西。」

茶博士開始撒潑，口裏罵罵咧咧：「狗才，你不付茶錢，叫誰來也沒有用。你就是天王老子，也得先把茶錢結了。」

二人起了爭執，你一言我一語，到了後來，茶博士捋起袖子，大有一副動手的架勢，掌櫃從後堂出來，聽說有人不付錢，也是虎著個臉，拉著胖子要去報官。

那胖子哪裡是茶博士的對手，更何況，這裏是人家的地盤，若是去報官，事情準得鬧大。他的氣勢一下子弱了下去，像癟了的黃花葉子。

這一邊吵鬧起來，許多茶客已經引頸相望了，胖子進退維谷，正不知如何是好，被掌櫃和茶博士陰冷的目光看著，心裏亂糟糟的。

恰在這個時候，沈傲拍案而起，高聲道：「不就是幾文茶錢，你們也欺人太甚了吧。他的茶錢記在本公子的賬上，再吵鬧，休怪我不留情面。」

掌櫃和茶博士見有人替他付賬，頓時喜笑顏開，不再理會了，橫瞪了胖子一眼，去招呼別的客人。

胖子很感激的走過來，給沈傲行了個禮道：「多謝公子傾囊相助。」

沈傲哈哈大笑，很豪爽的道：「來，坐下說話，他們都是小人，跟他們計較做什麼。」

胖子坐下，沈傲又教茶博士給胖子上茶，這胖子望了沈傲一眼，心裏說：「這個人倒還真是個紈褲公子，方才聽他和僕人說話，顯然已是囊中羞澀，想不到花錢還這樣大方，好，今日再喝他一壺茶，反正是這紈褲公子付賬。」

胖子想到這裏，便安心坐下，口裏道：「鄙人潘仁，不知公子怎麼稱呼？」

「叫我沈公子便是。」沈傲爽朗的搖著紙扇子，口裏說：「潘兄也愛喝茶嗎？」

潘仁道：「興致倒是有的，平日無事，索性來這喝喝茶。」

沈傲點頭：「茶能養氣安神，多喝一些總沒有錯。」接著又道：「只不過這裏的茶太劣，雜質太多，哎……早知不該來這裏，倒不如回家去喝洞庭茶呢。」

洞庭茶就是後世的碧螺春，十大名茶之一，也叫「香煞人茶」，相傳有一尼姑上山遊春，順手摘了幾片茶葉，泡茶後奇香撲鼻，脫口而道「香得嚇煞人」，因而得名，價值更是不菲。

潘仁頓時有了興致，他這人愛斂財，難免有些小氣，在「醉雲樓」裏，妓女們款待客人的也俱都是好茶，可是偏偏他這個東家卻捨不得喝，寧願來這花幾文錢隨便喝些劣茶。

小氣到他這份上的人，也算是前無古人了，偏偏越小氣的人就越貪婪，更愛占小便宜，這時見沈傲豪爽，便忍不住道：

「哦？貴府有這樣的好茶？改日我登門拜訪，嘗嘗洞庭茶的滋味。」

「這傢伙臉皮好厚啊。」沈傲心裏感嘆，他原本是想慢慢和這姓潘的套交情，誰知他竟一點都不客氣，於是大笑：「好極了。」說完皺眉道：「算了，潘兄今日有空，不妨現在就去舍下吧，再喝這家店的茶，隔夜飯都要吐出來了。」

潘仁大喜，雖說今日掉了錢袋子，可是能占這浪蕩公子的一些便宜，總算有了些補償。汴京城裏的紈褲公子不少，大多都是沈傲這種脾氣，就是窮到沒有飯吃，還是喜歡擺闊，這樣的人不占點便宜，潘仁覺得很過意不去。

「沈公子既然極力相邀，潘某只好卻之不恭了。」

沈傲突然覺得自己的臉皮太薄，和這位潘兄比起來，實在是差之萬里。他可以斷定，這個姓潘的絕對能上鉤，受騙者往往不是被別人騙去的，而是自己，貪欲越強的人越容易上當。

沈傲收了扇子，笑嘻嘻的道：「現在就走。」於是站起來會過帳，帶著潘仁出了茶肆。

沈傲停住腳，朝著吳三兒使了個眼色，隨口道：「三兒，你且先回府去，把我的洞庭茶拿出來，燒好水，莫要讓潘兄等急了。」

吳三兒心知沈傲是讓他先去安排，連忙道：「公子慢悠著點走，我先行了。」於是飛也似地跑了。

潘仁道：「沈公子實在太客氣了。」

沈傲舞著扇骨道：「這不算什麼，四海之內皆兄弟，你我能在一起喝茶即是緣分，我最喜歡交朋友，這汴京城裏，誰不知道本公子急公好義？」

潘仁連連道：「是，是，今日總算見識了。」又說了一籮筐好話，大意是說沈公子重義輕利什麼的，心裏卻在偷笑：「今日倒是遇到個蠢貨，妙，妙極了。」

沈傲故意放慢腳步，和潘仁走走停停，給吳三兒多爭取一些時間，一邊與潘仁閒談，隨口問：

「不知潘兄做的是什麼營生？」

潘仁道：「讓公子取笑，潘某不過是給人跑跑腿，賺點錢糊口罷了，營生談不上。」

沈傲心知他在扯謊，心裏冷笑：「這個人好重的心機。」

說著說著便談起茶道。沈傲細數自己喝過的茶，什麼黃山毛峰、廬山雲霧、六安瓜片、君山銀針、信陽毛尖、武夷岩茶等等，又評說各種茶的口感，說得頭頭是道。

潘仁在一邊聽，心裏卻是感慨，此人的家世果然不簡單，想必家世還未敗落時，必定是腰纏萬貫的巨富。

走著，走著，沈傲在一處幽深庭院前停步，臉上就有點兒不自然了，對潘仁道：

「讓潘兄見笑，從前本公子住的宅子，比這要寬敞十倍不止，只不過……哈哈……」

潘仁望著這小庭院，心裏便明白了，這敗家子把家宅也給賣了，搬到這小庭院來住，想來囊中已經空了。

這宅子不大，只有三兩個廂房，正中是個籬笆圍起來的院落，沈傲帶著潘仁進去，吳三兒便迎了過來，哭喪著臉道：

「公子，洞庭茶沒了。」

「沒了？」沈傲勃然大怒，罵道：「明明上次還有剩餘，怎的就沒有了？是不是你偷吃了？你這狗才。」說完舉著扇骨就要去打吳三兒，吳三兒連忙避開，畏畏縮縮地道：「小的冤枉，這洞庭茶讓小姐拿去當了，怪不得小的。」

沈傲臉色陰沉的可怕：「家姐當我的茶做什麼？你胡說。」

潘仁很失望，原來他還指望今日占點這紈褲的便宜，誰曾想卻是竹籃子打水一場空，猶豫著要告辭。

吳三兒道：「小的哪裡知道小姐的心思，反正這茶已當了，不信，公子盡可去問小姐。」

沈傲森森然的道：「好，我這就去問她，若是有出入，我打斷你的狗腿。」昂步要進廂房去。

潘仁道：「既然無茶，那麼潘某便告辭了。」

沈傲拉住他，道：「這麼急著走做什麼？潘兄稍待，我去見見家姐便來。」

「醉雲樓」是妓院，除了晚上要去照顧生意，白日裏，潘仁是無所事事的，想了想，便道：「好。」

沈傲進了廂房，口裏道：「家姐，你爲什麼把我的茶葉當了？害我在朋友面前失了面子。」

廂房裏有女聲在抽泣：

「你這沒良心的東西，爹爹死前留了偌大的家業，你拿去四處結交些狐朋狗友，不去進學倒也罷了，卻每日帶人回來吃拿。如今到了這個地步，你還擺什麼闊氣？這茶是我拿去當了，家境到了這個地步，還吃這麼好的茶做什麼，我自己添幾樣首飾，將來做嫁妝。離了你，姐姐還能多活幾年。」

沈傲進了屋，嘿嘿地笑，低聲道：「周小姐很有天賦，演得跟真的似的。」

周若還在大聲說：「父母死了，你就是一家之主，你瞧瞧你是什麼樣子，這個家，你還要不要過？」她說著說著，對沈傲冷著臉低聲道：「辦法到底管不管用？」

沈傲高聲道：「家姐，你說的這是什麼話？我不過是交遊廣闊些罷了，怎麼就敗家了？你說說看，說說看，你花的錢少了嗎？你把茶葉賣了，錢在哪裡？當了多少銀子，我去沽點酒來招待客人。」低聲道：「周小姐放心便是，保準教這姓潘的傾家蕩產。」

「嚇！」周若又是哭聲，埋怨道：「你還好意思向我要錢？前幾日，你拿了母親給我的玉珮到哪裡去了？你還我玉珮，我就把茶錢給你。」

她說完，抿了抿嘴，倒是覺得有些不好意思，臉都羞紅了，她是官家小姐，哪裡說的出這些話來，要不是沈傲教她練習了幾遍，又一心要為劉小姐討回公道，只怕她一輩子也說不出這些話來，尤其是身邊還有個男人，很難堪。

過了一會兒，沈傲灰溜溜的從廂房裏出來，很尷尬地道：「潘兄，這茶只怕是喝不了了。」

潘仁很失望的搖頭，道：「那就改日拜訪吧，告辭。」

這人勢利得很，聽說有好茶喝便興沖沖的過來，眼見沒有茶了，立即要走。

沈傲挽著他的胳膊挽留他：「既然來了，為什麼要走？我們是朋友對不對？來，來，先進去坐一坐，我教吳三兒給咱們沖些水。」

潘仁被沈傲架著，只好隨他進了另一旁的小廳。

沈傲請潘仁坐下，潘仁有些不情願了，道：「我剛才想起一件事來，舍下還有些事要辦，實在抽不開身。」

沈傲就是不讓他走，很熱情的將他按在凳上，笑嘻嘻地道：「潘兄莫急，先坐坐再說。」

兩個人一個要走，一個死命挽留，都不好撕開臉面，最終潘仁還是執拗不過，只好坐下陪著沈傲說話。

沈傲說了會兒茶道，眼睛一掃，落在東壁，頓時又怒了：「吳三兒，吳三兒你來。」

吳三兒急匆匆的從廚房裏過來：「少爺，又怎麼了？」

沈傲舉著扇骨點著東壁懸掛的一幅畫道：「這畫又是誰貼上去的？本少爺不是說了嗎？我最討厭貼這些東西，撕下來，撕下來，撕下來，快。」

吳三兒很爲難的道：「少爺，這是小姐叫小的裝裱上去的，小姐說這樣好看。」

「好看個屁！」沈傲破口大罵：「撕下來！」

吳三兒只好去撕，有了這個小插曲，潘仁倒是注意上了這畫。他對畫頗有心得，畢竟經營的是煙花場所，要想生意興隆，多營造些才子佳人的氣氛總是要的。

「這畫似是楊潔所作，只是不知是不是真跡。」潘仁心裏想著，便站起來，對摘下畫來的吳三兒道：「拿這畫來給我看看。」

接過畫，潘仁細看起來，看這畫的紋理和紙質、落款，心裏已有八成相信這是真跡了。心裏說：「可惜，可惜，楊潔雖然畫作氾濫，可是畫風卻是好的，這幅畫至少價值三十貫以上，就是賣五十貫也有可能。只可惜這紈褲子竟不識好歹，可惜，可惜。」他連連暗道可惜，眼眸中露出難以割捨的意思。

「怎麼，潘兄也愛畫？」沈傲敲著扇骨問。

潘仁連忙道：「談不上喜歡，附庸風雅罷了。」

沈傲很大方的道：「既然潘兄喜歡，那麼這畫就送給你吧。」

「啊？」潘仁愕然，隨即大喜過望，口裏不忘謙虛兩句：「這……這……君子不奪人所好……」

沈傲很粗俗的道：「我父親倒是愛收藏些畫，不過我不喜歡，談不上什麼奪人所好。我巴不得將這些畫送出，反正也當不了幾個錢，權且送給你。再說了，像這樣的畫，我家裏還藏了整整一箱子呢，全是先父留下的。先父喜歡那個叫什麼來著？對了，叫楊潔，說他畫得好，依我看，畫得好有個屁用，換不來銀子。」

沈傲的話，潘仁只聽了一半，已是目瞪口呆了，心裏狂喜道：

「整整一箱子，他父親喜歡楊潔的畫，這整整一箱子八成都是楊潔的作品，這小子是坐在寶山上，竟然還懵懂不知，瘋了，瘋了。」

想了想，潘仁試探的問：「哦？令尊竟收藏了這麼多畫？想來是癡迷那個什麼楊潔的了，這箱子只怕少說也有六七十幅吧？」

沈傲撇撇嘴，道：「六七十幅？你也太小看先父了，當年我們沈家家財何止萬貫，先父為了收藏這些畫，可是派了許多人到各地去收集求購的。讓我想想……」

沈傲抬頭望著房梁，很傻很天真的樣子，片刻功夫，猛地用扇骨拍打手心：「嗯……是了，少說也有三百幅，先父在世的時候曾和我說過，說什麼楊潔畫作氾濫，存留於世的至少有千幅之多，而他獨佔了三成，一千幅畫的三成，不就是三百嗎？只多不少。」

「三百！」潘仁眼珠子都要掉下來，木木的坐著，心跳得很快。

「三百啊，楊潔的畫作就算以三十貫作算，三百幅就是整整九千貫，九千貫……」沈傲搖著扇子，很不滿的道：「想起這個我就生氣，為了收集這些破爛紙兒，先父花費了近半的家財。這些東西既不能吃，又不能穿的，有個什麼用，若不是先父的遺物，我真想將這些破爛東西燒了，氣死我也。」

「不能燒，不能燒……」潘仁連忙擺手，心肝都要跳出來，遇到這種暴殄天物的混賬東西，潘仁恨不得當面去扇他幾個耳刮子。

沈傲愕然：「爲什麼不能燒？咦，莫非這畫另有蹊蹺？還是能賣銀子？」

「不，不，這畫值不了幾個錢的。」潘仁定住了神，心裏說：「得先把這混賬東西穩住再說，既不能讓他燒畫，也不能讓他知道這畫的價值。」

「我的意思是，這些畫畢竟是令尊的遺物，公子將它燒了，如何對得起令尊？咱們大宋朝以孝立國，不管是士農工商，這個孝字還是要謹記的。」潘仁小心翼翼的說道。

「嗯。」沈傲點頭：「我也是這個意思，所以不燒它。不過嘛，堆積在家裏確實是個妨礙，哎，不說這個，想起便心煩的很。」

潘仁道：「對，不說這個。」

沈傲道：「潘兄不是說家中有事嗎？咱們雖是初次結識，卻是一見如故，今日就到這裏吧，過幾日再請潘兄喝茶。」

方才潘仁要走，沈傲死命攔著，現在沈傲要潘仁走，潘仁卻不走了，哈哈笑道：「不妨事，不妨事，我再坐一會，難得遇見一個知己朋友。」

沈傲不勉強，哈哈笑：「是，我們是好朋友，往後潘兄要來，舍下隨時歡迎。」

潘仁愣愣的點頭，一對眼睛卻是貪婪的去看桌上的畫，心裏說：

「這畫帶回去，讓許先生幫我看看是真是假，若是真的，再想辦法把其餘的畫一併弄來，一轉手，那可是萬貫的横財。姓沈的如此愚蠢，實在太好了。真是天意啊，今日若不是掉了錢袋子，哪裡能有這樣的機會，禍兮福所倚、福兮禍所伏，哈哈，古人誠不欺我。」

二人有一搭沒一搭的閒談，沈傲說了茶，又說到吃，彷彿對天下的山珍都瞭然於胸，說起來頭頭是道，像是天下的名菜都曾嘗試過一樣。潘仁更加相信沈傲是個落敗的公子哥了，否則以他現在的家境，別說無錫肉骨頭、陸稿薦醬豬頭肉、沛縣狗肉這些名貴的菜，就是汴京城「聚香樓」的熟牛肉也嘗不到。

說了一會話，天色漸漸黑了，沈傲道：「潘兄若是不棄，就在舍下用個便飯吧，本公子近來拮据，呵呵，招待不周，還請潘兄恕罪。」

潘仁連忙站起來，將畫捲在手裏：「叨擾了這麼久，怎的還好意思在這兒吃飯，就不打擾了，潘某告辭。」

潘仁心裏急著鑑定的事，沈傲卻是一意挽留，兩個人到了院子裏還糾纏不清，冷不丁那周小姐的廂房裏傳出聲來：

「要走便走，留著做什麼。家裏都吃窮了，你還教人來吃，你去看看米缸，看看我們還有米下鍋嗎？你這沒天良的東西，做姐姐的陪著你挨餓受凍，你對外人怎的就這麼闊氣？要擺闊不要到家裏擺。」

潘仁臉色一變，頓時苦笑。沈傲面子拉不住，朝著廂房大吼：「姐姐，你這是什麼話？我留朋友吃飯，又礙著了你嗎？」

潘仁連忙拉住沈傲，道：「沈公子，算了，在下告辭，擇日再來拜訪。」

沈傲很沮喪的樣子，嘀咕道：「家姐就是這副脾氣，哎……既如此，我就不相送了。」

說是不送，沈傲一直將潘仁送到街口，才嘿嘿一笑，搖著公子哥的步子回去。

第九章
瘋狂競價

沈傲就差撲上去狠狠的將春兒摟在懷裏親上幾口。

許先生的額頭上已是冷汗直流，他原想在一千貫之內，這座宅子必定能拿下。

想不到半路殺出程咬金，如今價錢抬到了五千，這宅子要還是不要？

回到庭院，周若和吳三兒已經等候多時，見到沈傲回來，吳三兒連忙道：「那奸商走了？」

沈傲伸了個懶腰，笑嘻嘻的道：「走了。」

周若儘量不去看沈傲，只不過，這一次她的眼眸中再沒有從前的不屑了，反倒有點兒害羞。扮作這個傢伙的姐姐，當眾說出這些話出來，很難爲情。

從一開始，潘仁就陷入了沈傲精心佈置的圈套，這座宅院是沈傲與周若一齊湊錢買下來的，一共是七十貫錢。沈傲扮演的是一個破敗的紈褲公子，吳三兒仍然是小廝，而周小姐則是沈傲的姐姐。

沈傲先到茶肆，偷去潘仁的錢袋，潘仁無錢付賬，沈傲恰在這個時候替潘仁解圍，這就給了他接觸潘仁的機會。

與潘仁接觸之後，沈傲一直表現出紈褲子弟的愚蠢，是要讓潘仁對他放鬆警惕。此後將他引到這個宅子來，故意讓潘仁看到那幅楊潔的畫作。

接下來就更簡單了，設下一個更大的誘餌讓潘仁鑽進來，只要潘仁足夠貪婪，不怕他不上鉤。

下一步就是收網的時候。

「姐姐，這兩日，恐怕你要暫住在這裏了，潘仁隨時都會回來，我們要謹慎一些，不要讓他看出絲毫破綻。」沈傲湊近周若，嬉皮笑臉的說。

周若慍怒道：「誰是你的姐姐？」

「哇……翻臉不認賬啊，三兒，你來評評理，方才我叫她一聲姐姐，她是不是應了？」

沈傲很受傷，算計潘仁，他有兩個目的，一個是劫富濟貧，潘仁這個人爲富不仁，正好劫了他的富，救濟一下尙在水深火熱中的自己。另一個就是爲周若復仇了。誰知自己費盡了腦細胞，結果卻換來周若這樣的對待。

「我欲將心照明月，奈何明月照溝渠，哎……」沈傲感嘆了一句，負著手進廂房。

周若回味著沈傲的這一句「明月」感慨，先是覺得有些新意，後來便忍不住笑了起來，心裏想：「他是將我比作明月了，這傢伙鬼靈精怪的。」隨即又想：「明月照溝渠？這溝渠是什麼？呀，這傢伙是在暗諷我嗎？」

沈傲和吳三兒進了廂房，周若不好意思跟進去，只好在院中槐樹下的石凳上坐著，發現自己竟怎麼也猜不透沈傲的心思。這個人真奇怪，明明身懷許多絕技，又絕頂聰明，到哪裡也不比做個書僮要差，可他偏偏卻以做個書僮爲傲，很自得其樂的樣子。

這人詭計多端，能想出如此精巧的陷阱詐人錢財，卻又爲什麼至今連做生意的本錢都沒有？

「好古怪的人呢。」周若想著想著，俏臉就紅了，呸了一句：「我猜他的心思做什麼。」

潘仁回到家裏，連「醉雲樓」的生意也顧不得去照看了，此時天已黑了，看門的雜役見老爺回來，連忙提著燈籠出來爲他引路。潘仁急匆匆的道：「這裏不要你伺候，快，去把許先生叫來，叫他來書房，我有要事。」

門房應了一聲，將燈籠交給潘仁，小跑著去了。

潘仁到了書房，負著手在書房中來回踱步，內心很不平靜，那隨時會笑的眼睛此刻閃耀出一絲貪婪，口裏喃喃念叨：「萬貫家財，萬貫家財……皇天不負，皇天不負啊。」

「許先生怎的還沒有來？快，再叫個人去叫，天大的事暫且都放下，速速來這裏。」潘仁對著書房外大吼，外面的家丁不知發生了什麼事，連忙說：「老爺稍待，這就去。」

潘仁壓抑住激動的心情，將手上捲起的畫攤在書桌上，書房的燭火搖曳，能清晰的照耀出他的嘴唇在微微的顫抖。

「若是賣到好價錢，三百幅畫就是一萬五千貫，醉雲樓就是一輩子也攢不來這樣大的家業啊。」

潘仁一邊看畫，一邊胡思亂想，這個時候，什麼都已經不重要了，什麼醉雲樓，什麼教坊的官妓，什麼喝茶，統統忘了個乾淨，滿腦子想的都是畫，這畫時而變成楊潔筆下的龍蛇，下一刻又變成無數金燦燦的元寶，在潘仁的腦子裏來回的變幻、打轉。

書房推開，一個儒生急匆匆的進來，這人臉頰削瘦，頷下一撇山羊鬍子，穿著件圓領儒衫，目光渾濁。向潘仁行了個禮：「東家。」

他便是許先生，秀才出身，與潘仁結交，後來潘仁便請他到家裏來做教習，教導他的幾個孩子讀書。許先生有一個才能，很會鑑賞名畫，真僞一眼就能瞧出來，八九不離十。

潘仁招呼道：「許先生快過來看，幫我瞧瞧，這畫是真是假。」

許先生見潘仁喉結滾動，眼眸通紅，心裏一驚，不知東家今日是怎麼了。連忙過去看畫，潘仁知道這位許先生有眼疾，離得遠了看不清楚，親自去拿了油燈，湊到畫邊給他照亮。

許先生的臉幾乎貼著畫，一寸寸的在畫中逡巡，弓著腰，捏著山羊鬍子不斷點頭，口裏說：

「沒有錯，這是楊潔的畫作，這紙質恰好是太宗皇帝時的宣化紙，畫風也沒有錯，墨蹟在細微處有些糊了，想必是保管不善所致，受了潮。這題跋也是楊潔的字，一點也沒有錯。」他站起來，對潘仁道：「東家，不會有差錯的，是真跡。」

潘仁搓著手，興奮的道：「好，好，這就好，好極了……」他說話時嘴唇哆哆嗦嗦的，很激動。

許先生很遺憾的道：「東家，學生有句話不知當講不當講。此畫雖是真跡，可是卻不值多少銀子，三五十貫已到了極限，東家何必如此？」

潘仁坐下，拿起書桌上的茶喝了一口，隨後又將畫捲起來，慢悠悠的道：「如果是三百幅這樣的畫呢？」

「三百幅！」許先生捏著鬍子的手不動了，瞪大了眼睛望著潘仁。

潘仁神采飛揚的道：「沒有錯，是三百幅，三百幅楊潔留存下來的畫，哈哈……」

見許先生不信，潘仁便將今日的所見所聞都說出來，許先生聽得目瞪口呆，喃喃道：

「這畫都是那紈褲公子的，與東家有何干係？莫非東家要買下這些畫嗎？這倒是個辦法，那紈褲子不知畫值幾何，到時候，東家隨便給他一些錢打發他就是。」

潘仁沉著臉道：「不能買他的畫，我們一買，難保他不會警覺，若是請人估價就麻煩了。怎麼辦呢……怎麼辦呢……」

潘仁在書房中來回踱步，左手手指節敲點著右手手背。

豁然，他抬起眸子，高聲道：「對！我們買房，買房！」

「買房？」許先生轉不過彎來，狐疑的看著潘仁。

「對，就是買房。」潘仁獰笑著道，買畫會引起那紈褲公子的疑心，在那混賬眼中，這畫一錢不值，可是當有人去出價時，他會怎麼想？

這是很淺顯的道理，當這人知道了畫的價值，必然會請人來鑑畫，到了那個時候，價錢就不是一貫兩貫了。

「我們只說喜歡那房子，清靜，再立一張房契，就說要買房子，房中的器具一樣都不許帶走，要原封不動。只要這紈褲子簽下了字據，立即帶人驅趕他們離開，這畫不就是我潘某人的嗎？」

許先生恍然大悟，搖頭晃腦的翹起大拇指：「東家這一手高明。」

「哈哈……」潘仁大笑，總算是定下了心神，坐在書桌前道：「誰會想到我是醉翁之意不在房呢，許先生，這件事你去辦，我帶人在外頭候著，時機一到就進去趕人。」

「此外……」潘仁眼眸中閃露出一絲狡黠，敲著桌子道：「你去打聽打聽，那人到底是不是姓沈，還有，查查他的家世，要謹慎一些。」

許先生連忙道：「好，學生明日一早就去，先到附近打聽打聽，再去和他們談價

錢。」

潘仁揮揮手：「許先生早些歇了吧，將來自有重謝。」

許先生行了個禮，走了。

潘仁將油燈移近，又攤開畫去看，一動不動，睡意全無。

一直到了天亮，潘仁一宿未睡，雞叫了兩遍，便教人去請許先生起來。許先生睡眼惺忪的過來，潘仁交代他一番之後，便打發他走了。

許先生領了使命，清早便上了街，按著潘仁的指點，天濛濛亮時抵達了沈傲的宅子。此時街上人不多，只有一個孤零零的貨郎挑著貨物，在不遠處叫賣炊餅。

許先生心念一動，從囊中掏出幾文錢來，過去對那貨郎道：「來兩個炊餅。」

貨郎高聲吆喝：「好耶，客官，一共是四文錢。」他接了錢，從貨架中挑出兩個熱乎乎的炊餅，用草紙包住，畢恭畢敬的送到許先生手上。

許先生道：「你平時都在這裏賣炊餅？」

貨郎憨厚一笑：「不瞞客官，前年小的是在城隍廟那裏叫賣的，那裏人流多，生意倒也不錯。後來來了幾個潑皮，說是這城隍廟是他們的地界，要小的每月交一貫的免打錢。小的氣不過，便轉到這裏來糊口了。」

許先生點頭，嘗了一口餅，味道不錯，心知：這人說的不是假話，便指著貨郎身後的宅子問：「這屋子的主人你知道嗎？他是什麼人，做的什麼營生？」

貨郎搖頭：「你說的是沈公子？」他嘆了口氣：「沈公子這個人，哎，一言難盡。他家原本是汴京城數一數二的人家，父祖都是高官，誰知生了這樣不成器的兒子。他爹三七還沒過，這沈公子便四處召喚狐朋狗友胡吃海喝，金山銀山也只幾年功夫就敗落了個乾淨。老宅賣了，便搬到了這裏，每日靠當些瓷瓶兒、金銀首飾過日子，前幾日，還拿著一件價值百貫的狐裘去當，那狐裘當真是一等一的好貨，只可惜到了當鋪只換了三五貫錢。客官，不瞞您說，若不是小的手頭緊，這狐裘我當時便想買下來，給我家娘子穿，可惜，可惜。」

貨郎隨即又笑：「不過，這沈公子不成器和小的也沒什麼干係，誰家沒有敗落的時候?反正每日清早，他都會來光顧我這攤子，一天六個炊餅是風雨不動的。說起來還照料了小的不少生意呢，您說是不是？」

「是，是。」許先生點頭，心裏說：「看來東家所說的這個浪蕩子是千真萬確的了。」

貨郎笑著繼續說：「這幾日也奇怪的很，爲什麼總有人來打聽沈公子的事。」

「哦？還有人來打聽他？」許先生微微一愣，心裏說：「不會還有人知道此事吧，不好，得趕緊把這事兒定下來，否則夜長夢多。」

貨郎道：「前日來了一個丫頭，聽口氣，應當是某個富戶家裏的，也是這般的問沈公子的家世。小的問她打聽這個做什麼，那丫頭卻不說，不過倒也照顧了小的的生意，一口氣買了十個炊餅。」

許先生的臉色有些陰沉，便不再理會貨郎，徑直去叩門。開門的是個小廝，自然是吳三兒了，吳三兒將門打開一條縫，見是生人，一副被人吵醒不耐煩的樣子道：「你找誰？」

「這家的主人在不在？」

吳三兒露出警惕：「你找我家公子做什麼？」

許先生和顏悅色的道：「麻煩小哥通報一聲，就說在下看上了這房子，想買下來。」

「這裏不賣房。」吳三兒惡聲惡氣的說了一句，砰的一聲讓許先生吃了閉門羹。

許先生又去叩門，吳三兒將門打開，大罵道：「你這廝瘋了嗎？說了這裏不賣房子，要買房子到臨街去。」

許先生掏出幾文錢塞在吳三兒手上，笑嘻嘻的道：

「小哥不要誤會，學生是讀書人，從外地過來，打算應付明年的科考。見這宅子幽靜，便想買下來做功課，這點錢小哥收著，小哥只需通報一聲便是，房子賣不賣，那是你家公子的事。」

吳三兒收了錢，總算是有了笑容，道：「真是奇怪。前日有個女人要來買房，也是說要給他們家公子買下來讀書的，今日怎的又有人來了，莫非這屋子當真有古怪，有文曲星嗎？」

許先生愕然，連忙問：「前日也有人來買這房子？她開價多少，已經賣了嗎？」

吳三兒道：「那人開價兩百貫，原本我家少爺是願意的，誰知小姐卻不同意，說是咱們只剩下這遮風避雨的地方了，斷不能賣的。」

「這宅子不過七八十貫就能買下，那丫頭開兩百貫的價錢你們也不賣？」許先生覺得很不可思議。

「這你就不知了，那丫頭說房子買下，裏頭的器具、家什都不許動，兩百貫一併買下來，我家小姐自然不賣的。」

許先生深吸了口氣，心裏說：「畫的事不止是我家東主知道，今日一定要把這房子買下來。」

他笑了笑，對吳三兒道：「那麼就麻煩小哥兒快去通報吧。」

吳三兒遲疑了片刻，道：「你在這等著，看看我家少爺見不見你。」

吳三兒進去通報，過了一會兒折回來道：「我家公子起來了，你先到院中的槐樹下坐坐。」

許先生聽罷，踱步進去。

這院落確實幽靜的很，正中是一棵老槐樹，那灰褐色的樹枝高高地伸向天空，恰好壓在廂房的房頂上，茂密的枝葉向四面舒展，活像一把綠色的大傘，傘下則是一個石桌子，兩側各一個石墩。

「若不是爲了畫，這個房子倒還不錯，八十貫將它買下來安生立命是很好的。」許先生心裏想著，突然冒出一個想法，這件事只要替東家辦成了，東家得了畫，自己或許可以請東家將這房子贈予自己，算作酬勞。

他坐在石墩上，享受著這晨曦從枝葉中透射下來的餘暉。不防左邊的廂房裏傳出一個聲音：「吳三兒，吳三兒，本少爺的扇子呢？在哪裡？」

吳三兒進去，口裏說：「就在床頭上。」

那個聲音又說：「大清早的來買房，難道又是那個丫頭？不是說了嗎？家姐死活不肯，這房子賣不了。」

吳三兒道：「不是那個丫頭，是個讀書人，看樣子像個秀才。」

「秀才！」那個聲音有點兒厭煩：「本少爺平生最討厭的就是之乎者也的秀才，

走，隨我出去會會他。」

話音落下，廂房裏走出一個人來，英俊的臉龐，臉上帶著邪邪的笑容，穿著圓領緞衣，搖著扇子慢悠悠的抬頭望天：「呀，今個兒天氣不太好，看來要下雨了。三兒啊，去買炊餅來，本公子餓了。」

吳三兒跟在後頭亦步亦趨：「少爺，錢在小姐那裏，小姐還未梳洗呢，小的不方便進去。」

沈傲嘿嘿一笑：「我是她弟弟，我去看看。」收攏扇子，壓根不理會槐樹下的許先生，便猴急的往右側的廂房裏衝。

砰，砰，門敲不開，原來是裏頭用木栓子拴住了，沈傲很鬱悶，拍著門道：「姐姐開門。」

裏面的聲音很惱怒，是清脆的少女聲：「滾！」

「哇……我是你弟弟呢。」沈傲惱羞成怒，很生氣：「做姐姐的怎麼叫自己弟弟滾呢，真是豈有此理。」

他很尷尬的走到大槐樹下，瞥了許先生一眼，道：「兄台貴姓？」

許先生連忙站起來道：「姓許。」

「哦，原來是許兄，來，坐，許兄有什麼見教嗎？」沈傲坐下搖著扇子。

許先生道：「是這樣的，鄙人打算應考，因而需要一個幽靜的地方讀書，這座宅子我很喜歡，打算將它買下來。」

沈傲搖著扇子道：「這宅子賣不得，只怕要讓許兄失望了。」

許先生道：「鄙人打算開價三百貫。」

許先生聽說前次買家開價兩百貫，便在這基礎上追加一百，不信這落魄公子不動心。

沈傲苦笑：「家姐是不會同意的，許先生還是請回吧。」

許先生沒有要走的意思，踟躕片刻道：「若是出價四百貫，公子會賣嗎？」

沈傲很猶豫很心動的樣子，遲疑道：「得先問問家姐是否同意。」

恰在這個時候，周若從廂房中出來，以往她都是靜謐矜持的樣子，今日臉上卻多了一分刁蠻，口裏道：「不賣，不賣，先生還是走吧。」

許先生苦笑，心裏說：「女人果然是女人，七八十貫的宅子開價四百都不屑一顧，聖人曾說唯女子和小人難養也，果然是至理。」

「那麼鄙人開價五百貫，只要沈公子和小姐點個頭，我立即取錢來。」他咬咬牙，不管怎麼說，這宅子一定要買下，若是再耽誤下去，說不定另一個買主搶佔了先機。

沈傲眼珠子都綠了，可憐兮兮的向周若道：

「姐姐，有這五百貫，咱們再添置一個更大的宅子豈不更好，既然許兄喜歡，咱們就當是成人之美罷。」

周若不為所動，冷笑道：「拿宅子換了錢你還會添置房子？只怕落在你那沒良心的手上，明日就招呼那些豬朋狗友了，不賣，不賣。」

許先生見狀，繼續道：「八百貫，八百貫買下這宅子，不過器具、家什都需留下，除了換洗的衣物，全是我的。如何？」

沈傲小雞啄米的點頭：「許兄夠爽快，好，就八百貫。」

連周若也開始猶豫了，踟躕著不說話，隨即道：「事先說好，這宅子就算要賣，銀子也需交給我。」

沈傲連忙道：「好，好，不成問題，你我姐弟至親，交給誰不一樣？八百貫，哈哈……」他興奮的猛搖紙扇，想不到一個七八十貫的宅子，竟可以以十倍的價格出手，有些不信，問許先生道：「許兄可不許反悔，什麼時候拿錢來，我立即拿房契給你。」

「且慢！」這個時候，一個丫頭不知什麼時候虎著臉踱步進來，口裏道：「這宅子是我家公子先看上的，我家公子買了。」

許先生向那丫頭望去，心中打了個激靈，暗叫不好，看來上次那個買主又來了，可惜，可惜，還是來晚了一步，可千萬不要出了什麼差錯。他冷笑道：

「你這是什麼話？你家公子可和沈公子立了房契嗎？」

這丫頭道：「還沒有。」

許先生笑得更冷了：「這就是了，既沒有交易，又何來是你家公子的。這宅子我已八百貫買下來了，小丫頭還是請回吧。」

「哈哈，春兒姑娘也來了，莫怪，莫怪，這宅子已經有主了。」沈傲搖著扇子很倜儻的道。

春兒叉著手，瞪著許先生道：「我家公子出一千貫，這宅子我家公子要定了。」

「啊？一千貫！」沈傲的扇子搖不下去了，目瞪口呆，許久才道：「好，一千貫，賣給你家公子。」

許先生冷笑道：「我出一千二百貫。」

春兒手中拿著手絹，很神氣的走至沈傲身邊，細腰一扭，朝向許先生道：「兩千貫，我奉勸你還是趕快走吧，我家公子看上的東西，誰也別想染指。」

「春兒，是兩千貫？不可反悔，好，我們這就簽字畫押。」沈傲激動的脹紅了臉，紙扇子丟到一邊，忘乎所以然了。

許先生猶豫起來，東家叫他一定要拿下這房子，而這宅子裏的畫就值萬貫以上，自己似乎還可以再競點價，他權衡片刻道：「兩千一百貫。」

春兒瞪眼道：「三千貫。」

「你，你……」許先生勃然色變，手指著春兒一時說不出話，這丫頭太潑辣，太囂張。

春兒叉手挺胸道：「我怎麼了？買不起這宅子就趕快走。」

許先生胸口起伏不定，咬牙切齒的道：「四千貫，這房子我非要不可。」

春兒輕蔑的望著許先生，道：「五千貫！」

「五千！哇……可愛的春兒，你實在太好了，快叫你家公子來，我這就賣，再也不賣別人了！」沈傲幸福的要暈過去，就差撲上去狠狠的將春兒摟在懷裏親上幾口。

許先生的額頭上已是冷汗直流，他原想在一千貫之內，這座宅子必定能拿下。想不到半路殺出程咬金，如今價錢抬到了五千，這宅子要還是不要？

第十章
最佳男主角

他嘿嘿一笑，叉著腰道：

「還是離不開本公……書僮的絕佳演技，本書僮扮演的是一個紈褲公子，

真情流露的表現出一個紈褲公子的豪放不羈，因此，此次最佳男主角就是……」

沈傲拉長音：「在下！」

他望了春兒一眼，見這丫頭得意洋洋的望著自己，挑釁的意味很濃，目光一瞥，許先生陡然發現，這丫頭握著一條手絹的手竟微微在顫抖。

這是什麼意思？莫非她是在虛張聲勢，五千貫已是她的極限？她已經心虛了。

「好，那就再競價一次。」許先生艱難的從嘴中迸出一句話來：「五千五百貫！」

春兒的臉上露出失望之色，冷哼一聲，便不再說話轉身便走。

只留下目瞪口呆的沈傲向許先生道：

「許兄，你再說一遍，是五千五百貫？」

「沒錯，五千五百貫！」許先生差點要哭出來，不過，這個價格雖然出乎他的意料，卻也還在接受範圍之內，若是畫能賣上萬貫的價格，五千貫買下這座宅子仍有五千的盈餘，總算還對得住東家。

若是放在後世以黃金計算，每貫相當於好幾千元，五千五百貫就是兩千多萬了。這個時代的物價較低，這筆錢足夠一大家子人奢侈的住上華美的宅子，買下十幾個婢女、小廝，快活一世。

許先生開出這個價，心裏也頗有些後悔，還沒有和東家商量清楚呢。

沈傲在一旁催促道：「許先生打算什麼時候付錢？房契我隨時準備好了，一手交了錢，這房子立馬就是你的。」

「這個……」許先生道：「我先回去籌錢，過三兩日再來。」

沈傲以為他要反悔，臉色頓時變了，道：

「好，就給你三日時間，若是三天不交錢，本公子只好五千貫賣給那丫頭了。許兄請便。」

許先生急於要和東主商量，拱了拱手便匆匆離開。

見許先生走了，吳三兒輕呼一聲，不可置信地道：

「五千五百貫？公子，不，沈大哥，我們發財了。」

沈傲哈哈大笑：「這只是開始，收拾殘局很重要，下一步就該周公子出場了。」

周若對沈傲有了一些敬意。只是畢竟是少女，想起方才這個傢伙大清早的去闖自己的臥室，好在昨夜入睡時把門栓緊了，否則……想到這裏，周若臉色羞紅起來。

「接下來我們又怎麼做？」吳三兒問。

沈傲很習慣的搖著扇子道：「簡單，五千五百貫是筆大錢，潘仁雖然家底殷實，可畢竟沒有金山銀山。要三天之內湊出這些錢來，只有一個辦法。」

周若美眸一亮，又驚又喜道：「賣了醉雲樓？」

「聰明！」沈傲此刻顯得很認真，給他們分析道：「買下這個宅子就能輕易賺五千貫，他一定不會放棄這個機會。另一方面，他又怕有人捷足先登，所以三天之內一定要把銀子籌到。除了將醉雲樓賣掉，他沒有選擇。」

沈傲笑哈哈的道：「所以，我已經吩咐了周公子，讓他去買下醉雲樓來。」

周若目瞪口呆，那心中的羞怯早已忘到九霄雲外去了，失口道：「買它做什麼？」

沈傲「稍不留神」之下湊近周若，神神秘秘的道：

「堂堂醉雲樓，哪有這麼容易找到接手的人？時間又緊迫得很，除了賤賣之外，潘仁還有第二個選擇嗎？我已經請人估算過，醉雲樓約莫能賣四千貫左右，我們出價三千，那潘仁還不得乖乖就範？」

周若發現沈傲漸漸迫近，心思已經亂了，脹紅著臉不自然地喝道：

「滾開。」

「哇……」沈傲連忙退開兩步很尷尬很無語，周小姐說粗話說順口了，本公子只是營造一些神秘氣氛，有必要這樣嗎？

這個時候，春兒、周恆，還有那挑著貨擔賣炊餅的漢子一齊進來，春兒是去而復返，周恆早在外頭等候多時了，而那賣炊餅的漢子叫吳六兒，是吳三兒村裏頭唯一一個做生意「出人頭地」的傢伙，雖然他賣的是炊餅。

周恆笑嘻嘻地道：「五千五百貫，哈哈，沈……沈老兄厲害，聰敏的腦袋不比本公子差。」他本來想直呼沈傲的姓名，話到一半臨時改口稱老兄了。

春兒也嘻嘻地道：「沈大哥，你說那個奸商真的會拿錢來嗎？」

吳六兒則把貨擔放下，湊到吳三兒身邊，輕輕扯吳三兒的袖襬子，拚命使眼色。意思大概是說：方才你們許諾給我的賞錢在哪裡？

沈傲掏出幾兩碎銀給吳六兒，吳六兒就眉開眼笑了。

沈傲舉著扇骨，很謙虛的道：「這一次我們只成功了一半，接下來，還要大家繼續努力。不過，之所以能將那奸商騙得團團轉，首先嘛……」

他嘿嘿一笑，叉著腰道：「還是離不開本公……書僮的絕佳演技，本書僮扮演的是一個紈褲公子，真情流露的表現出一個紈褲公子的豪放不羈，因此，此次最佳男主角就是……」沈傲拉長音：「在下！」

說完，收攏扇子抱拳團團作恭：「慚愧，慚愧，謝謝諸位抬愛，首先，能拿到最佳男主角，我很開心，這是對本書僮職業生涯極大的肯定。再次，我還要感謝春兒，是春兒無微不至的關心我，讓我勇氣倍增。」

春兒窘得小臉通紅，笑得大眼睛拱成了新月。

沈傲繼續道：「其次，我還要感謝吳三兒，是他甘願扮演我的小廝，做我的陪襯。」

吳三兒不好意思的撓撓頭。

沈傲搖頭晃腦，眼眸落到周若身上：「再次，我要感謝周小姐，男女搭配，幹活不累，有周小姐與我連袂演出，讓我有了取長補短、相互學習的機會。」

周若撇過臉去，很不屑的說：「沒正經。」

「還有我呢，還有本公子……」周恆捲起袖子，很激動很興奮。

「沒有了。」沈傲翻了個白眼：「現在宣布我們的最佳女主角周小姐，還有我們的最佳女配角春兒姑娘，最佳男配角吳三兒小廝，最佳路人甲吳六兒，大家一起用掌聲恭喜他們。」

沈傲率先鼓掌，大家也一起鼓掌，有樣學樣，很熱烈。

沈傲問周若：「周小姐有什麼要說的嗎？」

周若此刻也忍俊不禁了，但還是努力板起面容道：「沒有。」

「那麼春兒姑娘呢？」

春兒扭捏的搖頭。

「三兒，你來說兩句。」

吳三兒吐吐舌頭：「我不知說什麼好。」

「吳六兒，你呢。」

「我，我想問沈公子，什麼是最佳路人甲？」
生意人果然不一樣，目光如炬，一下子把沈傲問住了，沈傲搖著扇子，給他解釋：「你是不是在路邊上叫賣的？」
「是。」
「你是不是唯一一個在路邊叫賣，等人上鉤的？」
「是。」
沈傲的扇子嗤地一合，扇骨砸在掌心道：「這就是了，你是路人，排在第一位就是甲，所以叫路人甲。」
吳六兒明白了，唯一的一個路人？看來這個戲分挺重要的，做路人甲真有成就感！
周恆道：「哼！雖然我還沒有正式出場，但是下一齣戲就看本公子的了，拿下醉雲樓，是整場戲的關鍵，所以我能不能先說兩句？」
沈傲伸了個懶腰，扇柄朝天一指：「三兒啊，這天色不好，要下雨了，我們進屋去避雨。」
吳三兒小雞啄米的點頭。
春兒雀躍道：「我也去。」
連周若亦是微微一笑，說：「春兒，不要跟他們去，來我房裏，我教你做女紅。」

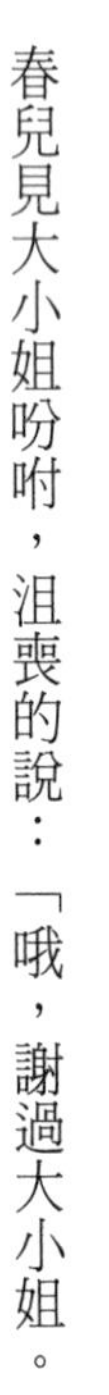

春兒見大小姐吩咐，沮喪的說：「哦，謝過大小姐。」

吳六兒腿腳麻利，道了聲告辭，挑著貨擔走了。

偌大的院子裏，只留下周恆目瞪口呆，咋呼大叫：「喂，聽我說完再避雨。」

宅子裏曲徑分明，沈傲、吳三兒、周恆在左廂房，周若和春兒在右邊。

一會兒功夫，左邊就傳來喧鬧聲，春兒聽得心動，有些不安分了，還是周若坐得住，原想教春兒女紅，見春兒心不在焉，只好自己取出一張琴來，纖弱的指尖在琴弦間撥動，奏演悅耳的琴音。

「這個沈傲古古怪怪的，真不是好人。這一次我欠他一份人情，下次一定還他。」

「趙小姐泉下有知，或許能瞑目了吧。」

周若原想借琴安撫心神，誰知更加心亂如麻，琴音紊亂，叮的一聲彈不下去了。

周若便道：「春兒，陪我出去走走吧。」

沒有動靜。

周若回眸，發現春兒已經沒影了。

周若提起裙裾站起來，惱怒的去左廂房尋人。春兒果然在這個屋子裏，只見她安安穩穩的坐在圓凳上，對面的沈傲則提著畫筆不時的瞄她幾眼，兩邊是吳三兒和周恆在評頭論足，吳三兒在這邊說：

「沈大哥，這個眼睛不像，春兒的眼睛哪有這樣幽深。」

另一邊，周恆不懂裝懂的搖頭晃腦：「非也，非也，這叫情人眼中出西施……」

沈傲惱羞成怒的拿著筆桿子敲周恆的頭：「出你媽個頭。」

周恆捂著頭，大呼小叫：「哇……反了反了，書僮打少爺！」

春兒坐不住了，捂著肚子笑。

周若繃著臉咳嗽，屋裏人才發現了這位大小姐的存在，吳三兒見大小姐的臉上冷若寒霜，有些發虛，身子都矮了一截。周恆頭不痛了，訕訕的笑。

沈傲眼睛一亮，朝周小姐吹口哨：

「周小姐不要動，這個姿勢好，我爲你畫一張，包你滿意。」

「小……小姐……」春兒要哭了，垂著頭，乖乖的走到周若身後去。

周若拉住春兒的手，不知是教訓春兒還是話中有話，冷著臉道：「春兒，你已是大姑娘了，怎麼和他們廝混在一起，他們有一個是好人嗎?尤其是那……」她本想指名，卻又覺得不妥，便輕輕略過。

春兒很委屈的道：「沈大哥說要給我畫像，我瞧著新鮮。」

周若扯著她走，一邊說：「我來給你畫，稀罕他的畫嗎？」

說著，便帶春兒回去。

沈傲很鬱悶，手裏的畫筆不動了，目瞪口呆。周小姐對他的成見很深啊，剛才那句：尤其是那個誰誰，說的不會是自己吧。他苦笑著摸鼻子：

「有必要這樣嗎？不過畫個像而已，好像會吃了春兒一樣！就算是吃，又礙著你什麼事了？」

周若還真給春兒畫起像來，她不服輸，心想：沈傲能畫，自己爲什麼不能畫，於是拉扯著袖襬，露出那宛若玉藕的小臂，提著畫筆畫起來。

等到周若畫畢，幾陣隱隱的春雷過後，屋外便淅瀝瀝的下起雨來。微明的天空中慢慢垂下了一條條雨絲。層層的雨雲遮住了陽光，不一會兒，遠近的景物都被迷濛的雨霧籠罩了。

周若對自己的作品很滿意，很是欣賞了一陣子，叫春兒來看。春兒看到畫，便說：「小姐爲什麼把春兒畫得這麼醜？」

周若有些不悅了，說：「哪裡醜了，很漂亮很可愛啊。」她雖是這樣說，心裏還是有些發虛，其實她的畫功還是好的，只是方才雜念太多，不知怎麼的，總是提不起精神，想起那個可氣的沈傲得意洋洋的樣子，就氣不打一處來。心念一亂，畫畫難免就恍惚了。

她推開窗，看到屋簷下，沈傲和吳三兒、周恆冒著雨在大槐樹的枝葉下淋雨，沈傲張開臂迎著密如珠網的雨絲哈哈笑，口裏說：「誰要是先躲雨誰就輸了，賭十貫錢。」

周若蹙了蹙眉，連忙把窗子關了，口裏說：「瘋子。」

春兒卻興致勃勃的問：「小姐，沈大哥又設了賭局嗎？我去看看，他的鬼主意很多呢，少爺和吳三兒準上當。」

周若淡然道：「不要去，看他們發瘋嗎？女孩子家不能去的。」

春兒很委屈的不說話了。

許先生回去見潘仁，將早上的事清清楚楚的告訴潘仁。潘仁不說話，陰沉著臉，焦躁不安的在書房裏來回踱步，苦嘆道：

「就遲了一步，就遲了一步，若是及早簽字畫押，八百貫就能買下這個宅子，可惜，可惜。」

他哀嘆連連，火氣上湧，眼眸通紅的凝視著許先生，彷彿是責怪許先生遲了一步。

按照他的預想，原本最多五六百貫，甚至只需要一兩百貫就能將這宅子買下來，到了那個時候，三百幅楊潔的大作便都落到他的手裏。想不到價錢竟比預想的要高得多，到了五千五百貫。

五千五百貫可不是小數，幾乎是他全數的身家，他經營醉雲樓也有二十年，可是每年的收入卻不足五百貫。醉雲樓的利潤雖高，可是買丫頭、進美酒、妝點門面、打點官差、結識教坊的公公，哪一樣不要錢的？不說別的，就說上一次逼死了一個官妓，若不是拿出了幾百貫來塞住那幾個公公的口，這種事又豈會輕易善罷干休。

如今他滿打滿算，身上也就三千貫的銀子，三天之內要湊齊五千五百貫，只怕不易做到。

他時而搖頭，時而嘆息，時而懊惱，時而冷笑，猛然抬頭問：

「那個丫頭是哪個府上的？你打探清楚了嗎？」

許先生搖頭：「想必是哪個富戶家裏頭出來的，瞧她的舉止，那富戶的身家只怕不一般。」

潘仁冷笑道：「看來打這個宅子主意的人不是一個兩個，夜長夢多，夜長夢多啊。這宅子是買呢還是不買呢？」

許先生並不回答，這種事自然不勞他操心，潘仁這樣問，更多的應該問他自己。

許久，潘仁狠狠咬牙道：「就算是這些畫一幅只值三十貫，那也是九千貫，用五千五百貫去換萬貫家財，又有何不可。好，現在就籌銀子。」

潘仁道：「許先生，我有件事交代你去辦。」

許先生道：「東主儘管吩咐。」

潘仁頗爲不捨的道：「立即給我寫一份佈告出來，就說醉雲樓低價出售，誰要接手，需三日內拿出錢來，不要耽誤了。」

許先生連忙道：「學生這就去寫。」他轉身要走。

「回來。」潘仁猛然喝了一句，眼眸中閃出一絲疑竇：「那沈公子的底細摸清了嗎？」

許先生連忙道：「打聽了，這沈公子從前確實是富戶，家財萬貫金玉滿堂，後來家道敗落了，四處當些祖傳下來的首飾、瓷瓶爲生。」

潘仁嘆了口氣：「這就好，這就好，不怕一萬，只怕萬一啊，許先生快去吧。」他揮揮手，很不忍心。

第十一章
禮多人不怪

魚兒燒烤好了，沈傲請周若吃，周若不要，沈傲也不勉強，笑呵呵的把烤魚放置進食盒裏。

挎著食盒，沈傲在前面走，周若在後頭跟著，保持一丈的距離，她想看看，這個傢伙又故弄什麼玄虛。

「醉雲樓」是一座四層小樓，背倚汴河，正對長街，裝點得極盡奢華。此時，正是清早，因此門庭冷落，紅色的朱漆大門緊緊閉著，路人也寥寥無幾。偶爾有幾個倚著勾欄的輕薄女子，嫵媚的掩著下臉觀望行人，時而發出一陣陣嬌滴滴的笑聲。

若是到了夜裏，那無數紅色燈籠高高掛起，往來的車馬賓客絡繹不絕，士子、酒客、商賈們在此一擲千金，醉臥這溫柔鄉中，又是另一番景象。

正是此刻，一張佈告剛剛給張貼出來，引來一些人的駐足。

原來是這醉雲樓的東家要將這下雞蛋的母雞轉手，這事兒倒是頗爲轟動。潘仁是出了名的鐵公雞，這樣的人，會捨得賤賣醉雲樓，當真稀奇得很。

不過，看的人多，動心思的卻少，一直到了正午，也沒有個人站出來詢價，那佈告前守著的潘仁家丁也有些不耐煩了，頂著大太陽沒精打采的樣子。

這本是預料之中的事，真正有錢的絕不會買醉雲樓，而動了些心思的又沒錢。那些一擲千金的巨富，汴京城多的是，這些人非富即貴，盤下一個妓院來做什麼？可別丟了臉面。

任何時代，吃豬肉的叫小康，殺豬的則是下流勾當。同樣的道理，嫖妓是風流倜儻，是放蕩不羈，可是開一家妓院，那自然就不入流了。

還有一種小商賈，倒是不在乎這樣的名份，也有動心的，可三日內教他們拿出幾千貫錢來，就有些爲難了。所以雖然動靜很大，可最多也只是茶餘飯後的談資罷了，談資就是談資，於事無補。

到了第二日，潘仁有些急了，又一張佈告貼出來，連價格也公佈了，三千八百貫，跳樓甩賣只怕也不過如此。

不過，這個價錢終究還是叫好不叫座，看的人多，應者寥寥無幾。

潘仁有些發狠，時間越迫越近，再拿不出五千五百貫，一切都要成爲泡影。

到了第三日，佈告又貼出來，這一次，價錢變成了三千五百貫，潘仁作出這個決定時，捶胸頓足，萬般的不捨，可是想到那三百幅楊潔的畫作，頓時又什麼都忘了。

正午，總算有一個公子哥帶著幾個家僕，左搖右擺的揭下了佈告，潘仁家丁立即回報，潘仁大喜，連忙親自將這公子哥請到府上。

這公子哥自然是周恆，周恆大咧咧的坐下，合攏手中的扇子，開口便道：

「三千貫，若是醉雲樓賣三千貫，本公子立即掏錢，多了一文，本公子轉身就走。」

潘仁已是捏了一把冷汗，笑嘻嘻的先請周恆喝茶，心裏卻轉了許多主意，他的醉雲樓，至少也值四千貫以上，現在這個公子只開價三千貫，這還價也太狠了些。

不過潘仁又沒有底氣，眼看三日之期將近，好不容易來了個主顧，可萬萬不能得罪了。可是這公子的價錢又開得太死，讓他有點兒不甘心。潘仁做了這麼久的生意，最擅長的還是察言觀色，他決心跟這公子打打太極，先看看風向再說，不退到萬般無奈的地步，三千貫賤賣醉雲樓是斷然不能的。

「公子請喝茶。」潘仁笑嘻嘻的，親自給周恆端茶倒水，很是熱情。

周恆卻不喝，不耐煩地搖著扇子，說：「醉雲樓到底賣不賣？你說個準話，本公子事兒多，沒功夫和你瞎磨蹭。」

潘仁笑得更燦爛了，連忙說：「賣，賣，只不過嘛……」

他話說到一半，周恆便有起身要走的意思，口裏說：「只不過什麼？只不過要加點價錢是不是？好，你既然沒有誠意，那麼本公子現在就走。」說完真的站起來，轉身要走。

潘仁尷尬地也連忙起身，正要挽留，周恆說：「你不要站起來，我們沒交情，也不必相送，這醉雲樓你賣別人吧。」

帶著幾個小廝，周恆一點回頭的意思都沒有，飛快就走。

說起來，潘仁這個人是出了名的蠻橫，吃不得虧的，可是撞見了周大少爺還真算他倒楣。

等快出了門檻，潘仁突然大喝一聲：

「賣，我賣，公子留步，就三千貫，這醉雲樓賣給公子了。」

周恆回頭，哈哈笑：「這就對了，潘兄爽快。」周恆轉回去要喝茶。

潘仁此刻卻沒有好臉色了，袖子一擺，下人們會意，忙不迭的把茶撤了下去。既然已經吃了虧，這些茶，潘仁決心留著自個兒喝，他陰陽怪氣地道：

「去，到茶房燒一壺熱水來，給公子解渴。」

周恆很氣憤，很快又轉怒爲喜，道：「拿你的房契、地契來，咱們這就交割。」說著，從袖子裏掏出一疊「錢引」放置在桌上，笑嘻嘻地道：「潘兄要清點嗎？」

所謂錢引，其實就是交子或銀票，徽宗皇帝即位之後，設立交子務，算是最早的紙鈔。這種紙鈔最初是由商人自由發行，專門爲攜帶鉅款的商人經營現錢保管業務。存款人把現金交付給鋪戶，鋪戶把存款人存放現金的數額，臨時填寫在用楮紙製作的卷面上，再交還存款人，當存款人提取現金時，每貫付給鋪戶三十文錢的利息，即付百分之三的保管費即可。

潘仁憋著一肚子氣，抓起那一遝錢引，當眾數了一遍，又教家人去取地契、房契以及交割文憑。

署名爲信、畫指爲驗後，周恆拿起契約塞入懷中，也不和潘仁客氣，帶著人揚長而去。

潘仁雖然不捨，可是木已成舟，醉雲樓都賣了，自然不敢再耽擱，湊了五千五百貫錢引，便帶著許先生和一個小廝一道兒出門。

一路上，潘仁的眼皮老跳，他心裏頭有些不太放心，問許先生：

「許先生，事後想起來，我總是覺得不對勁，這麼好的事，爲什麼偏偏讓我撞見了？況且，那三百幅楊潔畫作，我並沒有親眼見到，不會有詐吧。」

許先生不敢亂說話，只說：「學生不敢妄言。」

潘仁嘆了口氣，很快又咬咬牙：「醉雲樓都賣了，再後悔也來不及了，不管怎樣，權當賭一賭。」

他爲了買沈傲的宅子已經失去了太多，更把自己的退路斷了，所以就算產生了疑竇，也只好咬著牙去搏一搏。

這便是賭徒的心理，已經貼進去了一部分錢，哪裡還肯輕易甘休，不到山窮水盡，是絕不可能撒手的。

到了沈傲的宅子，許先生去拍門，開門的仍舊是吳三兒，吳三兒見到他們，道：

「抱歉，你們來遲了一步。」

「來遲？」潘仁的臉色頓時變了，衝上去怒氣沖天的道：「怎麼？這宅子已經賣了？咱們約好了的，你說個清楚。」

吳三兒很尷尬地道：「還是請諸位進去再說吧。」

進了院落，潘仁、許先生便看到這裏已有人了。

沈傲搖著扇子，很開心的模樣。另外還有個丫頭，許先生認得，就是上次和他競價的那個春兒。

許先生靠近潘仁，耳語了一句，潘仁的臉色都變了，醉雲樓都已經賣了，可萬萬不能在這個時候出差錯啊！這個丫頭究竟又來做什麼？

只見那丫頭看到他們來，眼中充滿了敵意，回眸去對沈傲說：「沈公子，快，簽字、畫押。」

潘仁注目一看，只見那大槐樹下的石墩子上竟是幾張文憑，沈傲哦了一句，提著筆，那筆尖已經觸及紙面了。

潘仁大驚失色道：「且慢！不能簽字！」

「啊？原來是潘兄，什麼風把你吹來了，哈哈……原來還有許先生，咳咳……許先生來的正好，我還以為你不要這宅院了呢，嗯，三兒啊，給他們上茶，要上好茶。」

他很是得意的樣子，顯然現在手頭不是很緊了，只是與許先生對視時又有些尷尬，有些羞愧。

潘仁快步過去，發現石墩子上是一份交割文憑，頓時大怒，道：

「沈公子這是什麼意思，我們說好的，這房子我們五千五百貫買了，爲什麼又要與這丫頭交易？」

沈傲很驚訝：「原來許先生身後的買主是潘兄？呀，潘兄爲何不早說，你我交情不菲，又何必讓人代替來詢價。」

潘仁語塞，方才一時心急，竟是把什麼都忘了，只好道：

「這房子是我瞧上的，這裏風水好，我想讓家中的逆子來這裏讀書，清靜。我和沈公子是有交情，也正因爲如此，才不好出面，畢竟這是買賣嘛。」

沈傲哈哈笑道：「還是潘兄厚道，若是潘兄親自來，我還真不好開價，不過，你們來遲了。」

潘仁已驚得滿頭是汗，連忙道：「來遲了?莫非已經賣了?」

沈傲道：「賣是還沒賣……」

潘仁虛驚一場，用袖子去擦額頭的冷汗，微微出了口氣，心想：總算還有迴旋的餘地。

「不過嘛，我已決心賣給春兒姑娘了，春兒姑娘這次帶來了六千貫錢，我和她當面結清，這宅子賣她了。」沈傲很無恥地笑道。

潘仁怒道：「都已說好了五千五百貫，怎麼又變了？」

他恨不得轉身就走，可是兩條腿卻像是灌了鉛似的一動不動，生怕這一走，宅子便換了主人，到了那個時候，楊潔的三百幅畫就徹底沒了。

若是醉雲樓沒有賣，潘仁大不了一走了之，這個便宜他不占了。可是醉雲樓已經賣了，他潘仁已沒有了營生，只是空有五千多貫錢，所以無論如何也得把這宅子買下來，否則虧大了。

沈傲連忙道：「潘兄息怒，價高者得，這是亙古不變的道理，是不是？」

春兒不滿地道：「沈公子，你到底要磨蹭到什麼時候，快簽字畫押，我們已經說好，這宅子我家公子六千貫買了。」

「哦，好。」沈傲又去提筆，正要簽名，潘仁的肥手便伸過來，死死的摔住筆桿頭，高聲道：「不成，不成，都已說好了的，五千五百貫，沈公子、沈老弟，沈爺，你不能言而無信啊，我錢引都已帶來了，恰好是五千五百貫，咱們現在就交割，好不好？」

「不好！」沈傲回答得很乾脆。

「六千貫，我也出六千貫，這房子我非買不可。」潘仁幾乎要流眼淚了，這個買賣他不能虧本啊，四五千貫的醉雲樓賣了三千貫，若是拿不到楊潔的字畫，這虧吃得太大

了。

春兒冷笑：「六千五百貫。」她叉著腰，很潑辣很有把握的樣子。

潘仁倒抽了口涼氣，差點就要翻白眼了，咬死牙關道：「七千貫。」

春兒愕然，道：「七千貫？」一下子沒了底氣，只好轉身走了，回頭還說：「沈公子，我能不能回去先問問我家公子，看看是否再加點錢，你千萬不要把房子賣給他，等我家公子有了消息再說。」

拋下這句話，春兒的人影消失不見。

好機會！潘仁激動得發抖，這是一個絕佳的好機會啊，這個丫頭想來是做不得主的，因此要回去問她的主人！

好，妙極了，趁著這些時間，無論如何也要拿到姓沈的房契。

「沈公子，七千貫，我們現在就交割，如何？」潘仁幾乎是祈求了，時間不多，競爭激烈，再耽誤一刻，可不是玩的。

沈傲嘆氣：「潘兄啊，不是我說你，人家不是說了嗎？得等她家公子回話，再等等，再等等吧。」

潘兄想哭的心都有了，心裏想：「真要等到人家有了回音，說不定還要競價呢，到時候七千貫都不準兒能拿到房契了。」於是哭求道：「沈公子，沈相公，不管怎麼說，你我交情不淺，在下實在是太喜歡這宅子了，七千貫，就賣給潘某吧。」

這世上哪裡有以百倍的價錢求人家賣房子的，可是偏偏此刻潘仁想跪下的跡象都有，看得吳三兒目瞪口呆。

沈傲很爲難，舉著扇子時張時闔，拿不定主意。

「沈相公……」潘仁已經改稱相公了：「你開開恩，就當是成全我，如何？」

潘仁急得如熱鍋上的螞蟻，生怕春兒再回來，就差要喊沈傲一聲爹了。

沈傲心軟了：「好吧，七千貫，咱們這就交割，你錢帶來了嗎？」

潘仁狂喜，就在幾日前，他明明八百貫買下這宅子都覺得多了。可是就在幾日前，他還咬咬牙願意出五千五百貫，如今七千貫的價錢，潘仁倒是覺得占了大便宜，喜形於色的道：

「只帶來了五千五百貫。」

沈傲凝眉：「五千五百貫？算了，我還是賣春兒姑娘吧。」

潘仁連忙說：「五千五百貫只是現錢，在下還有一套大宅子，兩千貫買下來的，後來裝飾、修葺也花了不少錢，沈公子點點頭，我立即叫人回去拿房契如何？」

爲了楊潔的畫作，潘仁是豁出去了，有了這些畫，將來買多少宅子都成，眼下當務之急，是一定要搶在春兒回來之前，把沈傲的房契弄到手。

沈傲很感動，握住潘仁的手：「潘兄，你的宅子我怎麼好要？」

潘仁要哭了，強忍著眼眶中搖搖欲墜的淚珠子，也不知是感動還是心痛，說道：「沈公子不必客氣，你我是朋友，這宅子換誰住不是住呢？」

「好。」沈傲點頭：「潘兄很痛快，這個朋友我沒有白交，那你快去叫人拿了房契來，我們立即交割。」

潘仁鬆了口氣，心裏說：「這事總算成了，真是有驚無險，還好，還好，七千貫換九千貫，不管如何，總算沒有虧。」於是寫了張便條給他的大老婆，叫許先生帶著便條回去取房契。

吳三兒端上茶來，潘仁和沈傲相互對坐，一邊等候，一邊喝茶，潘仁還是有些緊張，生怕那丫頭什麼時候衝進來開價八千貫，心裏痛罵許先生腳慢，這麼久還不來，心不在焉的喝著茶，滿腹心事地與沈傲閒扯。

足足等了半個時辰，許先生滿頭大汗地回來，將房契交給潘仁，潘仁等不及，連忙說：「沈公子，咱們這就交割。」

於是二人各取房契，又簽下文憑，眼看沈傲畫了押，潘仁心中狂喜，一把將沈傲的房契搶過來，歡天喜地的大呼：「哈哈，皇天不負，皇天不負，這宅子歸我了。」

沈傲將一疊錢引和潘仁的房契收入百寶袋子裏，嘿嘿的笑：「潘兄如願以償，恭喜，恭喜。」

潘仁臉色一變，將房契收好，獰笑道：「快給我滾，滾得遠遠的，這個屋子裏的東西，什麼都不許帶走，立即就滾。」

他的臉當真是說變就變，不過也難怪，七千貫送給了這姓沈的，難道還要教他笑臉相迎？

「哇……」沈傲很受傷：「潘兄這是怎麼了？我們不是朋友嗎？」

「朋友？」潘仁大笑，笑得寒氣刺骨：「誰和你是什麼朋友，趕快給我滾！」

說著，潘仁又突然想起一件事，對許先生道：「你在這裏看著，不要讓他們拿走這宅子裏的任何東西。」

話音剛落，便急匆匆的往沈傲的廂房裏跑，翻箱倒櫃，口裏喃喃念叨：「畫兒，我的心肝寶貝，我來了。」

他雙目赤紅，如同瘋子一般，將屋子翻得亂七八糟。

沈傲的房子沒有找到，他便心急火燎的往周若的屋子裏去，周若在屋子裏大叫，隨即跑出來，口裏罵道：「你瘋了嗎？」

潘仁覺得周若有些眼熟，只是心中只惦記著畫，其餘的早已拋到爪哇國了，衝進去又是一陣翻找，過了片刻又衝出來，高聲大叫：

「畫呢？畫呢？我的畫呢？」

沈傲問：「什麼畫？」

潘仁不理他，覷見了廚房，又鑽進去。

「我的畫呢，我的畫呢？在哪裡，在哪裡？」從廚房中衝出來，潘仁雙目赤紅，圓領員外衣凌亂不堪，滿是污漬，衝到沈傲面前，惡狠狠地大吼。

沈傲退後一步，手中的扇子合攏做自衛狀，很糊塗的問：「什麼畫？」

「什麼畫，什麼畫？」潘仁哈哈大笑，獰笑著逼近：「楊潔的畫，一箱子的畫在哪裡？你放在哪裡？」

「哦。」沈傲恍然大悟：「我燒了。」

「燒了！」潘仁如電擊一般不動了，隨即大叫：「你燒了，你居然燒了？這是我的畫，你竟燒了我的畫。」

沈傲很無辜的樣子：「那明明是我的畫，至少在賣掉宅子之前，所有的東西都歸我處置是不是？我燒了它和你有什麼干係？」

「走吧，這宅子已經賣了，我們不必留在這裏。」沈傲不再理會目瞪口呆的潘仁，帶著吳三兒、周若轉身要走。

「誰都不許走。」潘仁大笑，咬牙切齒的道：「要走？沒這麼容易，許先生，劉動，把他們攔住。」

許先生醍醐灌頂，突然明白了什麼，一陣苦笑，朝潘仁行了個禮：「東家，事已至此，學生辭去教館，告辭。」

他是個聰明人，潘仁已經一無所有，這姓沈的公子雖然用的是欺詐手段，可是於理於法都沒有破綻。那契約是潘仁親自簽草的，錢也是自己送過去的，又沒有講明什麼三百幅楊潔畫作的事，只說宅內一切器具、家用都歸潘仁所有。就算是叫了官府來，只怕也無濟於事。

現在潘仁想要狗急跳牆，以身試法，自己是有功名的讀書人，怎麼能和他一起胡鬧，對於許先生來說，還是走爲上策爲妙。

那叫劉動的小廝蠢一些，卻也明白光天化日之下不能隨東家亂來，看許先生辭館，也連忙說：「小的也回去收拾行囊，東家好自爲之。」

世態炎涼，潘仁已不再是那個身價數千貫的富商，沒有了錢，就什麼都不是。

許先生和劉動灰溜溜地走了，絕不敢回頭再望一眼。

沈傲也走了，護著周若飄然而去。

大槐樹下，只留下潘仁上下唇不斷的顫抖，掏出那張房契，口裏反覆念叨：「畫

呢，畫呢，我的畫呢……」隨後，房契撕成粉碎，那紙屑隨著微風散開，飄灑入泥。

潘仁瘋了，在汴京城，許多人看到他赤裸著肥胖的身體四處閒逛，見人便攔下來，口裏問：「看到我的畫嗎？我的畫在哪裡？」

周若聽說了這些流言，又於心不忍了，問沈傲：「我們對他是不是太壞了，他……應當罪不至此……」

沈傲的回答很鄭重：「一路哭何如一家哭，這樣的人多留一天，昨日死的是劉小姐，明日或許就是趙小姐、王小姐，這是他自己做的孽，我們只是替天行道罷了。」

「一路哭何如一家哭……」周若咀嚼著這句話，抬起眸來望著沈傲的側臉。就在這四面是粼粼湖水的亭中央，一縷陽光穿過亭蓋斜照下來，似乎直接射入沈傲幽深的眼眸，霎時間，這俊美少年好比珠玉映日一般熠熠生輝，把周若眼睛都眩花了。

「這個傢伙，看來也不似那樣不正經，看上去嘻嘻哈哈的，還很有些操守呢。」一剎之間，周若對沈傲的印象改觀了不少。

誰知剛剛對他印象好了一些，沈傲就開始脫靴子了，周若期期艾艾的道：「你……你要做什麼？」

「捉魚。」沈傲的回答很簡潔。

「哪裡有魚？」周若一時沒有反應過來。
沈傲已經開始脫外衣了，一點也不怯場的意思。
周若急了，跺跺腳，撇過臉去不敢再看。
撲哧一聲，沈傲穿著內衫光著腳便跳入湖中。
「這個瘋子。」周若轉身要走，卻看到水中的沈傲突然雙手一揚，一條閃閃生輝的魚兒在半空撲哧著飛進亭中來，周若嚇了一跳，斥道：「你做什麼？」
「捉魚啊。」水中的沈傲濕漉漉的解下腦後的綁帶，頭髮披灑在肩，從水中露出臉來。
周若要哭了，還沒有人在他面前這樣無禮，連忙說：「這魚不能捉。」
可是沈傲不管，又鑽到水裏去了。
「喂……」周若看水面一點動靜都沒有，有些急了，生怕出了什麼事，便高聲說：「你捉魚做什麼？快冒出頭來。」
沈傲頂著一片荷葉鑽出來，道：「燒烤，送禮。」
「燒烤還送禮！」周若哭笑不得，跺腳道：「你送給誰？」
沈傲嘿嘿笑：「秘密！」
又一條魚拋到亭中，那肥美的魚兒在磚板上撲騰亂跳，嚇得周若連連尖叫。

過了一會兒，周若看到一個人影往亭中走過來，她心跳得厲害，頓時慌了，心裏想：「要是被人看見自己在看書僮游水，這可糟了。」

大家閨秀，最怕的就是牽涉到緋聞中，這種消息傳得快，過不了幾天就全府都會知道，再過幾天，就會變成汴京城的談資。

周若連忙順著長廊迎過去，近了一些，才看清來人是趙主事，臉更紅了，心亂如麻的捏著手絹，勉強擠出笑：「趙主事。」

趙主事顯得很溫良，朝周若行了個禮，畢恭畢敬的道：「老朽方才聽到小姐在這裏尖叫，不知是什麼事。」

「沒……沒事。」周若儘量使自己鎮定下來：「我看到湖裏一條魚兒跳出來，很驚奇。」

趙主事點了點頭：「原來如此，我還以爲小姐有什麼事呢。」

周若道：「趙主事請回吧，我要在這裏靜一靜。」

趙主事不敢逗留，連忙說：「那麼老朽告辭。」轉身走了。

周若虛驚一場，想到方才爲沈傲說謊，臉就紅了，幸好沈傲沒有從水中冒出頭來，否則被趙主事看見，那可大大不妙。

等他回到亭中，沈傲已爬上亭子，渾身濕漉漉的，腳下是六七條肥美的魚兒，他一邊在有陽光的地方曬著太陽，一邊說：

「春兒要是在就好了，她會幫我拿食盒、鹽巴、火石來。」

周若氣呼呼的道：「春兒就是被你教壞的。」

沈傲道：「這和教壞有什麼關係？周小姐血口噴人。」

周若也發覺自己似乎沒有邏輯，偏偏見了這小子便氣不打一處來，只好道：「我去幫你拿吧。」

沈傲很高興：「周小姐人真好，和春兒一樣，心地都很善良。」

周若白了他一眼，道：「我欠你的人情，就當是還給你。」說著，便走了。她看上去很鎮定，可是只有她自己知道，方才她的表現有點心虛，不知爲什麼，沈傲說起春兒的好，總是讓她心裏亂糟糟的。

沈傲把魚破膛開肚，周若坐在一旁看，魚兒燒烤好了，沈傲請周若吃，周若不要，沈傲也不勉強，笑呵呵的把烤魚放置進食盒裏。

拎著食盒，沈傲在前面走，周若在後頭跟著，保持一丈的距離，她想看看，這個傢伙又故弄什麼玄虛。

第十二章
偶像不二人選

沈傲彷彿在尋找趙佶那種健筆開張，

挺勁爽利，側峰如蘭竹，媚麗之氣溢出的神韻。

有時又突然搖頭，有時抿嘴低笑。

癡癡呆呆，彷彿身邊的事物都停滯一般。

天下之間，只剩下沈傲一人和一枝筆。

到了偏角的一處庭院，沈傲覷見了庭院裏晾曬衣服的芸奴，笑嘻嘻的隔著籬笆和她招手：「芸兒，芸兒。」

芸奴是聾啞人，聽不到。沈傲只好開了庭院的竹篾門，走到芸奴身邊和她打招呼。

芸奴見到沈傲，立即叉著手，虎著臉咿咿呀呀的說了一陣，沈傲不懂，說：「我要見陳相公。」抬腿要進屋子。

芸奴將他攔住，不讓他進。她對沈傲的印象不是很好，抑或是陳濟本身對沈傲有成見，讓芸奴也嫌棄他。

沈傲只好指了指屋子，又將食盒交給芸奴，意思是說：「勞煩你進去通報，順便把禮物送進去。」

芸兒接過食盒，便進了屋子。

周若追上來，望著這庭院的風景，聞到那洗淨衣服的皂角味，口裏說：「想不到府裏還有這樣一個地方，我竟是不知道，真是奇怪，方才那人是誰？我怎麼沒見過。」

沈傲哈哈笑：「周小姐不知道的事還多了，周府大著呢。」這口氣，倒像他是周府的主人，而周若倒成了客人一樣。周若惱怒的瞪了他一眼，心裏說：「這人臉皮真厚得厲害。」

卻說陳濟正在屋子裏練字，聽到外面的動靜，就有點生氣了，他練字最討厭人打攪，不知是誰在外面大呼小叫。

過一會兒，芸奴提著食盒進來，陳濟只好拋了筆，問：「是誰送來的？」

芸奴做了一番手勢。陳濟氣呼呼的道：「又是那小子，無事獻殷勤，非奸即盜。把食盒留下，人趕走。」

說來也奇怪，芸奴聽不到沈傲的話，可是陳濟說的話她卻懂，點了點頭，把食盒放在案上便去趕人。

沈傲見芸奴出來，以爲芸奴歡迎他進去，剛剛抬腳，又被芸奴攔住，咿咿呀呀的打手勢。

這個手勢沈傲看懂了，是送客的意思。奶奶的，客人還沒進屋就送客，實在太無禮了，沒把人放在眼裏啊。而且那姓陳的收了禮，又叫芸奴來趕人，很不厚道，太無恥。

周若躲在一旁掩口笑，笑意中帶了點嘲諷，很樂意看到沈傲碰壁的樣子。

沈傲不徐不疾，他是有備而來，從懷中抽出了一張名帖，交給芸兒，說：「麻煩芸兒姑娘將這名帖交給陳相公。」

芸奴收了名帖，顯得很不情願，一扭腰，又進屋去。

陳濟在屋裏不寫字了，很不厚道的在吃魚，反正是那小子送來的，不吃白不吃。見芸奴又進來，就有些不悅了，口裏說：「那小子還沒有走嗎？」

芸兒點頭，將名帖送上。

陳濟隨手接過去看了一眼，這一看，彷彿三魂六魄一下子抽離了身體，全神貫注的看著名帖發呆，口裏喃喃說：「好狡詐的小子，去把他請來。」

屋外頭的周若等得有些不耐煩，口裏說：「方才你送禮去，屋裏的主人都不願見你，拿上名帖他就會見嗎？」

沈傲信心十足：「周小姐拭目以待，他非見我不可。」

周若不信，可是等芸兒出來，朝沈傲點點頭示意他進去時，周若就不得不信了。

沈傲哈哈笑著進了屋子，陳濟沒有起身相迎的意思，一雙眼睛仍是盯著那名帖，不說話。這名帖上並沒有什麼玄虛，只寫著「沈傲敬上，再拜起居」八個字，很普通，沒什麼門道。

吸引陳濟注意的，是那八個龍飛鳳舞的字，這八個字，筆法圓轉瘦硬、骨力雄健、氣度高曠，竟是自成一派，陳濟聞所未聞。

這種寫法是行草的一種，乃是明朝李東陽開創的一種字體流派，沈傲是什麼人，模仿別人畫畫、寫字是他吃飯的傢伙，這幾筆東陽體意境深遠，行書亂草之中，隱隱可露出一股高曠之氣。

陳濟依依不捨的將眼神從名帖上抽出來，小心翼翼地將名帖收好，望了沈傲一眼，臉色又冷了：「觀其書即可知其人，可是你這個傢伙卻令人看不透。無事不登三寶殿，有話快說。」

沈傲坐下，笑了笑道：「陳相公好自在，這單門獨院的，紅袖相伴，哈哈……羨煞旁人。」

陳濟的臉色更難看了，紅袖相伴，他這是什麼意思，莫非是說……哇！我堂堂狀元之才，文采斐然，士子的偶像，清流的領頭人，這個傢伙竟說我作風不檢點，氣死人了。

不過，陳濟也知道這傢伙口沒遮攔，你越是被激怒，他越是高興，要矜持，要矜持。陳濟涵養的功夫還算不錯，總算忍下來，冷著臉只是笑。

沈傲又說：「陳相公最近行書有什麼心得了嗎？其實行書寫字，不是閉門造車就出成效的，要多出去走走，開闊開闊眼界。」

「好了，這傢伙的狐狸尾巴要露出來了。」陳濟笑得更冷。

沈傲變得真摯起來，很認真的道：「你看那些行書大家，哪一個筆法不是貼合了自然之理的，書便是自然，自然就是書，所以說，我勸陳相公多出去走動，說不定會有感悟。」他頓了頓：「正好，我這裏有個最適合陳相公的差事，陳相公要不要去試一

試？」

陳濟冷笑：「不去。」他回答的很乾脆。

「陳相公都不知道是什麼事便斷然否決，到時可不要後悔。」沈傲有些生氣了。

陳濟道：「不後悔。」

沈傲被打敗了，只好說：「是這樣的，我打算舉辦一個詩會，邀請各界名流相互博弈。沈相公聲望高，才學好，能服人，汴京城的士子都希望一睹陳相公的風采，所以請陳相公出山，做詩會的評判，好不好？」

所謂詩會，其實是沈傲開辦私人會所的一個噱頭，要吸引人，一炮而紅，就必須有殺手鐧，拿出乾貨來。

上次設局將潘仁的家產一併騙來，讓沈傲的身家一下子富裕起來，醉雲樓，汴河邊的大宅子，還有兩千五百貫現錢，這筆財富，沈傲打算全部投入到私人會所中去。現在醉雲樓和那大宅子都在吳三兒的監督下開始重新修葺施工，過不了多久就要開張，沈傲未雨綢繆，先把陳濟騙上船再說。

既然是私人會所，當然接待的是巨富豪門，這些人都有一個特點，那就是附庸風雅，要想從他們口袋裏掏錢，就必須選擇一個在讀書界很有號召力的人物出來。

陳濟無疑是不二的人選，狀元之才，清流翹楚，偶像中的偶像，在文藝界的聲望極高。如果把他請出山去，私人會所立馬就可以提升幾個檔次。

只不過，陳濟對沈傲的詩會並不感興趣，冷著臉，又是搖頭：「不怎麼樣。」

沈傲笑了，陳濟脾氣太怪，不過要治他，沈傲還有辦法。他站起來，微微笑著對陳濟耳語幾句。

陳濟很驚奇的樣子，問：「當真？」

沈傲點頭：「陳相公敢不敢賭？」

陳濟很猶豫，想了想道：「好，賭一賭又何妨，有言在先，你不許耍詐。」

沈傲很委屈：「我像是這樣的人嗎？本書僮高風亮節，才不屑做這種事。」

「既如此，那麼就一言為定。」陳濟竟是一下子熱情起來，對芸奴說：「芸兒，斟茶。」

「不必了。」沈傲最見不慣陳濟客氣，倒是習慣了他那一副愛理不理的樣子，拾起桌上的扇子道：「我告辭了，過幾日再來拜謁。」

「哎呀呀……」陳濟搓著手站起來，很不好意思：「沈相公這麼快就走，連茶水都沒有喝上一口，當真是慚愧的很。」

便要送沈傲和周若，一直送了很遠，還依依不捨的搖手道別，很捨不得。

周若滿頭霧水，問沈傲：「方才你和他說了什麼話，為什麼那怪人突然轉了性子？」

沈傲笑道：「我說我可以寫出百種不同的字體。」

「百種？」周若愕然，很是不信：「這絕無可能，術業有專攻，書法也是如此，就是精研兩種字體已是千難萬難，更何況是百種。」

周若心裏想，難怪那個陳相公轉怒爲喜，他這種熱愛書法的人，若是能見到百種字體寫就的行書，只怕要將沈傲捧到天上了。

「這個沈傲真奇怪，他到底有多少本事，很讓人摸不透呀。」

沈傲不說話，卻看到遠遠的周恆衝過來，朝自已搖手，高聲大呼：

「沈傲，快來，快來，郡主的畫又來了！」

與清河郡主鬥畫，幾乎已成了沈傲生活中不可或缺的部分，周恆氣喘吁吁的跑到沈傲身邊，上氣不接下氣的道：「走，我們去書房。」

周若臉上有些發窘，冷笑一聲：「郡主的畫有什麼好看的。」跺跺腳，便走了。她是不好在弟弟面前與沈傲多待，很彆扭。

周恆很受傷，口裏說：「姐姐，我一來你就走，我有這麼討人嫌嗎？」說著，又急匆匆的拉沈傲去書房，取出畫來攤在書桌上，道：「看來小郡主不服輸啊，沈傲，一定要好好教訓教訓她。」

沈傲俯下身去看畫，一開始便被這畫所吸引。可是很快，臉色就有些不自然了，口裏說：「奇怪，奇怪。」

周恆道：「有什麼奇怪的，莫非郡主的畫有了長進？沈傲，你不會心虛了吧。」

沈傲道：「這是徽宗皇帝的《瑞鶴圖》。」

「徽宗皇帝是誰？」周恆滿頭霧水。

沈傲這才想起，宋徽宗還沒有死，現在還沒有徽宗這個謚號。自己應該叫皇上才是，於是道：「就是今上。」

「啊？」周恆頓時嚇得臉色蒼白，他開始只是想獲得郡主青睞，極盡所能去討好她，誰知郡主刻意羞辱，讓他起了爭強好勝的心思。邀沈傲爲他作畫，便是要和郡主鬥一鬥，誰知這一鬥，竟牽涉到了官家，這事就有點複雜了，很頭痛。

「會不會是郡主模仿官家的畫作？」周恆小心翼翼的問。

沈傲搖頭：「瑞鶴圖是官家的新作，我記得好像就是這個時候的作品，現在還未流傳出來，而且絕不是郡主的畫作。你看他的畫風，健筆開張，挺勁爽利，郡主是女流，筆鋒以細膩爲主，畫不出這樣的神韻，所以，作畫的應當是個男人。」

周恆心虛的道：「那麼說，這已是官家的真跡無疑了？」

沈傲又搖頭：「不是真跡，不過畫中的花鳥倒是頗得官家的神韻，你看看這筆線，就會發現有臨摹的痕跡。」沈傲指尖順著畫中盤旋的白鶴，徐徐往下劃拉，點到宮闕的樓臺時就不動了：「看看這裏，很生澀，有畫蛇添足的痕跡。」

周恆搔著腦袋：「我不懂，這麼說，這不是官家的畫作了？」

沈傲道：「瞧這人畫風與官家有幾分相似，尤其是這瘦金體的題跋，很有神韻，顯然這人受過官家的指導。作者應該是和官家很親近的人。周公子想想看，官家身邊除了女人就是太監，還有什麼男人可以時常陪伴左右？」

周恆此時充分的發揮起想像力，隨即愕然道：「莫非是某個皇子？」

沈傲微微一笑：「猜對了，我問你，清河郡主和哪個皇子最要好？」

問起這些八卦，周恆立即眉飛色舞起來，道：

「應當是皇三子趙楷，皇三子可是了不起的人物，他性極嗜畫，最善畫的是花鳥，很精緻，許多人要求他的畫呢。

眾皇子之中，皇三子是最得寵的。他的母妃是王貴妃，也很得官家的寵愛。皇三子人較爲孤僻，卻是汴京城公認的天才。他偷偷地參加過重和年間的科舉考試，竟是一路披靡，進入了殿試。在殿試中發揮更是出色，奪得了頭名狀元。

皇三子與清河郡主都是喜歡作畫的，所以兩個人很合得來，經常一起遊玩討教畫技。是了，作畫的人八成就是皇三子，啊呀，我曾見過他幾面，不過他有點瞧不起我，哎……」

周恆說到這裏，顯得有些沮喪，像他這樣的國公世子，走到哪裡不是有人捧著含著，遇到了皇三子趙楷，一下子就沒有了脾氣。

「皇三子趙楷？」沈傲笑了笑，指著畫道：「他的畫技倒是不錯，只可惜還嫩了一些，而且刻意去模仿官家，倒是弄巧成拙了。他的水準最多也就和楊潔相若。若不是他這個皇子的身分，單論畫技，只怕名聲不會這樣大。好，他既然來挑釁，我們也不能輸他，給他一點顏色看看。」

周恆捏了一把汗：「你說我們要是贏了他，他會不會惱羞成怒、伺機報復啊？」

沈傲大笑：「想不到周公子也有怕的時候！」

周恆道：「人家報復的是我又不是你，好，不管他，先贏了再說。」

沈傲點了點頭，拿了筆墨紙硯，望著這瑞鶴圖闔目思索，感受宋徽宗趙佶的畫風，其實宋徽宗的畫，沈傲早就臨摹過幾幅，因此倒也成竹在胸。他捏起筆，隨即龍蛇飛舞，開始著墨。

這幅《瑞鶴圖》可以說是徽宗皇帝畫技的高峰，其繪畫技法尤爲精妙，圖中群鶴如雲似霧，姿態百變，無有同者。更爲精彩之處，是天空石青滿染，薄暈霞光，色澤鮮明，鶴身粉畫墨寫，睛以生漆點染，頓使整個畫面生機盎然。

徽宗尤擅花鳥，其花鳥之作確實名不虛傳，這一次開筆，沈傲不似前幾次那樣一氣呵成，而是畫了片刻，便突然提筆思索，彷彿在尋找趙佶那種健筆開張，挺勁爽利，側峰如蘭竹，媚麗之氣溢出的神韻。有時又突然搖頭，有時抿嘴低笑。癡癡呆呆，彷彿身邊的事物都停滯一般。天下之間，只剩下沈傲一人和一枝筆。

足足過了兩個時辰，沈傲疲倦的擱筆，成了。

小心翼翼的吹乾墨跡，沈傲才發現周恆趴在書桌的一角打起呼嚕，睡著了。方才沈傲全神貫注，根本就沒有注意到周圍的情況，現在一聽，覺得這呼嚕很刺耳，將周恆推醒，道：

「把畫收起來，過幾天送過去。我們去醉雲樓一趟。」

周恆睡眼惺忪，看了看畫，道：「這畫作的比三皇子好。」一邊說，一邊捲起畫，把它放入書桌上的畫罐子裏，又問：「去醉雲樓做什麼？」

沈傲打趣道：「周董，你不會是打算做甩手掌櫃吧，世上有這麼好賺的銀子嗎？門面的裝點是生意的重中之重，總要去看一看。」

周恆徹底醒了，精神奕奕的道：「好，現在就去，我教人去套車。」說著，便出了書房，去馬廄叫人準備好車馬。恰好趙主事路過，看到周恆，討好的向周恆道：

「公子這是要去哪裡？」

周恆是個直腸子，隨口道：「去醉雲樓。」

「哦。」趙主事臉上浮出一絲不經意的笑容，隨即又問：「只公子一個人去嗎？」

周恆有些不耐煩：「問這麼多做什麼？我和沈傲去，你教車夫快點套好車，本公子就要那匹棗紅馬，在門口等著。」說著，揚長而去。

「醉雲樓？」趙主事闔著眼睛，似笑非笑的喃喃念了一句。這個名字很耳熟，是了，這是一家青樓，在汴京城有不小的名氣。

「少爺去了醉雲樓，沈傲也要跟著去，妙極，妙極了。」趙主事冷冽一笑，立即小跑著往佛堂趕。

自從那個沈傲進了內府，趙主事就覺得有些不對勁，他的侄兒被沈傲排擠掉書僮的名額也就罷了。這些日子，夫人和沈傲關係很火熱，平時都是叫自己去佛堂裏閒聊，可是現在卻不叫了，有時自己去拜見，夫人對自己的態度也有些冷淡。

身在職場，趙主事的疑心很重，新來的書僮迅速竄紅，威脅也很大，必須儘快把他趕出內府去。

趙主事興致勃勃的到了佛堂，恰好春兒端著糕點進去，便笑呵呵的和春兒打招呼，

問：「夫人還在禮佛嗎？」
春兒道：「夫人和小姐在閒聊呢，趙主事，找夫人有事嗎？」
她見了趙主事，耳根子有些紅，有些心虛。
「小姐在更好，我要當面戳穿沈傲，讓夫人和小姐都知道這人品行不佳，知道他不是好人。」趙主事興致勃勃的對春兒道：「我和春兒一道進去吧，來，把糕點給我，我幫你端過去。」
說著，從春兒手裏接過糕點，便進了佛堂。
佛堂裏香氣繚繞，夫人和小姐在几案上對坐喝茶，趙主事笑吟吟的將糕點放在幾案上，口裏說：「夫人近來身子骨比以往清爽了，老僕心裏很歡喜呢。」說著又對周若道：「小姐也是越來越漂亮了。」
夫人吹著茶沫，笑了笑：「就你嘴甜，近來府裏沒有什麼事吧。」
趙主事道：「咱們祈國府上下是懂規矩的人家，夫人又一向體恤下人，哪裡會有什麼事。」他似是想起了什麼，口裏道：「不過……不過……」很踟躕很猶豫的樣子，後頭的話卻頓住了。
夫人抬眸：「不過什麼？」
趙主事笑道：「沒什麼，沒什麼。」

夫人見他言語閃爍，倒是更有了窮究的心思：「你近來倒是學會藏心事了。」

這一句話雲淡風輕，卻很有威懾力，趙主事連忙道：「老僕不敢瞞著夫人，方才我去馬廄時，正好撞見了少爺，少爺要馬廄那邊備好車馬，說是要去醉雲樓。」

一聽到「醉雲樓」三個字，春兒頓時警覺起來，豎起耳朵聽。周若卻只是含著笑，抿嘴不語。

「醉雲樓是什麼？」夫人蹙著眉，從趙主事的臉上看出這「醉雲樓」不是什麼好地方。

趙主事道：「醉雲樓是汴京出了名的……青樓……」

夫人沉眉：「青樓？我家恆兒去那裏做什麼？」身爲母親，自然不希望自己的兒子出入這種煙花場所，得知這件事，夫人第一個想法就是不信。

趙主事道：「夫人，這事千真萬確，少爺自然是不會去這種煙花場所的，不過，若有別有用心的惡徒誘使就不一定了。少爺本心善良，不知道人心險惡，被人蒙拐一下，也是常有的事。」

夫人厲聲道：「你說，是誰無法無天，敢帶少爺去這種藏汙納垢的地方？」

夫人生起氣來，那也不是好玩的，別看她平時慈眉善目，可是一旦關係到子女，那就另當別論了。

趙主事道：「是書僮沈傲，我是親耳聽到，少爺親口說沈傲要帶他去醉雲樓。沈傲這個人才學是有的，品行也不算壞，在府裏很多人喜歡他……」

趙主事是個聰明人，在說別人壞話之前，得多說些這個人的好話，七分真再摻雜三分假才能讓人信服，因此口若懸河的誇了沈傲一通，正要圖窮匕見，誰知夫人卻不發火了，怒氣也消失了，臉上竟是掛著值得玩味的笑意。

「不好，夫人這是怎麼了？是不是給那姓沈的小子灌了米湯？爲什麼我一說起他，夫人卻是這個樣子？」趙主事忐忑不安，有些心虛了。

夫人沉默了片刻，問：「你是說，是沈傲教唆恆兒去了青樓？」

「正是。」

「好吧，我知道了。」夫人喝了口茶，倒是顯得很平靜，彷彿一下子這件事變得事不關己了。

趙主事小心翼翼的問：「夫人，要不要叫人去醉雲樓把少爺叫回來？」

夫人搖搖頭：「不必了，這件事我來處置就是，你去忙你的吧。」

趙主事如一下子掉進了冰窟裏，他不知道自己到底是哪裡出了差錯，按理說，夫人應當很憤怒才是，怎麼這麼平靜？不對勁。

其實他沒有想到，春兒借用他的口編排沈傲的話，已經讓夫人打了預防針。對於這件事，夫人自有自己的主張。

趙主事連忙告退，心裏滿不是滋味，在往日，就算沒有事，夫人也會叫他坐下喝口茶，談些禪學，可是現在卻是主動叫自己告退，不是個好兆頭啊。

一邊的春兒心裏卻吃驚了，她當然知道沈傲和周恆去醉雲樓做什麼，望了周若一眼，只看到周小姐卻是一副事不關己、高高掛起的模樣，竟一點都不給沈傲辯解。她心裏有些發急，生怕夫人誤會了沈傲，可是她想辯解幾句，話到口裏，臉又紅了。爲一個男子辯解，這是她在夫人面前頭一遭，很害羞，不知道怎麼開口。

第十三章
美女養成計畫

「不對。」

沈傲搖頭，此刻的他，彷彿沐浴在聖潔的光輝之下，他徐徐站起來，

佇立著，很神聖很純潔的道：

「你們要拒絕，不但要拒絕，而且要喊救命，斷斷不能讓他們得逞，懂了沒有？」

「醉雲樓」如今正式關門大吉，門面需要重新裝飾，那粉色調的曖昧之風也要換過，沈傲需要的，是要締造一個藝術的天堂。只要步入其中，就可以感受到濃重的書香氛圍。

要的就是高檔，不能有絲毫瑕疵。作爲藝術大盜，他對古典建築的藝術有很深的造詣，這裏的裝飾設計由他一手包辦，走的是明清風格，要有格調，就必須在細節上下工夫。

吳三兒正過著督工的癮頭，見沈傲和周恆來了，頓時歡喜的過來，道：

「周公子，沈大哥，你們看，工匠們很賣力，多則半月，少則十天，我們就可以開張了。」

沈傲點頭，誇獎了他幾句，便聽到樓上鶯聲燕語的聲音，指了指上頭：「怎麼有這麼多女人？」

吳三兒苦著臉道：「全是不肯走的樂戶，原本我遵照沈大哥的意思，是要打發她們的，可她們說沒有去處，出了這醉雲樓就無家可依了。不得已，只能讓她們暫住著。」

所謂樂戶，其實就是家妓，是青樓女子的雅稱。吳三兒這個人心軟，趕不走她們。

沈傲笑了笑，道：「不走也好，反正總是要有人打點和伺候的，就讓她們留下吧。我上去看看。」

「我也上去。」周恆興致勃勃，整了整衣冠，從腰上抽出紙扇子，作出一副風流倜儻的模樣。

沿著木梯子上去，果然看到十幾個樂戶嘰嘰喳喳說個不停，原來是幾個工匠要修葺各廂房，將她們驅出來，惹起了她們不滿。這個說：「喲，小心我的青瓷瓶兒，這是王公子送的，砸碎了你可賠不起。」那個道：「好好的醉雲樓，還有什麼可修葺的，真是一朝天子一朝臣，換了一個東家，竟是連門面都要換了。他們要打發我們走，定是要換新人進來。」

有個穿著綠蘿衣裙的樂戶腰肢一扭，嘻嘻笑道：「怕個什麼，怕哪個勾欄不收容我們嗎？他們要趕人，大不了姐妹們到隔街的『清樂坊』去。」

說起清樂坊，許多人又嘰嘰喳喳了，這個說：「清樂坊哪裡比得上醉雲樓，好歹醉雲樓還是些公子、富商光顧，到了清樂坊，都是些五大六粗的光膀子大漢，錢沒有幾個，力氣卻大得嚇人。」

那個說：「姐兒我就喜歡力氣大的。」

眾人哄笑。

其中一個眼尖，看到沈傲、周恆上來，見沈傲、周恆都穿著圓領儒衫，那料子更是一等一的好。尤其是那沈傲，負手這麼一站，說不出的英俊倜儻，那劍眉之下是一雙如墨的眼眸，眸子精亮出神，鼻梁直長，嘴角微微翹起，活脫脫的一個翩翩公子。周恆雖說胖了些，可是細皮嫩肉，一看就是出身不凡。於是連忙說：

「兩位公子怎麼白日也來光顧嗎？」

她的話引起眾人注意，紛紛妖嬈的圍攏過來，這個拉扯著沈傲的袖子，那個勾著周恆的腰，熱情的很。

「哈哈，好，好……」周恆陶醉其中，這個掐一把，那個摸一摸，很熟練很有心得。

沈傲看在眼裏，心裏想：「周董看來是勾欄老手，不簡單不簡單，人還沒屁大，恐怕已經身經百戰了。」

他撇撇嘴，卻是打開一隻伸過來的手，朗聲道：「都退開，我是你們的東家。」

東家這個字出口，樂戶們都頓住了，做這一行的都有個不成文的規矩，不管是東家還是老鴇，都是樂戶們最畏懼的人。原因很簡單，這種逼良為娼的行業必須樹立威信，而威信絕不是依靠什麼王八之氣就一蹴而就的。說穿了，靠的就是鞭子和陰狠，要殺一儆百，要槍打出頭鳥，反正就是要這些樂戶們畏懼，讓她們不敢反抗。

聽到沈傲自稱東家，樂戶們紛紛退開，就如貓見了老鼠，眼中浮出一絲懼色。

沈傲大咧咧的尋著一張太師椅坐下，周恆頗有些意猶未盡，不情願的坐在沈傲身邊。

其中一個樂戶強笑著出來要去為沈傲、周恆斟茶，沈傲搖手制止：「我只說幾句話就走，不要上茶了。」

「是，是，東家有什麼話，儘管對我們吩咐。」眾樂戶紛紛強顏歡笑，小雞啄米似的點頭。

「你們真的情願留下來？事先說好，如果你們要走，我決不阻攔，你們的賣身契我也還給你們。」

沈傲嘆了口氣，倒是對她們多了一分同情，身為大盜，沈傲並非是別人所想的那樣全無心肝，他不懼強者，可是也有一顆對弱者的同情心。對待壞人，他可以像暴風驟雨一樣將他們踩在腳下踏上一萬腳，對待朋友，他可以嘻嘻哈哈裝神弄鬼。可是對待這些可憐人，他既不兇惡，也沒有嬉皮笑臉，儘量使自己鄭重一些。

「東家，我們都是被賣來了的，就算是回鄉，早晚家裏也會把我們賣到別處去。我們都是弱女子，出了這醉雲樓，哪裡有什麼營生可做，又沒有可託付之人，情願留在這裏，也不願走。」說話的是一個年紀較大的樂戶，她的話音剛落，其餘樂戶也紛紛點頭稱是。

沈傲道：「既然如此，那麼你們就繼續留在這裏吧，不過，以後不必接客了。」

「啊？不必接客……」

從來只聽過強逼著去接客的東家和老鴇，沈傲這種不許樂戶接客的東家卻是聞所未聞。這個傢伙，不會是另有陰謀吧。呀……世上哪有這樣的東家，完了，姐妹們的日子只怕更不好過了，誰知這東家打的是什麼鬼主意。

沈傲不徐不疾掃視了眾樂戶一眼，說起來，她們的姿色倒都是上等的，那一襲若隱若現的曖昧長裙，更是凸顯出環肥燕瘦的姣好身材。醉雲樓畢竟是上等勾欄，樂戶自然也是精挑細選過的。只不過她們化的妝太濃，再加上那臉蛋上閃露出討好的諂笑，讓沈傲很不喜歡。

沈傲咳嗽一聲，很鄭重的說：「從此以後，你們再也不是樂戶了，是黃花閨女！」

「哇……」周恆在一旁打岔，搓著手，口水都要流出來：「本公子最喜歡黃花閨女，沈傲說得對，你們都是黃花閨女，來，讓本公子嘗嘗黃花閨女的香舌……」

樂戶們嬌笑起來，黃花閨女，這四個字對她們來說還不知道是什麼時候的事呢，這東家真是好笑，他說是黃花閨女，大家就是黃花閨女了嗎？她們若要是黃花閨女，這汴京城裏的小姐閨女們只怕都是小尼姑了。

沈傲沒辦法，只好說：「嚴肅一點，嚴肅一點，我說的是真的，知道什麼是黃花閨女嗎？首先，把你們臉上的妝去洗盡了，再來回話。還有，把這衣衫也換了。」

沈傲板起臉來，自有一番威嚴，樂戶們頓時不敢笑了，一個個回去漱洗。

周恆興致勃勃的道：「本公子明白了，你是不是想讓她們扮作黃花閨女來接客？哈哈，真是奇思妙想，想必客人們一定很喜歡。」

沈傲道：「誰說我要她們接客了？你聽說過黃花閨女接客的嗎？」

周恆很驚訝：「怎麼？不接客，不接客我們養著她們？哇，我們打開門做生意好不好。」周董不愧是周董，商業頭腦還是有的，居然還知道自己是在打開門做生意，不簡單。

沈傲微微一笑：「敢問周董，我們是開青樓嗎？」

周恆想了想：「好像不是。」

「這不就是了。」沈傲不再理他，任他繼續思考。

樂戶們去了妝，換了素衣，一個個走到沈傲身前覆命，沈傲這才滿意了一些，搖身一變，她們還真有點小家碧玉的意思。很好，好極了，沈傲就好這一口……不，是男人就好這一口。

沈傲開始說話了：「我問你們，如果有男人調戲你們，你們會怎麼做？」

說起老本行，樂戶們輕車熟路，紛紛道：「自然是寬衣解帶，滿足客人的要求。」

「不對。」沈傲搖頭，此刻的他，彷彿沐浴在聖潔的光輝之下，他徐徐站起來，佇立著，很神聖很純潔的道：「你們要拒絕，不但要拒絕，而且要喊救命，斷斷不能讓他們得逞，懂了沒有？」

樂戶們不懂，不過，沈傲怎麼說，她們自然不敢違逆，一個個福了福身，媚眼兒往沈傲身上拋，口裏說：「懂了！」

沈傲的壓力很大，不得不擺出一副道貌岸然的樣子來：

「不要朝我暗送秋波，本書……不，本公子不吃這一套。對別人也是一樣，要莊重，要矜持。明白嗎？誰要是亂勾搭男人，就立即趕出去。」

沈傲道德先生附體，很純潔很神聖的打算要誨妓不倦，一會兒叫樂戶們不要再成天想著如何勾搭男人，一會兒又教她們要莊重自愛，要努力學習文化知識，熟悉音律。

樂戶們才知道，這個東家真不兇，就是太正經，畏懼之心沒有了，也就嘻嘻哈哈起來，她們最喜歡調笑，這個嘖嘖的說沈傲模樣俊俏，那個桃花眼兒電光十足，顰笑竊喜，浪聲浪氣的，沈傲越純潔，她們越不正經。

沈傲決定對她們進行培訓，恰好吳三兒上樓，便從女人堆中掙脫出來，把吳三兒叫到一邊，道：「汴京城裏有沒有嬤嬤一類的人，專門來教導女子禮儀、規矩的？」

吳三兒道：「前些日子皇宮裏打發出來一批老宮女，這些人很懂規矩的，沈大哥要她們做什麼？」

「好極了。」沈傲眉飛色舞的道：「去聘幾個來，讓她們教導樂戶們舉止禮儀，除此之外，再請個人來教她們琴棋書畫。」

吳三兒現在對沈傲深信不疑，也不問爲什麼，點頭道：「我明日就去辦。」說完，略有踟躕的道：「沈大哥，我一個人在這裏照應著，有些分不開身，想請個人來幫忙管事。」

吳三兒一撅屁股，沈傲就知道他要拉什麼屎，笑道：「你是想叫吳六兒來幫閒？」

吳三兒不好意思的搓手：「是，是，沈大哥最知道我的心意。六兒好歹做過些買賣，見識也廣些，能幫得上忙。再說，我和他是同鄉。如今我仗著沈大哥有了前程，幫幫他也是好的。」

沈傲點點頭：「你也是副董，這件事你自己拿主意。」

吳三兒很感激，連忙道：「謝謝沈大哥。」

沈傲不敢再在這裏待了，和這些樂戶廝混在一起壓力很大。他雖然不是什麼正人君子，齷齪的事卻是不做的。在這個沒有塑膠保險袋子的時代，萬一染上了什麼花柳病，可是要後悔終身的，沈傲是耐力型選手，不急於貪歡一時。被這些樂戶圍著打情罵俏實在招架不住，只好將意氣風發的周恆從女人堆中拉出來，溜之大吉。

回到國公府，天已漸漸黑了，門口懸著周府字樣的燈籠孤零零的在夜風中飄動。剛剛進了內院，迎面就看到一個丫頭過來，對周恆行禮，對沈傲微微頷首致意，道：「公子，夫人叫你和沈傲一道去佛堂。」

周恆很不滿：「本公子飯都沒吃呢，餓死了。」

沈傲心知夫人一定有事，扯了扯周恆，道：「先去見了夫人再說。」

二人並肩去了佛堂。佛堂裏，夫人、小姐都在，春兒站在夫人後頭，朝著沈傲擠眉弄眼。倒是那周小姐的俏臉在搖曳的香燭光線之下微微勾勒出一絲笑容，這種笑容沈傲很熟悉，周小姐在幸災樂禍。

夫人臉色有些不好，抬眸看了這一對少年一眼，先對周恆道：「恆兒，一下午見不著人，你到底上哪兒去了？」

周恆一下子無語了，言語閃爍的道：「娘，我……我去……」他正在猶豫，是不是該說個謊，還是老老實實的交代。

沈傲坦然道：「夫人，我和少爺去醉雲樓了。」

夫人臉色有些冷，正午時之所以對趙主事無動於衷，只不過是她不信趙主事的話。或者說，已經認定趙主事是挑撥離間。可是沈傲當面說出來，夫人自然而然的動怒了。

男人和女人不同，在男人眼裏，狎妓你懂得，心照不宣，可意會也可言傳。可是對於女人來說，卻是不可饒恕的事，尤其是自己的兒子正是這買賣中的男主角，很難令人接受。

「那你們說，這是誰的主意？」夫人聲色俱厲的望著周恆，目光又落在沈傲身上，動了真怒。

「娘……，是……是我，你先聽我說……」周恆站出來，他表面上看來很無良的樣子，其實還是很講義氣的。

沈傲連忙道：「是我帶少爺去的，請夫人聽我解釋。」

兩個人都爭著承擔，倒是讓幸災樂禍的周小姐微微愕然，隨即抹過一絲不可捉摸的笑容。

「好，你來說。」夫人點了點沈傲，很失望很生氣。

沈傲口才好，再加上並無過錯，心知夫人是受了人的挑撥，因此繪聲繪色的從周小姐開始說起。

周小姐喝著茶，想不到沈傲第一下就牽涉到自己身上，那眼眸射過一線寒芒過去，殺氣騰騰，她心裏想：「莫非這傢伙是想把我們的事一起抖落出來？呀，這人什麼事做不出，若是讓母親知道我與他們合夥去騙人錢財，豈不要糟糕。依著母親的性子，只怕要禁足我一年半載了。」

「那一日，周小姐不是向夫人哭訴劉小姐的事嗎？夫人可還記得逼死劉小姐的醉雲樓東家？我也在旁聽了，心裏很不平，於是便私下裏尋了小姐，要治一治這奸商。」

夫人微微頷首，蹙眉道：「我倒是想起來了，這個醉雲樓從前還真聽若兒說過。」

有了夫人的回憶做印證，沈傲更加來勁了，將騙潘仁的事略過不提，只說恰好那奸商缺錢，要轉售醉雲樓，沈傲便慫恿小姐和少爺將醉雲樓買下來。

夫人這才釋然：「哦，原來是這樣，你們不肯再有人受那奸商逼良爲娼，才將那醉雲樓買下來。我說若兒上次爲什麼求我從庫房拿兩千貫去呢，這個丫頭。」她轉向周若，佯怒道：「爲什麼方才若兒不和我說明，害我白擔心了這麼久。」

「咳咳……」周若被茶水嗆到，很無辜很鬱悶，方才她只想著看看沈傲的笑話，誰知沈傲竟編了個半真半假的故事，將火引到自己身上，慍怒的望了沈傲一眼，連忙說：「我一時忘了。」

沈傲替周若解圍，繼續道：

「買下了醉雲樓，我們自然不能用它做勾欄了。所以少爺找我商量，打算做點善事，將醉雲樓改成詩院，供文人墨客們喝茶談詩。一來是附庸風雅，二來少爺也可以經常去耳濡目染，熟讀唐詩三百首，不會作詩也會吟，聽得多了，少爺的學業不就長進了嗎？」

夫人轉怒為喜，對沈傲的話深信不疑，微笑頷首：「這個主意好，一定是沈傲想出來的，沈傲點子多。」

沈傲很矜持的笑：「這也是夫人教誨有方，今日我和少爺去醉雲樓，就是去檢查修葺門面的事，不知是誰聽到了一些風聲，竟鬧出這麼大的誤會。」

夫人這時又和藹起來，請周恆和沈傲坐到一邊，道：「喝口茶，肚子餓了吧？春兒，去叫廚房熱熱菜，不要餓了兩個孩子。」

夫人吩咐，自然沒有人敢怠慢，說了一會兒話的功夫，熱騰騰的飯菜便端上來了。兩個人都是肚子空空，狼吞虎嚥的在夫人面前沒有什麼扭捏，吃得很舒服。

陪著夫人說了會話，臨走時，夫人突然道：「沈傲，今日正午趙主事來過佛堂。」

沈傲恍然大悟，這個暗示再清晰不過了，原來告狀的人是趙主事。還好他並不是真正帶周恆去尋花問柳，否則後果真是不堪設想。

沈傲的眼眸中閃過一絲冷然，這個人不能再留了。否則早晚要將自己害死，既然他不仁，沈傲也絕對不介意把他掀翻在地上踩上幾腳，只是該怎麼扳倒他，還需要再想想。

雖然是這樣想，可是在夫人面前，沈傲這個奸詐之徒卻裝出一副很愕然的樣子：

「是趙主事？趙主事又怎麼知道我和少爺要去醉雲樓呢。夫人，趙主事一定對我有點誤會，他這個人很好的，平時見了我也都主動打招呼。前天我們撞見，他還很慈和的問我在內府是否住得慣，告訴我，有什麼需要都和他說。夫人也不要怪趙主事，等誤會澄清了，想必我們就能和睦相處了。」

這一番話簡直是字字誅心，每一句都帶有深意。先是裝出一副愕然的樣子，表示沈傲很單純很純潔，根本就沒有想到過有人會背後告他的狀。之後再說趙主事這個人非常好，既表示自己的坦蕩，又說明趙主事這個人很陰險，當面和沈傲打招呼，很和善的要照顧沈傲，可是背後卻使絆子下黑手。最後又表示這只是誤會，要夫人不要怪罪趙主事，說明沈傲心胸很寬廣。

夫人細細的回味著沈傲的話，竟是愣了神，等沈傲和周恆走了，那燭影下的雍容臉龐頓時虎了下來，對身邊的周若道：

「若兒，我還道趙主事是個忠僕，至不濟也是個好人。想不到人心難測，他就這麼狠心和沈傲這樣的好孩子為難？」

周若旁觀者清，很快明白沈傲的居心，心裏卻在想：「這個傢伙，好孩子斷然不是的，好陰險倒是一分不假。」

第十四章
邃雅山房

匾額上龍飛鳳舞的寫著「邃雅山房」四個大字。

邃即是深邃、精邃的意思，雅是優雅，兩個字合攏，就是精邃優雅。

不過，真正吸引人的卻不是店名，

那牌匾上的行書引來不少資深人士的駐足。

詩會的籌備工作已到了關鍵階段，醉雲樓已修葺得差不多了。那燙金的醉雲樓匾額被摘了下來，換上了一個更古樸的牌匾上去，匾額上龍飛鳳舞的寫著「邃雅山房」四個大字。

邃即是深邃、精邃的意思，雅是優雅，兩個字合攏，就是精邃優雅。新的店名意境不錯，不過真正吸引人的卻不是店名，那牌匾上的行書引來不少資深人士的駐足。

「邃雅山房」四字所用的書法自成一體，其書風飄逸空靈，風華自足。筆劃圓勁秀逸，平淡古樸。用筆精到，始終保持正鋒，少有拙滯；在章法上，字與字之間分行佈局，疏朗勻稱，力追古法。好字！

汴京城文人眾多，對書法感興趣的也如過江之鯽，更何況，當今皇帝酷愛書法繪畫，有意無意之間也宣導了風氣。

單這行書已經集古法之大成了。一個汴河邊的門面、匾額上的行書尚且如此，許多人紛紛猜測，這邃雅山房的背後，到底是誰在操弄。

各種猜測閒談風行一時，竟是一下子火熱起來。大宋朝承平日久，雖然偶有邊患，可是文風卻是千年來少有的。尤其是這汴京，一塊磚頭在大街上砸死幾個秀才、相公的所在，自然而然的引起了熱議。

能寫出這樣好的書法，當然不是普通人，只是這樣的字體卻又是聞所未聞，雖是行草，可是風格卻迥異於各大書法行家，讓人猜不透，可越是猜不透，又更增添了談資。

不過很快，許多人的注意力又轉到了另一邊，這件事還得先從御史中丞家的長公子曾歲安說起。曾公子出生名門，家教自然是一等一的，精讀詩書，擅長作詩詞，汴京城少年俊傑們公推他爲汴京四公子之首。

所謂汴京四公子，就是四個最有才華的貴家公子，很受人崇敬。那一日清晨，天氣已經轉涼了，秋意盎然，曾家的家僕們在淡霧中拿著掃帚在府前打掃落葉。正是這個時候，一個客人奉上一張請柬，教門丁送給曾公子。

大清早的，是誰給曾公子送請柬呢？說到這裏，酒棧、茶肆的消息靈通人士們是眉飛色舞，而茶客、酒客們也吊起了胃口，側耳傾聽。

那請柬送到了曾公子手上，曾公子一看，頓時就激動了，竟是高呼一聲，隨即叫門丁回去尋那送請柬的「神秘人」。神秘人自然已經走了，哪裡還尋得到。可是這位曾公子卻很開心，立即邀請了好友去慶祝。

「能讓曾公子心動的人物，邀請曾公子的人必然非同凡響，這人到底是誰？」眾人紛紛等待好事者揭曉謎底，興致勃勃。

「這人便是當年上疏彈劾蔡京，指斥官家的狀元公，陳濟陳相公。」

眾人譁然，深以爲然，面露景仰之色：「原來是陳相公？這就說得通了，能讓曾公子如此看重的，除了這凜然正氣、學富五車的陳相公還有誰？」

「據說陳相公在祈國公府上深居簡出，素不見客。只是不知爲什麼要發一份請柬給曾公子？」有人提出疑問。

「這請柬是千真萬確，絕對是陳相公的字跡，曾公子是斷斷不會看走眼的。陳相公發下這份請柬，是邀請曾公子前去邃雅山房，據說是參加什麼詩會，這其中到底有什麼玄機，就不得而知了。」

眾人譁然，有人問：「邃雅山房在哪兒？」

好事者露出鄙夷之色：「這都不知道？醉雲樓總知道吧，從前的醉雲樓就是今日的邃雅山房。」

「哦。」許多人恍然大悟，醉雲樓誰不知道？但凡是男人，都懂的。

過了幾天，收到請柬的人越來越多，新近中舉的張公子，門下給事中的少公子……這麼一來，許多公子哥們心慌了，收不到請柬的，天天盼有人送請柬來，可憐府上的這些門房，隔三岔五的被叫去訓話，教他們打起精神，隨時警惕待命，斷不能出了差錯。

那些收到請柬的就不同了，走上大街上，走路都帶了一陣風，遇到了熟人便問：「兄台收到了陳相公的請柬嗎？」

這只是鋪墊，等對方搖頭，便作出惋惜的樣子，又說：「以兄台的高才，想必陳相公早晚會教人送請柬相邀。」然後就等對方問自己收到了請柬沒有。這個時候就一定要很謙虛，口吻要矜持，回答說：「小生先收到了一份，哎呀呀，實在慚愧的很，竟讓陳相公邀請小生，作爲晚生，應當我來主動相邀才是。」

不少小廝也奉了主人的命令，四處去打聽動靜，收到請柬有哪幾個，某某公子是否收到了，如果恰好自己沒有，而與自己不對盤或看不上的人收到了邀請，往往便會罵：「XX算是什麼東西，他作的詩狗屁不如，真是豈有此理。」

汴京城的才子們雞飛狗跳，沈傲卻躲在暗處偷笑。什麼陳相公的請柬，其實就是他僞造出來的。他是僞造高手，模仿陳濟的字還不是小菜一碟，以陳濟的名義四處去發請柬，就是要造出這樣的聲勢，讓那些才子們攀比。

人活著爲的是什麼？販夫走卒爲的只是求個溫飽，可是公子才子們不同啊，飽暖有了，淫欲也都滿足了，活著不就是爲了張臉嗎？否則大冬天的那汴河之上，一葉葉畫舫佇立著身穿秋衣、看上去很風流倜儻的公子才子們，難道是去找抽？

名利，名利，誰逃得過這兩個字！

而且，這些請柬發出去，也正好把陳濟死心塌地的綁上沈傲的賊船。現在整個汴京都知道請柬是陳濟發的，陳濟是百口莫辯，到時候，這個評判他不做也得做，不出現也得出現。否則這麼多人接受了邀請，一看，哦，邀請人都沒有來，這不是耍人嗎？大家很生氣，怎麼辦？當然是把陳濟罵一通。

人要尊敬起一個人來，就是臭腳都覺得香。可要恨起一個人來，這人的嘴巴就是屁股。陳濟不去，要遭很多人恨。公子、才子們是這麼好耍的嗎？

幕後黑手推波助瀾，所有人懵然無知，而此刻，這個陰險小人卻很正經、很純潔的坐上了馬車。夫人要去城外的靈隱寺上香，身爲夫人跟前的大紅人，沈傲被指名隨夫人一起去還願。

人紅起來壓力還是很大的，隨同夫人去的除了周小姐，還有春兒，另外就剩下兩個車夫了，除掉車夫，沈傲是唯一的男性。

夫人自然不好叫沈傲和車夫一樣坐在車轅上，朝他招招手：「沈傲，到車廂裏來，陪我說說話。」

車廂很大，夫人、周小姐、春兒都在裏面，沈傲汗顏，一男三女啊，還真是上天對自己的考驗，在夫人面前他不敢有什麼歪腦筋，看來得學柳下惠了。

沈傲只比周恆大兩歲，在夫人眼裏，沈傲其實就是個孩子，也一直是將他當孩子看待，因此也不覺得沈傲進車廂有什麼失禮之處，倒是周小姐臉有些紅了，抿抿嘴，欲言又止，等到沈傲鑽進車廂，要說的話便吞進了肚子裏。

馬車裏很顛簸，沈傲和春兒肩挨著肩，對面是周若母女，那混雜的體香充斥在沈傲的鼻尖下，讓沈傲很有壓力。

與美女同車是好事，可是還要裝出一副很單純、很聖潔的樣子，就完全是另一回事了。沈傲雙膝併攏，可是肩膀仍然有意無意的與春兒撞在一起，心猿意馬，卻又要作出一副渾然不知的樣子與夫人閒聊。

夫人是靈隱寺的信徒，每個月的初一都要去還願的，順便給靈隱寺捐點香油錢。這一天夫人格外的高興，問沈傲的母親可曾去寺廟還願過，沈傲自然點頭，信口胡扯，說他剛剛生下來時，得下一場大病，請了許多郎中來都不得治癒，於是母親便去寺廟請願，還抽了籤。結果從寺廟回來，沈傲的病就好轉了。

夫人眼眸中發出光來，口裏說：「你這孩子很有佛緣呢，你母親也定是信女，有佛主庇佑著。」

周若見母親不停與沈傲說話，心裏有一點小小的妒忌，她對沈傲的爲人太清楚了，見人說人話，見鬼說鬼話，這一定是瞎編出來哄母親開心的。

倒是春兒當真以爲沈傲從前生過大病，聽沈傲繪聲繪色的講，很揪心的爲他捏了把汗。明明知道沈傲的病一定會好，可是心裏總是不安。

夫人又問沈傲的母親抽了什麼籤，沈傲一本正經地說：

「母親曾和我說過，我想想，對了，叫『貴人遭遇水雲卿，冷淡交情滋味長。黃閣開時延故客，驊蹓應得驟康莊。』夫人，解籤的事沈傲不懂，也不知這是什麼意思。不過這是家母替我求來的，所以記得牢了。」

夫人笑道：「這是上吉籤呢，意思是說，你將來能早遇貴人，並將獲得貴人提拔，青雲直上。除此之外，家宅也是安穩風水利，病安全，孕生子，保平安，凡事皆吉利。」

「哇……原來是凡事皆吉利。」沈傲很震驚，說：「夫人懂得真多，籤裏說我能早遇貴人，這個貴人不就是夫人嗎?還能祛病平安，看來這籤很靈。」

夫人笑得很開心，沈傲這一句話真是一語雙關，一邊暗示他能遇到貴人。又一邊暗褒夫人見多識廣。夫人收斂了笑，心裏就在想：「看來這孩子不但有佛緣，和我也很有緣呢，我真的是佛主爲這孩子前世定下的貴人嗎？」

這樣一想，夫人對沈傲更親近了。

周若朝沈傲弄了弄眼，到了此刻，她不得不佩服這個傢伙，三言兩語就能瞎編一個故事，而故事的每一個細節都是投母親所好，完美得無懈可擊。先是證明自己有佛緣，讓信佛的母親對他增加一分好感。再是說出一個離奇的故事，編出一個上籤，讓母親來講解，既可以讓母親表現解籤的能力，又用貴人什麼的來暗示母親就是命中注定的貴人。

「這個傢伙，真的好可怕，以後要小心。」周小姐心情很複雜，對沈傲有一些感激，更多的還是那種直透他歪心思的智慧，這種智慧讓她的心情更複雜，明知這個人陰險狡詐，不，應當是滑頭，可是爲什麼和他在一起，總是有點兒心亂呢。對沈傲到底是厭惡還是敬服，周若已經分不清了。

不知不覺間，馬車在一處山腳停下，秋風颯爽，山腳的紅楓林颯颯作響，落葉紛紛灑落。將馬車停住，四人下了車，沿著陡峭的山道石階拾級而上，那靈隱寺便在山腰，鐘聲陣陣，莊嚴肅穆。到了這裏，夫人的臉色肅穆起來，露出善女的虔誠，由春兒、周若左右攙扶著上山。

沈傲沿路欣賞這裏的風景，出了一身的汗，靈隱寺總算到了，寺廟清幽雅靜，從這裏往山下望，那山腳下的紅楓林彷彿成了一叢鮮紅的花卉，很養眼。

門口的小沙彌合掌趨步過來，朝夫人行禮：「女施主今日來得這麼早?空渡禪師在寶殿等候多時了。」

這沙彌想必是認得夫人的，夫人是靈隱寺的捐錢大戶，寺廟裏上下幾十口都靠她的施捨，別的香客進去，沙彌最多合掌高叫一聲佛號，可是見到夫人就完全不同了。

「哇……寺廟原來也有VIP服務，人跟人真的是不一樣，有錢真好。」沈傲心裏暗暗腹誹，面上卻是很和善地朝沙彌笑，笑死他。

夫人微微頷首：「勞煩小師父帶路。若兒、沈傲，你們和春兒隨便走走歇歇，我去聽禪師講講經。」

夫人隨小沙彌走了，沈傲總算輕快起來，春兒在一邊嘰嘰喳喳說：「沈大哥，我們去山竹房喝茶吃糕點吧，這裏有兩個和尚，一個會泡茶，一個會做糕點，茶好，糕點也做的好極了。很多香客從幾百里地趕來，就是希望嘗嘗他們的手藝呢。」

周若此刻可覺得渴了，口裏說：「好久沒有吃過空定禪師的茶和空靜禪師的糕點了。」

三人到了山竹房，這裏距離大雄寶殿不遠，位置較偏，恰在山腰的邊緣，從這裏開窗便可以看到山下，還可以看到那瀰漫在山腳的淡淡薄霧。

這裏是寺廟供香客休憩的場所，三個人進去，便有個迎客的沙彌過來，這種小沙彌最擅長察言觀色，看周若、沈傲、春兒的著裝、舉止，便知道是大戶人家出來的，請他們進去，口裏說：「施主們稍待，我師父馬上泡好茶水糕點，很快便送來。」

說著，便去通知廚房了。

沈傲想起一件事，問周若：「寺廟不是不許女人進入的嗎？怎麼我在這裏撞到這麼多女香客。」

周若撇撇嘴：「這是哪個寺廟的規矩，善男信女都有，難道教信女們在寺廟外頭聽禪嗎？」

哦，沈傲點頭，看來他是被人誤導了，於是饒有興趣的在山茶房裏轉悠，看牆上裝裱的字畫。這些字畫有兩種風格，行書模仿的是王羲之的草書《初月帖》。乍一看，倒是頗有些神似。可是細細一看，破綻就來了，行書之人爲了刻意去模仿王羲之的風格，太過矯揉造作，有點畫虎不成反類犬的意思。

至於那畫倒還不錯，下筆圓潤有餘，看來很和諧。只是作畫之人刻意的求實，反而失去了那種曠古瀟灑的意境。

春兒也走過來，口裏問：「沈大哥，這些字畫很好嗎？你爲什麼看得這麼認真？」

沈傲微微一笑，很篤定的口吻道：

「這些字畫是下乘的作品，不過作者根基倒是有的，可是太愚鈍，完全不登大雅之堂。唯一值得欣賞的，就是這行書還有點可取之處，至少它的佈局還不錯，只是字太差了。至於這畫，哈哈……」沈傲笑了笑，很自負的道：「我用腳趾頭畫出來的也比它好。」

春兒微微一笑，對沈傲的畫技，她是心服口服的，正要順著沈傲的話說下去。門房處卻傳出一個稚嫩的聲音：「施主好大的口氣，竟說我師父師叔的書畫不好，來這裏的客人見了他們的畫都讚不絕口，你這人無理太甚。」

沈傲回頭，原來是那小沙彌去而復返，手裏端著一個托盤，上頭有茶水，還有碗碟裝盛的糕點。霎時間，整個山房裏彷彿飄蕩著一股若有若無的茶香，那糕點的樣式也好看極了，彷彿是精心雕刻的藝術品，色香俱全。

沈傲想不到自己的話竟讓小沙彌聽到，尷尬地摸了摸鼻子，說：

「得罪，得罪，不過，你的師父和師叔寫的字和作的畫確實有瑕疵，我也只是有感而發罷了。」

小沙彌把托盤放在周若身前的几案上，氣呼呼的瞪著沈傲：

「好，我去叫我師父和師叔來，看你在他們面前是不是也敢這樣說，豈有此理，簡直豈有此理，我師父的畫和我師叔的行書是最好的。」

他一心維護自己的長輩，氣得臉都紅了，眼中閃著淚花，用袖子揩拭眼睛鼻子，飛也似地去搬救兵了。

周若瞪了沈傲一眼，心知沈傲惹了麻煩，朝春兒招手：「春兒，到我這裏來。」

春兒哦了一聲，頗不情願。周若是要和沈傲劃清界限，省得得罪了兩個禪師。

沈傲卻若無其事的繼續看畫，等到周若和春兒喝茶時，便忍不住循著茶香過去，笑嘻嘻地道：「這茶真有這麼好喝？我來嘗嘗。」從茶壺中倒滿一杯。淺嘗一口，舌尖先是感覺到一絲微澀，那澀意剛剛過去，濃香便存留在口齒之間，百骸都舒暢起來。

「好茶，和尚們行書作畫火候還欠缺了一些，可是這手泡茶的功夫卻是萬中無一。」沈傲誇了一句，又去吃那糕點，糕點甜而不膩，很爽口，配著這茶一起喝，不覺得油膩，很舒服。

沈傲雖然不重吃，當年躲避國際刑警組織追捕時，風餐露宿也是常有的事，一個罐頭，甚至是一個饅頭，只要能填飽肚子就好。嘗了這茶和糕點，才知道原來世上真有烹飪和茶道的高手，同樣是這麼些食材和茶葉，不同的人做出來就是不一樣。

後世的那些什麼大廚，看上去手藝了得，其實更多的是注重食材，幾十種調料放進去，色香味也就出來了。可是在這個時代，能烹飪出這樣的糕點，煮出這樣的好茶，已經很難得了。

「邃雅山房若是有了這樣的名廚和茶道高手，豈不是又多了一個噱頭？可惜啊可惜，這兩個人是光頭和尚，要不然，無論如何也得把他們聘去。」沈傲微微有些懊惱。

周若又冷著臉不理他，連春兒也不敢和他說話了，只好悶悶的坐著，想著心事。

那小沙彌又回來，卻沒有進來，只是在門外探頭探腦。沈傲有些生氣了，這小沙彌去叫人怎麼還沒來，於是大喊：「看什麼看？你師父師叔還沒有來嗎？」

小沙彌不甘示弱的探出腦袋道：「叫什麼叫，他們馬上就來，我先來看看你逃走了沒有。」

沈傲從腰間抽出紙扇子，好整以暇地搖了搖，對著小沙彌笑：「就怕你師父師叔不敢來。」

小沙彌氣急了，攥著拳頭想打人，口裏道：「誰說他們不敢來，有本事你別逃。」

「哇，小破孩居然敢對本書僮揮拳頭，好吧，大人不計小人過，不和他一般計較。」沈傲嘿嘿的笑，挑釁的看著小沙彌：「我不逃，就等你師父師叔來。」

周若似笑非笑的低聲道：「小心了，這小沙彌是武僧，會拳腳的，兩個大漢近不得身。」

沈傲愕然，壓低聲音道：「你爲什麼不早說？」

他有點兒心虛了，原來這裏的和尚不簡單，看這樣子還可能動手打人。哇，本書僮要文攻不要武鬥啊，看來說話不能這麼橫了，要低調，不要惹惱了他們，會挨打的。

周若幸災樂禍的笑：「誰叫你到處惹事生非。」

沈傲便不去理周若了，朝小沙彌招手，很溫柔很愉快的道：「小和尚你過來。」

小沙彌猶豫了一下，走過來，說：「你要做什麼？」

沈傲摸著他的小光頭，感慨道：「小和尚幾歲了？叫什麼名字？哇，你好可愛，你師父一定很疼你。」

糖衣炮彈的攻勢很奏效，小沙彌的敵意減輕了，回答說：「我叫釋小虎，我是師父撿回來的，師父當然疼愛我。」

小沙彌的頭刺刺的，摸起來很有手感，沈傲人畜無害的笑道：「釋小虎，這個名字好。你能這麼維護你師父，很好，你做得對，一日爲師，終身爲父，這是孝道。你能這樣做，說明你這孩子很有愛心，很有正義感，三觀很正確。來，我給你看樣東西。」

他舉著扇子：「看好了。」他將扇子用力一搖，扇骨畫作一道白影，像流星一樣在沙彌眼前劃過。霎時間，扇子不見了。

釋小虎是少年心性，連忙擦眼，往四處打量：「扇子呢？」

沈傲很得意，對付小孩子，尤其是這種會功夫的暴力少年，他很有一手，說道：「被我變沒了。」

釋小虎不信：「一定藏在你身上，是了，被你捲到袖子裏去了。」

沈傲便捲起袖子讓他看：「不在我身上，你再找找。」

釋小虎來了興致，四處去搜，找不到。對沈傲一下子親熱起來：「施主，扇子到底去哪裡了，你這是什麼功夫，很厲害。」

沈傲得意的瞥了周若一眼，對小沙彌努努嘴：「在那個大姐姐身上。」

周若一時愕然，口裏說：「別聽他胡扯，喂，小和尚，你做什麼？」

周若嚇得花容失色，原來是釋小虎一下子撲過來，捲起周若的袖子要找扇子。周若的玉手暴露出來，細白如蔥的小臂很養眼。

把釋小虎推開，周若恨不得跺腳，道：「你再過來，再過來我教你師父收拾你，你這花心小和尚。」

釋小虎虎頭虎腦的說：「我找扇子呀。」他自幼就在寺廟長大，年紀又小，男女之間的事，師父師叔們是斷然不會跟他們提的，哪裡知道周若忌諱這個。

周若虎著臉朝沈傲大叫：「沈傲……」

周小姐生氣了，後果很嚴重，被沈傲報復了一下，傷了自尊心。況且她是有潔癖的人，又羞又怒，此時恨不得將沈傲大卸八塊。

沈傲這一下不笑了，玩笑開得有點過火，再鬧可要出事。手在半空一搖，那扇子便出來了，對釋小虎道：「扇子在這裏，小虎和尚，你也太魯莽了，女人能亂摸的嗎？」

釋小虎理直氣壯的道：「女人為什麼不能亂摸？」

「哇……」沈傲對這小和尚佩服得五體投地，耍了流氓居然還如此義正辭嚴，太有性格了。連忙說：「好吧，你可以亂摸，但是我不行，你是和尚，色即是空，所以亂摸也是空，摸的都是空氣，什麼都沒有。」

沈傲說了一陣歪理，眼角的餘光偷偷去看周若，見周若真的生氣了，雖然釋小虎是小孩子，周小姐還是不服氣，這場是非都是沈傲惹來的，周小姐吃了虧，不能輕易甘休的。

釋小虎歪著腦袋，想了想：「你能不能教我變扇子的戲法？」

沈傲搖頭：「不教，這是我吃飯的傢伙，就像你們做和尚的一樣，化緣是你們吃飯的傢伙，能教給別人嗎？教給了別人，大家都去化緣，你們和尚要餓死的。」

釋小虎今天聽到的道理多，一時間消化不過來，正要問沈傲靠變扇子怎麼用來吃飯，腦後根有人高宣佛號，道：

「施主有禮了，施主也懂行書作畫？」

是師父來了。

第十五章
天才神童

第二天，汴京城便流傳說靈隱寺出了一名天才神童，書畫雙絕，

這個天才神童已接受了邃雅山房的邀請，要去詩會與眾才子一較高下。

一時間，邃雅山房的關注度飆升，焦點從陳濟轉到了那神秘的天才少年身上。

來人是兩個中年和尚，一個眉毛稀疏，身材高瘦，穿著一件洗得漿白的袈裟，眉宇之間顯出了雲淡風輕的高雅，那一對渾濁的眸子，彷彿對任何事都提不起興致，昏昏沉沉。

另一個恰恰相反，濃眉矮胖，臉上時不時的掛著笑，更像個商人，像個奸商。

這兩個和尚，一個叫空定，一個叫空靜，一個是泡茶高手，一個是糕點妙廚。性格倒是淡泊，唯一的興趣是，一個愛行書，一個愛作畫。這靈隱寺香客不少，許多人都是聞名這兩個和尚來的，喝上了空靜的茶，品嘗空定的糕點，也算是一件足以炫耀的事。

空靜和空定愛行書作畫，就把各自的作品裝裱在這茶房裏，路過的香客來欣賞，自然也都是讚不絕口。因此在書畫上，兩個和尚還是很自負的。如今碰到了沈傲這種挑梁子的，心裏就不服了。特意從後廚那裏趕過來要討教一二。

見沈傲年紀輕輕，空定、空靜心裏更不舒服了。他們還道遇到了高人，誰知竟是個黃毛小子，心裏就更不服了。

沈傲現在心裏知道和尚們會打人，還會武功，就沒有這麼囂張了。他站起來，笑呵呵的對兩個禪師微微欠身：「行書作畫是我的興趣，只略知一二。」

空靜不善言辭，只微微合掌回禮，倒是空定氣勢洶洶：

「好極了，小施主將我們的拙作批得一無是處。我師兄弟二人浸淫書畫也有些時日，特來向施主討教。」

挑釁意味很濃啊，看來這兩個和尚修行不是很高，佛家「三毒」就占了兩樣，一個是癡，一個是嗔。沈傲最怕的就是修行不深的光頭，發起怒來會武鬥的。不過既然找上門來，沈傲也沒有退讓的道理，呵呵笑道：「好，我們來比一比。」

空定道：「怎麼個比試法？」

沈傲笑道：「要比，自然要有彩頭，若是我贏了，兩位禪師幫我做一件事，應當不成問題吧。」

一直沉默的空靜道：「不可，不可，賭由貪念而起，乃是三毒之一，我們只比試作畫，不涉賭的。」

「看來還是這個空靜老實一些，戒律倒還記得牢。」沈傲心裏想，很遺憾的搖頭：「既然如此，那就不比了。」

空定沉不住氣了，對空靜道：「師兄，我們又不貪他錢財，和他賭一賭也不算貪念。」

空靜還是不答應，闔目去低念經文，要驅除心裏的魔障。

沈傲笑了笑，道：「不如這樣，如果我輸了，我這就剃度出家，和你們一起做和尚，這樣好不好？這就不是貪念了。」

「妙極了！」空定大喜，順著沈傲的話說下去：「這位施主若是能被我們勸離苦海，爭渡向前，就是一賭又何妨？這是無量功德。」

空靜總算被說動了，默默點頭，於是便教人去尋文房四寶，這時恰好有香客進來，聽說有人要和和尚比書畫，也都興致勃勃，紛紛圍過來看。

空定、空靜二人各自取了筆，很快進入狀態，他們長年累月的練習書畫的技巧，輕車熟路，佈局也很有心得，點墨上去，就引起不少香客的叫好。

沈傲卻是不疾不徐，圍在他身邊看的人不多，只有周若和春兒兩個。

周若是第一次看他作畫，方才的怒氣也消了，心裏卻是踟躕，不知希望誰贏的好。和尚贏了，她心裏不舒服，可是沈傲贏了，想起方才沈傲捉弄她，又讓她不甘心。她的心情很複雜。

春兒的心思卻簡單多了，興致勃勃的看沈傲落筆，對沈傲很有信心，一邊爲他研墨，一邊爲沈傲鼓氣。

那叫釋小虎的沙彌倒是很熱心，一邊好奇的往沈傲這邊看，一邊又去空靜、空定身邊，他對書畫不懂，瞧的就是個熱鬧，聽到香客們紛紛說師父、師叔字寫得好，畫作得好，就笑了。又擠到沈傲邊上去看，碰到周若，周若不高興了，方才這小沙彌捲她袖子的事，周小姐記得很牢，眉頭都蹙起來。

沈傲闔目冥想了一陣，靈光一現，便去尋筆作畫，對身邊的事物就不再顧及了，清澈的眸子隨著筆鋒轉動，畫起來很輕鬆。

沈傲最正經的時候，莫過於是作畫了，一雙狹長的眸子全神貫注，時而濃眉緊鎖、時而舒展、時而開顏。周若在側偷偷看著沈傲，那一雙俊俏的臉上再沒有嘻嘻哈哈，取而代之的是沉穩而篤定，那種專注和自信，平添了一份令人心悸的魅力。

「這傢伙倒也有正經的時候，這個樣子倒是不討人嫌，他要是一直正正經經的樣子該多好。」周若心思複雜的想著，清亮的眸子落在沈傲削尖的下頷，周若不得不承認，這傢伙真有一副好皮囊。

周若又去看畫，沈傲的筆下，一個高臥在地的大頭和尚逐漸成型，和尚一手撐著光腦殼，臉上帶著笑，這種笑意，彷佛是在嘲弄世人似的。只不過……這幅畫似乎少了一些靈氣，怎麼說呢，雖說畫筆精湛，每一個弧度都勾勒的完美無瑕，可是畫中之人卻彷佛缺了些什麼似的。

「不是說沈傲畫作的很好嗎？這畫只怕也只是二流水準。」周若撇撇嘴，心裏隱隱有些爲沈傲擔憂了，隨即臉頰一紅，又想：「我爲他擔心什麼，這個壞東西輸了才好，教他長些記性，不要平白得罪人。」

沈傲哈了口氣，直起腰來，眉宇卻濃重了，看了看畫，隨即又開始進入沉思，隨即畫筆微微伸向那畫，表情很凝重，彷彿在做一件很困難的事。

他的畫筆在和尚的眼窩輕輕一點，這才收手，輕輕吁了口氣，耳鬢之間滲出幾滴冷汗，口裏喃喃說：「總算成了。」

周若又去看畫，一下子發現這畫與眾不同起來，那和尚的形象頓時豐富起來，尤其是那一雙眼睛，目向遠方，幽深中隱含著萬千的智慧，只這輕輕一點，一個體態肥胖、大腹袒露、笑口常開的和尚便栩栩如生的出現在畫中，和尚雖然高臥，卻似乎又在冥思，又彷彿參悟了某種禪機、頓悟，令人產生無數的遐想。

「好畫。」周若忍不住叫好。

沈傲畫了畫，又在落款處開始行書，筆舞龍蛇，一行行小詩輕快而出，很快完成了。

而這個時候，空定、空靜的書畫也都完成，擱了筆，躍躍欲試的要與沈傲比個高下。

空靜先拿出他的行書來，在嘖嘖稱奇聲中，沈傲過去看。這行書比之牆壁上裝裱的書法略好一些，可是生硬之處仍然明顯，香客們書法層次不高，見了這行書，自然是紛紛叫好。可是在沈傲看來，火候卻是差得遠了。

空靜見眾人叫好，臉上掠過一絲喜色，連忙道：「拙作不堪入目，沈施主以為如何？」

沈傲微微笑道：「基礎很好，佈局也很別致，只可惜字卻是一般，草書講究的是靈性，可是這字剛硬有餘，卻失去了圓潤的靈韻，可惜，可惜。」說罷就搖頭，彷彿判官一般，將空靜的行書判了死刑。

空靜涵養再好，心裏也不舒服了，清瘦的臉拉下來，宣了一聲佛號，壓抑住心底的嗔念。

香客們為空靜抱不平，鼓噪起來，紛紛說：「哪裡來的小子，竟敢說空靜大師的字不好？太狂傲了。」

小沙彌釋小虎也跟著幫腔：「我師父的行書寫得最好。」

沈傲不去理這些香客，又走到空定的桌案前去看空定的畫。空定冷笑道：「你一定說我的畫也不好是不是？」

空定畫的是一片竹子，水墨渲染而成的竹枝剛勁清新，生機盎然，竹子的骨節處，更是用重墨點就，很鮮明。乍看之下，這幅畫倒還算上乘，可是在沈傲眼中，仍舊有許多致命的缺憾。

他笑了笑：「空定師父畫的竹很別致，只可惜你想學文同的筆法，卻又不到家，文同的墨竹有瀟灑之姿、檀欒之秀，空定師父以爲自己的畫比得過文同嗎？」

文同也是北宋名臣，以善畫竹著稱。他畫竹葉，創濃墨爲面、淡墨爲背之法，形成墨竹一派，有「墨竹大師」之稱。空定畫的竹，效法的就是文同的墨竹，只可惜手法不到家，非但沒有提高自己，反而誤入歧途了。

空定大怒：「我比不過文同，難道還比不過你這小子嗎？來，拿你的畫來看。」眾香客也紛紛指斥，說沈傲無理太甚，狂悖之極。沈傲請眾人到他的案上去看，空定、空靜二人到了案前，卻是愣住了。

沈傲畫的是布袋和尚高臥圖，這圖只有一個和尚側臥在山石之中，背景以素淡爲主，只看到布袋和尚笑容可掬，灑脫自然，與身後的景色合而爲一，恬然而帶有一種清靜無爲的感覺。

尤其是那和尚的眼睛，彷彿洞悉了宇宙的真理，明悟了天下的大道，充滿了智慧，使得整個人物更加鮮活起來。

「好畫！」空定頓時精神奕奕，忍不住高聲大呼，眼睛不斷地打量著畫中的和尚，沉浸其中。

在畫的右下角，一行小詩引起了空靜的注意，空靜徐徐念叨：

「手把青秧插滿田，低頭便見水中天；心地清淨方爲道，退步原來是向前。好詩，好字……」

這首詩是布袋和尚與農夫在一起插秧，心有所感，從農夫插秧的行爲悟出了其中的道理：

「手把青秧插滿田」意思是農夫插秧的時候，是一手拿著一把秧苗，另一手的手指夾著幾根秧苗往田裏的泥巴中插入。

「低頭便見水中天」的意思是插秧的農夫低下頭來，便看到倒映在水田裏的天空。

「心地清淨方爲道」是當身心不被世俗的名利所薰染的時候，才能與超脫塵世的道相通。

「退步原來是向前」則是說農夫插秧，是一邊插一邊後退的。正因爲他後退，所以才能繼續插秧。因此，農夫插秧時的退步，正是工作在向前推進。

這首詩並不算曠世之作，可是其中的道理卻令人深思，它告訴別人：從低處可以看到高處，從近處可以看到遠處，後退可以當作前進。在人生的途中，不能總是抬頭挺胸；有時候要低下頭來，或反思路途的經驗教訓，或看看腳下的路面，或者從矮簷底下通過必須低頭。在人生的道路上，不能總是勇往直前；有時候要停滯不前，或察看前程，或養精蓄銳；有時候要暫時倒退，或以退爲進，或爲了更好地一躍而後退。在待人處事時，不要總是爭強好勝；有時候要讓步，有時候要忍耐，有時候要屈服。

「退步原來是向前」這一句，可謂是點睛之筆，既富含了佛家思想，更是人生的至理名言。沈傲寫這首詩，是怕挨和尚打，和尚們會武功，說不定還氣量狹小，哇，要是贏了他們，他們氣不過要動拳頭，沈傲可不是對手。所以這首詩寫出來，就是要讓這兩個和尚知道，從矮簷底下通過必須低頭，不要不服氣，更不要動用暴力。

這裏是和尚窩，這首詩正好應了景，拿出布袋和尚這個和尚們的祖師爺來，多少還有點拍和尚們馬屁的意思。

對空靜來說，詩是好詩，字卻更是好字，這字仍用的是董其昌的手法，墨色層次分明，拙中帶秀，清雋雅逸。董其昌的人品雖然不怎麼樣，可是書法卻集各家所長，融會貫通，非同凡響。

空定盯著畫，空靜看著字，都是呆了，這樣的好字好畫，他們是聞所未聞，其手法和佈局可謂空前絕後，若不是親眼所見，誰曾想到竟是一個少年所作。

釋小虎看不懂，見師父師叔啞口無言，便挺身出來道：

「我師父的字比施主的好，我師叔的畫比施主的更好。」

沈傲笑道：「好不好，問你師父和師叔去。」

香客們有看出門道的，俱都陷入這書畫之中，看不清門道的，見到兩個和尚如此神情，也都猜出了一些端倪。

許久之後，空靜的目光才戀戀不捨的從行書中離開，嘆息道：「老僧活了這麼大把年紀，竟是班門弄斧，慚愧慚愧。」

空定很羞愧的道：「這畫當真是空前絕後，有顧愷之的輕盈，又有展子虔的神韻。我服了，向沈相公認輸，只是不知沈相公師承何人？在哪裡學的畫？」

顧愷之和展子虔二人俱都是書畫名家，空定用這兩個人和沈傲相比，倒是引起了香客們紛紛驚奇起來，他們之中許多人其實並不懂書畫，只是感覺沈傲畫的畫神韻更好一些，書法更精湛一些，哪裡識得什麼極品佳作，這時紛紛想：「這個少年真有這麼厲害？汴京城中什麼時候出了一個書畫雙絕的少年天才？」

春兒驕傲的替沈傲回答：「沈大哥沒有師承，他是無師自通。」

空定、空靜都很駭然，忍不住一齊道：「世上豈有這樣的事？」

大家看沈傲的目光一下子不同了，沒有師承，就能讓空定、空靜兩個大和尚推崇到這種地步，這已不是天才能形容了，簡直就是文曲星轉世啊。

沈傲微微一笑，這個時候千萬不能驕傲，越驕傲反而會被人看輕，要矜持，要低調，當然，還要表現出那一點點高深莫測，這樣才能讓別人更加佩服推崇。

名利，名利，沈傲愛錢，更好名，什麼淡泊名利其實都是假的，往往口裏說淡泊名利的人都是僞君子，真要淡泊名利，那還四處叫喚幹什麼。他心裏想：「是不是要說點什麼？感謝大家？還是感謝觀眾？哇，很感動啊，大家的情緒都很高，尤其這兩個和尚，這眼神怎麼似曾相識。讓我想想，對了，這簡直就是《還珠格格》裏追求小燕子的五阿哥翻版啊，雖然和尚長得拙了點。可是這眼神，會放電。」

沈傲忍不住打了個冷戰，起了一身雞皮疙瘩。

香客們紛紛過來和沈傲客套。能來靈隱寺上香的，多少還是有些身家地位的人。大宋朝以文立國，書畫名家不計其數，可是在尋常人眼裏，要遇到這樣的名家卻是難上加難，如今得遇一名書畫雙絕的天才，香客們都覺得很榮幸。

淚流滿面啊，總算有了一個附庸風雅的機會。

沈傲被許多人圍著，很開心，很得意，從前是大盜，雖然在那一行很有聲望，可是在普通人眼裏聲名狼藉。想不到來了這裏，居然有了被人追捧的機會。他心裏暗爽，口裏卻很謙虛，很認真很低調的說：

「學海無涯，距離王右軍、顧愷之的技藝，我還差那麼一點點，我會繼續努力，不能驕傲。」

大家一起拍掌叫好，紛紛說沈傲太謙虛，於是請沈傲作詩，讓他們一睹爲快。

沈傲道：「詩就不做了，現在不做，謝謝諸位抬愛。不過，過幾日在邃雅山房的詩會，我會去向汴京城的各名家挑戰，到時歡迎大家去爲小弟捧場。」

「好。」氣氛很濃烈，香客們有點遺憾，不過沈傲說要參加詩會，到時候再去看他的表現不遲。

有幾個遠來的香客一頭霧水，問：「邃雅山房在哪裡？怎麼從未聽說過。」立即有人滿是歧視的道：「邃雅山房你竟都不知道？陳濟陳相公你總有耳聞吧。」那遠來的香客頓時有些氣短，連忙說：「陳相公名滿天下，自然是知道的。」那些聽聞過此事的人紛紛道：「陳相公便是在邃雅山房舉辦詩會，邀請汴京各才子薈萃於邃雅山房，從青年才俊之中評出個高下來。」

外地的香客們連忙尷尬的點頭，把「邃雅山房」四個字記得牢牢的，以後省得爲人鄙視。

周若、春兒卻是在偷笑，沈傲這個人太狡詐了，到了這個時候還不忘推銷他的邃雅山房，好卑鄙，好陰險。

這時，空定、空靜各端著茶水和糕點過來，茶已換了好茶，糕點自然也不再是尋常款待香客的俗物，只有最重要的貴賓才能享受的。人就是這樣，什麼樣的地位，什麼樣的能力，就理應享受什麼樣的對待，就是光頭和尙們也不能免俗，說是眾生平等，可是終究還是分出個三六九來。

「施主慢用。」空定看沈傲的眼睛有光澤，光芒閃閃的，恐怕要不是這裏閒人太多，恨不得要屈膝拜師了。

沈傲很客氣，連忙說兩位高僧辛苦了，在眾目睽睽下吃了糕點，又喝了茶，連聲說好。兩個和尚頓時大喜，一個說：「這是極品徽茶，用後山清泉泡製，沈相公慢慢享用。」另一個說：「這是貧僧新琢磨出來的千層桂花糕，沈施主莫要嫌棄的好，若是還能入口，就多吃幾塊。」

用過了糕點、茶水，恰在這個時候有一個小沙彌過來，說：「哪個是周小姐，沈施主?周夫人要下山了，請你們速速到山門去。」

周若、沈傲連忙應了，眾人依依不捨，沈傲對兩個和尚道：「下次再來拜訪吧，在下告辭。」又對眾香客道：「諸位莫忘了到時去邃雅山房捧場。」

眾人轟然應諾，空定、空靜道：「施主若是有閒，可來寺中隨時賜教。」

釋小虎道：「沈施主要教我變戲法。」

空定立即給他一個爆栗子，低喝道：「這麼沒規矩。」

釋小虎挨了師叔的教訓，眼淚都出來了，說：「沈施主我不叫你變戲法了，嗚嗚……好痛。」

沈傲摸摸他的光頭，還是那麼的有手感，笑道：「下次來寺裏看你，給你帶好玩的來。」

說著，在眾人的目送下與周若、春兒離開。

夫人在那邊等久了，見到周若他們過來，笑了笑：「這天陰沉沉的，只怕要下雨了，我們快些回去。」又說自己抽了一支籤，講給沈傲聽，沈傲笑道：「夫人是天生的大福大貴之相，就是不問鬼神，也絕無災厄的。」

夫人便笑：「世上哪有一帆風順的事。」

這時，釋小虎從茶房追過來，隔著老遠問：「沈施主，我師父師叔願賭服輸，叫我來問你，你要他們做什麼事？」

沈傲笑道：「不急，等我想好了，再要你師父師叔效勞。」

釋小虎哦了一聲，飛也似地回去覆命了。

夫人問什麼願賭服輸，春兒嘴不嚴，將方才的賭局說了，夫人笑呵呵的說：「沈傲很有才學，這兩個禪師以書畫自傲，你能令他們心服口服，真是不容易。」隨即又道：「雖是如此，以後可切莫與禪師們賭了，寺廟是莊嚴寶地，不容你胡鬧的。」

這句話微微有責怪之意，更多的卻是一種長輩對晚輩的關愛，沈傲低著頭，連忙說：「以後再不會了。」

夫人點頭，一行人下山，坐了馬車打道回府。

第二天，汴京城便流傳出消息，說是靈隱寺出了一名天才神童，書畫雙絕，就連一向以書畫自傲的空定、空靜兩個高僧也爲他折服。消息一傳十，十傳百，倒是並沒有引起太多人的注意。只不過後來消息越傳越離奇，先是說這個天才神童已接受了邃雅山房的邀請，要去詩會上與眾才子一較高下。

這倒還不算離譜，等傳的人多了，這消息開始逐漸走樣起來，什麼天才指名道姓要與汴京四公子挑戰，什麼要拳打曾歲安，腳踢名滿汴京的小神童周文徵，要一鳴驚人，把汴京城的才子狠狠踩在腳下。

有了衝突，閒人雅客的興趣就來了，是誰敢這麼囂張，簡直就是豈有此理，竟敢把汴京的才子都不放在眼裏，太氣人了。

坊間熱議紛紛，各賭坊也開下了賭局，一時間，邃雅山房的關注度飆升，沒聽過邃雅山房的，都不好意思和人打招呼，焦點從陳濟轉到了那神秘的天才少年身上。

沈傲的壓力很大，哇，這些碎嘴的王八蛋還真是什麼謠言都敢傳，這是把自己往火坑裏推啊。現在只怕他已成了汴京城才子們的眼中釘，很遭人嫉恨了。

好吧，先不管了，眾矢之的就眾矢之的，遭人嫉恨就遭人嫉恨，既然要參加詩會，反正是要爭取奪冠的，到了這個風口浪尖上，只能逆流而上了。

第十六章
天下第一人

趙佶微微頷首，目光很快被落款給吸引了，單是論畫，趙佶自認不輸作畫之人。

可是那落款卻讓趙佶吃了一驚，

趙佶的落款很別致，只有一個「天」字，這個天拆分開來，

便是天下第一人的意思。

保和殿東閣，金琉璃屋瓦的殿宇之中，熏香撲鼻，幾個小宦官安靜的佇立著，從東閣裏傳來一陣驚嘆聲。皇上剛剛早起，吃了小碗燕窩銀耳湯，三皇子就興沖沖的趕來晉見了。

官家兒子多，可是最喜愛的莫過於三皇子趙楷了，宦官們通報，官家今日興致也好的很，立即傳見。

東閣中並沒有過多的堂皇，反而清雅別致更多一些，古木沉香，胡木鏤空，牆壁上琴棋書畫掛的琳琅滿目，一副長案佔據了不小的空間，長案上放置著筆墨紙硯，堆積著不少書冊。

趙佶在位二十三年，如今年紀也已不輕了，縱是如此，膚色仍然保養的極好，顯得不過三十出頭。他伏案看著案上的畫卷，露出有些不可思議的表情。

畫是三皇子送來的，乍看之下，差點讓趙佶吃了一驚，這不正是前些時日自己繪製的瑞鶴圖？怎麼落到楷兒手裏。等他細看時，發現這幅畫又有區別，只感覺這幅畫更多了一分出塵之氣，筆意更勝一分。

「楷兒，這是你作的？」

趙楷連忙道：「孩兒的微末道行父皇還不知道嗎？這是祈國公府裏某人的手筆。」

趙佶微微頷首，目光很快被落款給吸引了，單是論畫，趙佶自認不輸作畫之人。可是那落款卻讓趙佶吃了一驚，趙佶的落款很別致，只有一個「天」字，這個天拆分開來，便是天下第一人的意思。

只是這幅畫的天字與自己一樣，都是用瘦金筆法，這種字體乃是趙佶自創，趙佶一向很爲之自負。想不到同樣一個天，同樣是瘦金體，作畫之人的水準竟還在他之上，那瘦直挺拔的字彷彿是仙鶴舞蹈一般，水準高不可攀。

「怪哉！」作爲瘦金體，也即是鶴體的祖師爺，竟還有人比趙佶更厲害，趙佶除了驚嘆此人的天份，就只能爲之稱奇了。

「這書畫是誰做的？」

趙楷苦笑道：「孩兒並不知道。」便將清河郡主比畫的過程說了，最後嘆道：「此人的畫筆鬼斧神工，孩兒不是對手，是以請父皇爲我們助陣。」

趙佶笑了起來，捋鬚道：「好，好極了。上陣父子兵，打仗親兄弟，這人的書畫堪稱絕妙，好罷，朕就爲你們助陣，去和這人比一比。去傳紫蘅來爲我研墨，有這小丫頭給朕鼓氣，朕繪製出一幅佳作，讓這不知天高地厚的作畫人開開眼界。」

高處不勝寒，曲高和寡，身爲九五之尊，更以書畫聞名天下，趙佶無疑是寂寞的，下臣之中書畫能比得過他的不多，就算偶爾有幾個大才子，在自己面前也斷然不敢挑釁，反而處處表現出技不如人，以討好他這個天子。如今撞到一個同等級的對手，趙佶頓時來了興趣，要和這人比一比，一較高下。

清早起來，周恆已經在外面吵翻天了，今日是邃雅山房開業的日子，吳三兒在邃雅山房已準備妥當了，叫人來請。府裏頭，夫人也聽到了風聲，高興得很。聽說周恆也去，特意教人備了車，叫了幾個長隨跟著，準備好了爆竹，要教沈傲、周恆兩個贏個彩頭回來。

春兒去催促陳濟成行，陳濟至今還蒙在鼓裏，哪裡知道沈傲偷偷的擺了他一道，拿著他的名號到處去招搖撞騙。

陳濟見到春兒，正要說什麼，春兒便遞了一張紙過去，陳濟接了，定睛一看，便不說話了，對春兒道：「姑娘，你回去稟報，就說馬上來。」

這紙上當真是密密麻麻寫著各種字體的小字，每一種筆法不同，每一種字體各異，陳濟倒吸了口涼氣，看了這紙，只能心服口服。

陳濟立即動身，與沈傲、周恆會合，再加上公府的長隨，竟有十幾人之多，其中幾個貼著陳濟，專門負責護衛他的安全。

汴京城秋意盎然，沿街樹枝上光禿禿的，街道上滿是落葉，行人漸漸多了。天剛亮，整個城廓還蒙上了一層淡淡的霧氣。

周恆掀開車簾，教坐在車轅上的車夫挪邊上一些，望著前方街道上的人流道：「沈傲，你看，許多人都往山房趕呢，待會兒一定很熱鬧。」

沈傲舒舒服服的靠在後墊上打了個哈欠：「這是自然，只要今日的詩會能夠成功，山房的生意就不成問題了。」

周恆興沖沖的道：「那我們可以賺多少？一年能賺足三千貫嗎？」

沈傲撇撇嘴：「三千貫？我的周董，你也太小瞧自己了，堂堂公府世子出來做生意，一年好歹也要有五六千貫入賬吧。」

「五六千貫。」周恆瞪大眼睛，不可置信的道：「怎麼這麼多，好，好極了，有了這些錢，以後再也不必去帳房支錢了。」

馬車到了汴河邊上，這裏已停滿了不少車馬，帶著僮僕搧著紙扇的公子，穿著儒裙眼高於頂的秀才相公，在人群中興奮張望的三教九流，還有穿插其間挑著貨物叫賣的貨郎，很熱鬧。

「看來大家夥兒的情緒調動起來了。」沈傲心中暗喜，雖然放出了許多噱頭，可是到底能取得什麼效果，沈傲還沒有把握，現在看來，效果出乎他的意料。

下了馬車，車夫們繫馬垂楊下，沈傲和周恆不急於進去，負手看汴河沿岸風景，看曙光初露。陳濟所坐的馬車卻十分低調，直接從山房後門進去，生怕下了車被人認出，到了那個時候就難以脫身了。

山房還未開張，來人就已不少了，公子們下了馬車，紛紛相互打招呼，若是有請柬的，那更是尾巴都翹了起來，恨不得把那請柬貼在腦門上。

請柬是什麼?請柬就是學問的象徵，是陳濟陳相公的認可。

「張相公，正巧我們說到你呢，快來，快來。」說話之人搖著扇子，看到一人騎著老馬緩緩行入，遠遠的打著招呼。

這張相公自然是姓張的了，爹媽取得名字不好，叫張一刀，爲了這個，張相公不知被多少人嘲笑過。張相公不是殺人的好漢，而是讀書求取功名的書生。這名字與行當衝突起來，也是沒有辦法的事。因此一些認識他的，都知道他喜歡別人叫他張相公，若是有人直呼其名，張相公暴走起來，那說不定就真是好漢了。

張一刀今日心情格外的好，他的家世一般，誤打誤撞的考了個功名，在汴京城裏學問卻不算拔尖的。想不到承蒙陳濟相公青睞，竟有了參與詩會的機會。

昨日夜裏，他一夜沒有睡好，到了清早便騎著他的老馬來了，他心裏清楚，有了參加詩會的資格，不管能不能拿個彩頭回去，這身價就算是上去了。他現在在城裏大戶人家裏教館，準備來年的科考，中個進士、明經，正好還缺錢買些書籍，回頭去跟東家漲漲價錢。

把馬拴在湖畔的楊柳樹下，張一刀撣撣頭頂的文生巾，昂首闊步，去和那打招呼的人寒暄。這一身行頭價值可不低，今日張一刀有備而來，自然要梳妝打扮一番。

閒聊片刻，突然有人道：「山房開張了，快來看。」人潮湧動，讓張一刀不得不隨著人潮過去，他放眼看去，只見這邃雅山房外觀並不奢靡，反而是一股濃重的清雅味，沒有過多的堂皇裝飾，卻飽含著一股撲面而來的滄桑之感。

有人在大吼：「諸位能來捧場，小店蓬蓽生輝，不過今日人流太多，少不得要得罪諸位，請多包涵，大家排隊入場吧。」

來這裏的大多是讀書人，自然也沒有人胡鬧硬闖，做出有辱斯文的事，瞬間便排出一條長龍，竟是從這裏一直到了街尾處，看不到盡頭。

張一刀便不再和人寒暄了，連忙尋了個位置去排隊，他心裏想著：「這裏果然與廟會不同，連進場都有規矩，詩會就是詩會啊。」

足足等了半晌，眼看前面的隊伍已經到頭了，有的人進去，有的人卻一臉懊惱的出來，很沮喪。

「這是怎麼回事？莫非這家店還不許客人進去不成？」張一刀覺得有些不可理喻，等到排在他前面的一個學子要入店時，張一刀才知道世上還真有把客人往外頭推的店鋪。

原來這門口站著兩個儒生，一個微微捋鬚，一個瞪著三角眼打量來人，那人剛剛要進去，手便將他攔住了，三角眼似笑非笑的道：

「公子莫急，邃雅山房只許讀書人進去，其餘的閒雜人等是不能進的。」

那學子理直氣壯的道：「我就是讀書人，你瞧不出嗎？」

捋鬚的儒者冷笑一聲：「這不是你說的算，得試過才知道，我出一上聯，若是你對出來了，則邃雅山房願恭迎公子。可是要答不出，就只能失禮了。」

學子有些緊張，口裏說：「好，你說出上聯來。」

三角眼搖頭晃腦的道：「花花葉葉，翠翠紅紅，惟司香尉著意扶持，不教雨雨風風，清清冷冷。請問公子，下聯何解？」

學子踟躕的托著下巴，陷入深思，這對聯挺難的，若不是飽讀詩書又有急智的人，還真不定能對得出。

踟躕了片刻，三角眼已不耐煩了，道：「公子請回吧，回去好好讀讀書再來不遲。」

那學子滿面羞紅，很是慚愧，灰溜溜的走了。

張一刀看在眼裏，頓時明白了，原來這邃雅山房只許學問好的人進去，目不識丁抑或是讀書沒有長進的，是斷然不能進的。

「如此說來，能進這山房的，應當都是才子了，好，好極了。」張一刀心裏暗爽，這個規矩很對他的胃口，若是什麼人想進就進，想出就出，那還談得上什麼雅字？能進去的人越少，越是能顯出他的身價，顯出他的學問不凡。

張一刀拿著請柬，朝兩個老儒行了個禮，口裏道：「學生有禮。」

兩個老儒見了張一凡的請柬，頓時堆笑，回禮道：「公子是有請柬的名士，就不必考了，請公子入內吧，招待不周，萬勿見怪。」

他們對方才那學子和張一刀簡直是判若兩人，一邊是冷眼相待，一邊是極盡殷勤，兩相對比，讓張一凡更是舒暢極了。若是尋常的店鋪，那些夥計自然見人三分笑，倒不見得有什麼稀奇。可是這裏對凡夫俗子冷若寒霜，對待張一刀卻如杏花春雨，這身價和地位就顯出來了。

「原來在他們眼中，我已是名士了。」張一刀喜滋滋的朝兩個老儒點頭，跨入門檻。

進了邃雅山房，張一刀目光一掃，裏面的客人並不多，有幾個是他熟識的人物，汴京四公子赫然已經來了多時，正圍著一張樸色桌案喝茶。張一刀認識他們，可惜他們不認識張一刀，在四公子面前，張一刀還是有自知之明的，能與他們一起進邃雅山房參加

詩會，讓他生出榮幸之感。

這種感覺，就像是當年在解試中一舉奪魁，那種飄飄欲仙的感覺。

張一刀假裝很鎮定的樣子，去打量裏壁裝裱的一首詩詞，他順著字喃喃念道：

「蜉蝣滄海裏，最是夢難收。劍氣凌千載，文星聚一州。春花爭入眼，俊傑共登樓。聯句臨風飲，高情月自留。」

詩並不算千古佳句，卻很打動張一刀的心，文星聚一州，俊傑共登樓，哈哈，這裏的文星、俊傑，莫非說的就是我嗎?哎，世上竟還有人記得我張一刀，能進來與這裏的文星俊傑們討教詩詞，此生無憾了。

張一刀的眼眸中隱隱流出淚花，好久沒有這種感覺了，讀了幾十年的書，難得能夠得到認可。

大宋朝取士，每一科不過取數人而已，要通過春闈可謂難上加難，張一刀自知自己一輩子已經無望了，許多人也早已淡忘了他的才學，想不到到了這裏，讓他總算重拾了一些希望。

他揩去眼角的淚水，裝作漫不經心的走到廳中去，此時進來的人已不少了，各自尋了位置坐下。能進來這裏的人，大多都算是有些才學的，都是相互不斷點頭致意，看對方的眼神也都有彼此尊重之意。

張一刀坐下，身邊一個公子立即收攏扇子，朝他拱了拱手，口裏道：「相公高姓大名？」

張一刀見這公子很熱絡，心裏也覺得親近了。於是連忙道：「鄙人姓張。」他沒有說出自己的名只道出姓，滿腹的難言之隱。話說爹娘給自己的名字真是流毒無窮，一刀，一刀，伸頭一刀，縮頭也是一刀，不吉利也不雅致，就是山上打家劫舍的好漢也沒有取這諢號的。

這公子又連忙笑：「原來是張相公。」便和張一刀閒聊起來，問張一刀近來是否留意明年的春闈。

讀書人說起這個，總是有說不盡的話題。張一刀考的場次多，這些年場場都沒有漏下，經驗豐富，以過來人的身分給這公子指點，公子不斷點頭，感嘆道：「張相公竟是不能題名，實在可惜。張相公也不必懊惱，早晚要高中的。」

張一刀連忙稱謝，後來才知道，原來這公子姓溫，叫溫弼舟，瞧瞧，人家這名字多好，既朗口又有文氣，人跟人就是不能比。「哎，說起這個，我爲什麼又埋怨起我爹了。算了，子不語父過，不想了。」

恰在這時候，一個小姐笑吟吟的端著糕點、茶水過來，這小姐天生麗質，素裝清麗，穿著一件尋常的衣裙，站在廳中卻彷彿出水芙蓉。那櫻桃嘴上含著笑，笑容多一分不多，少一分不少，既大方又端莊，步步生蓮的挪步過來，聲音竟比黃鶯更好聽，喃喃細語道：

「請兩位相公、公子喝茶，吃些糕點，待才子們都入了場，詩會才開始。若有怠慢處，請勿見怪。」

她說的話很得體，隨即微微一笑，露出兩顆貝齒，比大家閨秀更大家閨秀一些。

張一刀年紀大，倒是不覺得什麼，只覺得這女子猶如春風灌面，說的話讓他生出很大的滿足感。可是那溫弼舟溫公子就不同了，眼中閃出一絲亮光，口裏說：「不怪，不怪……」手就去接那小姐遞過來的茶，觸碰到小姐的手時，頓時感覺到指尖滑膩得很，就像摸到了上好的綢緞一樣，爽。

那小姐立即縮手，臉頰兒羞澀的通紅，裙角一揚，便匆匆的走了，留下一道倩影讓溫公子思緒聯翩。

「這小姐不知是哪裡來的？哇，真是令人心動，那一眸一笑，都教我心肝兒顫得不行。」溫公子直愣愣的發著呆，竟是恍恍惚惚，有點兒茶不思飯不想了。

他是多情公子，身邊的女人自然不少，家裏還有兩房侍妾，可是現在想來，和那小姐相比，家裏的侍妾簡直就是糞土啊。

什麼才最令人心動，什麼樣的美人兒才能讓人朝思暮想？傾國傾城，國色天香，其實都是空話。女子的面容各有特色，在一百個人眼裏，就有一百個絕色美女。此刻，溫公子卻產生了一股莫名的悸動，這種悸動來自雄性最原始的野性，是一種佔有的欲望，世上最珍貴的是什麼？只有一個答案，那就是永遠得不到的東西。

越是得不到，溫公子心裏越癢癢，如百爪撓心，有一種苦澀，又有一分甜蜜。

「溫公子，溫公子……」張一刀想不到這溫公子竟是個急色之人，雖說孔聖人說過食色性也，上至官家下至朝臣，也莫不以狎妓多情爲榮，可是你也太急了吧，有必要如此嗎？張一刀已經感覺有些交友不慎了。

溫公子回過神，連聲致歉，又與張一刀閒扯，可是心思卻再也不放在閒談上了，滿腦子都是那小姐的倩影，揮之不去。

張一刀也逐漸失去了說話的興致，便慢吞吞的去喝茶，這茶不喝不知道，一喝卻是回味無窮，口裏道：

「好茶，是了，我似是曾在哪裡嘗過這茶，對，是在靈隱寺，真是奇了，這靈隱寺的和尚莫非來這裏爲客人煮茶嗎？若真是如此，單這份茶水，就不虛此行了。」

張一刀又去嘗糕點，又是一陣心中叫好，自進了這邃雅山房，所見所聞所觸及的，無不是天下最精美的事物，愜意之餘，又有一份濃重的成就感，短短半個時辰，張一刀感觸良多。

賓客們差不多來齊了，竟有百人之多，熙熙攘攘的，讓這寬敞的廳堂也覺得擁擠起來，一些來得晚的，不得不隨便尋個小圓凳子在角落裏坐著，翹首以盼，都滿懷著期待。

這時，吳三兒從樓上下來，他戴著翅帽，身上是一件上好的圓領員外衫。換了個行頭，果然比之從前青衣小帽要精神了許多。向眾人團團稽首道：

「諸位才子俊傑，今日是邃雅山房開門吉日，諸位能來捧場，敝店蓬蓽生輝，榮幸之至……」

吳三兒話說到一半，就有人道：「快請陳濟陳相公出來。」

眾人紛紛喊：「是，快請陳相公出來與我們相見。」

吳三兒畢竟沒有經過大場面，連忙縮了舌頭，再說不下去了，說：「諸位稍待，我這就去請陳相公來。」說著便上樓去。

在樓上，陳濟與沈傲卻都是沉著臉，一張畫紙攤在案上，一邊的周恆道：「這是郡主昨夜教人送來的，看來郡主還是不服氣呢。」

陳濟的目光落在畫的落款那一個天字上，臉色變了變，道：「是清河郡主送給你？沒有說是誰畫的嗎？」

周恆滿不在乎的道：「我問這個做什麼？」

沈傲笑了笑：「因爲這是真跡。」

「真跡?誰的真跡?」周恆一頭霧水。

沈傲道：「官家。」

周恆目瞪口呆，期期艾艾的道：「官……官家，這莫非是三皇子拿了官家的真跡要和我們比鬥?」

沈傲搖頭，道：「你看這畫墨蹟未乾，顯然是新作，是官家向我挑戰呢。」

周恆一下子頭重腳輕了，這……這也太不可思議了，先是和郡主鬥畫，後來牽涉到了皇三子，如今連官家都牽連進來，是福是禍也沒有個準頭。

「好凶險啊，伴君如伴虎，不知道我們現在算不算摸了老虎屁股。沈傲啊沈傲，早知道我就不去追求清河郡主了，不追求清河郡主，郡主就不會拿假畫羞辱我，不羞辱我，我便不會和你相熟，不和你相熟……」

「哇，這傢伙栽贓，到頭來好像是我害了他一樣。」沈傲虎著臉，打斷周恆的碎碎念：「不和我相熟就不會摸到老虎屁股?周董，你能再無恥一點嗎?」

周恆歪著頭想了想，覺得這些日子以來，自從認識了沈傲，日子倒是過得很愜意，生活多姿多彩，於是便不再計較，道：「那我們現在怎麼辦?」

沈傲笑了笑：「人擋殺人，佛擋殺佛，我們就當作這是官家的贗品，和他再比比，怕什麼？莫非我們畫作的比官家好就要殺頭？再者說，官家既然送了新畫來，一定是對鬥畫起了興致，若是我們就此認輸，反而不好。」

沈傲收起畫，瞥了一旁默不做聲的吳三兒一眼，問：「三兒，你不在樓下主持詩會，上樓做什麼？」

吳三兒道：「下頭的才子都要見陳相公，教陳相公下去。」

樓梯口，一個清瘦的身影走下來，眾目睽睽中，許多人屏住了呼吸，有人驚呼道：「是陳濟陳相公，呀，陳相公來了，學生有禮。」

許多人紛紛站起來，朝陳濟行弟子禮。

偶像的號召力果然巨大，這些自命不凡的才子見到了陳濟，一個個都矮了一截。跟著陳濟下樓的沈傲等人，很是失望，因爲他們很悲哀地被當成了空氣，尤其是沈傲，一直夢想著做螢火蟲、金龜子來著，誰知今日權當做了陳濟的綠葉，連陪襯都嫌礙眼。

「這傢伙這麼遜，居然也有人喜歡，沒天理啊。」沈傲心裏哀嘆，看著滿面春風掛著矜持笑容的陳濟，心裏腹誹：「裝，繼續裝，看你裝到什麼時候。」

陳濟哪裡知道沈傲的心思，他今日的心情很激動，很舒暢，想不到這麼多年過去，大家還沒有忘記他，人活在世上，能得到這麼多人的推崇，值了。

下了樓，陳濟坐在上首，身前的桌案上還有個牌子。咦，得看看寫著什麼，陳濟翻開那牌子，便看到牌子上寫著「天下第一相公」六個朱筆大字。

汗，陳濟哭笑不得，胡鬧，太胡鬧了，天下第一相公，這是把老夫往風口浪尖裏推啊，天下第一，豈是自己能當得起的?就是蘇軾再生，也絕不敢如此囂張啊。

陳濟面色微微一紅，偷偷地想去把牌子蓋了，雖然臉皮厚，也絕不敢這樣的。

沈傲坐在陳濟一邊的小案上，朝陳濟使眼色。陳濟知道了，這傢伙是要自己宣布開場，於是咳嗽一聲，道：

「今日有幸能與諸位相聚於此，諸位抬愛，陳某銘記於心。」

他還想發幾句感言，另一邊沈傲已經打岔了，口裏說：「陳相公快宣布詩賽開始，我想很多人已等不及了。」

陳濟愕然，慍怒道：「規則很簡單，今日就以這邃雅山房爲題吧，每人限時爲上闕續尾，超過時間或者是對不出的，淘汰。」

眾人轟然應諾，張一刀躍躍欲試，率先道：「汴河有高樓。」

哇，所有人都側目去看張一刀，這個傢伙好無恥，居然搶答，誰都知道作詩最容易的就是第一句，不需要承前，只需啓後即可，一點壓力都沒有。

張一刀話音剛落，身邊的溫公子就感覺壓力很大了，所有人都注目過來，下一句該是他來接才是，可是他滿腹的心思都在那小姐身上，竟是集中不起精神，尷尬了許久，也說不出個所以然來。

時間過去，陳濟毫不猶豫地道：「請這位公子到側廳暫歇。」這就是請溫公子退場淘汰了。溫公子渾渾噩噩的點點頭，文質彬彬的道：「慚愧，慚愧。」舉目望去，哪裡還看得到那小姐的倩影，惆悵啊！

眾人一陣竊笑，便有人站出來道：「上與浮雲齊……」

這一句下闕出來，倒是既工整又切合題意，承上啓下，很有水準。便有人叫好起來。

又有人不甘示弱的道：「交疏結綺窗。」

第一句的意思是汴河邊上有個高樓，第二句有人對出的意思則是驀然抬頭，便已見有一座「高樓」矗立眼前。第三句「交疏結綺窗」並不稀奇，說的是高樓刻鏤著花紋的木條，交錯成綺文的窗格；這是寫景，沒什麼內涵，因此這人雖然念出了下闕，卻無人叫好。

此時氣氛熱鬧起來，紛紛有人站出來爲這詩補下闕，也有補不出來的，暗道慚愧，自動退場。一個接一個站出來對詩，這個說「阿閣三重階」，那個吟「上有弦歌聲」。

等輪到沈傲時，沈傲眼珠子一轉，笑嘻嘻的道：「一彈再三嘆。」

哇，還有個更無恥的，場中只剩下二十餘人，都是側目去看沈傲，一彈再三嘆？這簡直就是打油詩的水準，可是偏偏從格律上無法挑剔，也尋不出差錯來。

沈傲朝眾人點頭致意，作詩，他連半吊子的水準都算不上，好在人機靈，不至於就此淘汰。反正他一點壓力都沒有，臉皮厚一點，什麼都是浮雲。

在側廳的角落裏，一對錦衣公子卻都是含著笑，尤其是那站著握住扇柄的少年，那俊秀的臉龐微微一揚，口裏對另一個「公子」道：

「紫蘅，此人深藏不露呢，一彈再三嘆，有意思。」

那叫紫蘅的公子細柳眉擰了起來，很有一番風味。他的唇如絳點，眸如晨星，手拿一把小白扇，身著一襲淡黃長衫，很俊俏，俊俏的令人髮指。他撇撇嘴道：

「三哥，這詩會也沒有什麼好玩的，沒意思，我想回去了。」

「三哥」笑了笑，扶住他的肩，低聲道：「再看看。」

紫蘅只好耐著性子，繼續袖手旁觀。

第十七章
一彈再三嘆

方才那一句「一彈再三嘆」就知道沈傲這傢伙不懂做什麼詩，
水準有限，到時候保准傳出去，豈不是連帶著我也跟著丟人？
陳濟後悔莫及，十分冤枉，就像被人騙的上了賊船一樣，騎虎難下。

又有人接了幾句，有三個人出局，這些人倒也不懊惱，畢竟對詩需要急智，有時候還需要一點靈感，偶有失誤也不是什麼大不了的事，便紛紛到不遠的側廳去觀戰。

時候差不多了，許多人的目光都落在堂中一個翩翩公子身上，目光很熱切，也很複雜。

這公子微微一笑，很有一番瀟灑，昂首站起來，道：

「看來就剩下學生還沒有接了。好極了，今日良辰美景，能與眾人會聚於邃雅山房，曾某榮幸之至。」

他說了許多廢話，眾人也不懊惱，紛紛說：「曾公子大才，我們洗耳恭聽曾公子的佳句。」

原來這人便是汴京四公子之首的曾歲安，曾歲安官宦子弟，自小便被時人譽爲神童，無意科舉，卻是滿腹經綸，在汴京城的風頭一時無兩，許多人提起他，都是又嫉又羨，這一次詩會，據傳靈隱寺也出了個少年神童，要向曾歲安挑戰，這件事早就被人議論開了。

所以曾歲安一出馬，頓時引起許多人的興致，又有人在猜測，那天才神童在哪裡？爲什麼遲遲不出現？

曾歲安滿面春風，負著手，嘴角微微一揚，彷彿來了靈感，笑道：「上一句有兄台對出是一彈再三嘆，慷慨有餘哀。那麼剩餘的詩句就讓我來補上吧。」他抬頭去望房梁，作仰望星空狀，開始醞釀情緒。

沈傲也抬頭去看房梁。咦，這裏沒有星空啊，這傢伙是不是得了五十肩？

才子就是才子，曾歲安開始念了：「不惜歌者苦，但傷知音稀。願爲雙鴻鵠，奮翅起高飛……」

「好！」許多人拍案而起，叫好聲不絕，果然是汴京四大公子之首，這最後幾句堪稱絕妙。

不惜歌者苦，但傷知音稀，願爲雙鴻鵠，奮翅起高飛。悲憤的詩人在「撫衷徘徊」之中黯然傷神，不僅把自身托化爲高樓的「歌者」，而且又從自身化出另一位「聽者」，作爲高樓佳人的「知音」而聊相慰藉。透過詩面上的終於得遇「知音」、奮翅「高飛」，這是一種什麼樣的感情?當真是聞者傷神，聽者落淚。

曾歲安最後一句詩，卻是道出了身居高處，四顧無侶，自歌自聽的無邊寂寞和傷情。詩中所顯現出來的內心痛苦，正借助於這痛苦中的奇幻之思，表現得分外悱惻和震顫人心。

這首詩從頭開始，足足數十言，都沒有什麼出彩之處，唯獨曾歲安最後這四句短行，一下子賦予了這「高樓」感情，讓人側目。

就是陳濟，此時也坐不住了，站起來道：「曾公子大才，汴京城讀書人雖多，卻無出其右者。」

曾歲安朝陳濟行了個禮，恭恭敬敬的道：「陳相公垂愛，曾某愧不敢當。」「不過……」曾歲安高傲的抬起下顎，目光在眾人中逡巡，那一絲眸光，隱隱閃現出殺氣騰騰的光亮。

來了，所有人都緊張起來，曾公子是什麼人？汴京第一少年才子，竟有人傳出要向他挑釁，以曾公子的高傲豈能善罷，好戲要開鑼了。

果然，曾歲安闔目微笑道：「聽說汴京城有一神童，誇口是汴京第一天才，竟是小瞧了汴京的翹楚才俊。曾某不才，願討教一二。只是不知這天才可在樓中嗎？」他刻意將天才、神童兩個字眼咬的很重，臉上浮出一絲譏誚，擺明了是要嘲諷那靈隱寺的「當事人」。

樓中譁然，許多目光四處逡巡，等待曾公子的對手出場。文人愛風雅，更愛湊趣，別看他們一個個平時正兒八經的談什麼詩書禮樂，遇到這種事就原形畢露了。

「曾公子說得對極了，那人既然敢誇下海口，難道就沒有擔當嗎？」坐在曾歲安身邊的一個公子在旁幫腔，這個人大家認得，也是汴京四公子之一，平時和曾公子形影不離的。

咳咳……果然是犯了眾怒，沈傲低咳一聲，心裏大罵那群造謠的孫子卑鄙無恥，明明他說是要參加詩會，怎麼一傳十十傳百就變成了指名要向曾歲安挑戰，變成了看不起汴京的讀書人。

沈傲微微一笑，總算站了起來，事到臨頭，他也不怕，不就是對詩嗎？這個曾公子倒是個厲害的對手，既然來了，他也絕沒有退縮的道理，誰怕誰啊。

「曾公子方才說的是在下嗎？」沈傲笑得很純潔，很童真。

曾歲安與眾人的目光投過來，頓時又是一陣譁然，有人道：「這不就是方才做了一彈再三嘆的人？」

「就是他，嘿嘿，這樣的水準也敢向曾公子挑釁，真是不知天高地厚啊。」

有人卻道：「是非曲直先看看再說，方才這人是跟著陳相公一道下樓的，說不定與陳相公是故舊子侄呢。」

說話的這人聲音不大不小，剛給該聽到的人聽到了，許多人深以為然，話傳到陳濟耳朵裏，陳濟肺都要氣炸了，豈有此理，豈有此理，這個混賬東西跟著我下樓就和我有干係了？

哇，跟著這小子當真沒有前途啊，方才那一句「一彈再三嘆」就知道沈傲這傢伙不懂作什麼詩，水準有限，到時候保準傳出去，豈不是連帶著我也跟著丟人？陳濟後悔莫及，十分冤枉，就像被人騙上了賊船一樣，騎虎難下。

曾歲安冷笑，那薄唇輕輕一抿，搧著白色小扇道：「好極了，不知兄台高姓大名。」他說的客氣，可是語氣卻是不鹹不淡，一副完全沒有將沈傲放在眼裏的模樣。

沈傲當然不能示弱，道：「沈傲。」

曾歲安笑得更冷了：「恕曾某見識淺薄，沈傲……哈哈，似乎從未聽說過。」

沈傲很純真的笑：「或許待會兒曾公子就會聽說也不一定。」

「哈哈……」與曾歲安同桌的幾個公子已放肆大笑起來。

爽，在座的衆人都爲沈傲的這一句話心中叫好，赤裸裸的挑釁啊，要的就是這個效果，若是沈傲就此認輸，可憐兮兮的賠禮，大家還瞧不起他，也就沒有好戲可看了，火藥味越濃，大家才能一飽眼福。

曾歲安收攏小白扇，冷傲地抿抿嘴：「那麼我們就比一比，先來比詩。」他風度翩翩的走到場中的空地上，雙手抱拳：「請沈兄賜教。」

沈傲身邊的周恆捅了捅他的腰，暗示他小心注意，沈傲微微頷首，便跨步上去，回禮道：「曾公子先請。」

曾歲安冷聲道：「中秋佳節剛過，不如就以中秋爲題如何？」

沈傲點頭：「曾公子自便。」

曾歲安沉吟片刻，又仰起頭，風度翩翩的凝望房梁，若有所思。

沈傲抬眸，也去看房梁，裝酷誰不會啊。不過望房梁到底是爲了什麼，莫非這房梁上有花不成？哇，曾公子太不厚道了，有花一個人欣賞也不知會一聲，太自私了。

曾歲安哪裡知道沈傲在腹誹他，沉吟半晌，突然道：「有了。」精神奕奕的慢搖紙扇，慢悠悠地道：

「十輪霜影轉庭梧，此夕羈人獨向隅。未必素娥無悵恨，玉蟾清冷桂花孤。」

「好詩……」

眾人紛紛叫好。這首詩格律取自蘇軾的中秋月，在中秋月的基礎上進行填詞，雖然老套，平仄卻是十分嚴謹，大意是說已經過去了十年，這個夜晚，旅客獨自面向著牆角，嫦娥未必就沒有惆悵怨恨，宮殿清冷，桂花孤單。

表面上，詩中並沒有什麼新意，妙就妙在曾歲安特意提及一個夜晚獨自面向牆角的旅客，此時正是中秋佳節，旅客卻不能回鄉與家人團圓，只能孤零零的面對牆壁寄託自己的感情，這種感情惆悵綿長，細細品味，已算是佳作了。

詩詞要的並非是詞藻的華麗，再華麗的詞藻也堆砌不出佳句出來，重要的還是寄思情懷，以景、以事、以物生情，從而讓人感動。

在場的文人墨客們也有不少遠離家鄉的遊子，有的爲了求學，有的在汴京讀書，準備來年的科考，此刻，許多人已經眼淚模糊了。

那角落裏叫三哥的公子眸光一亮，朝紫蘅道：「汴京四大公子之首，果然名不虛傳。」

紫蘅的粉臉上卻是提不起一絲興致，打了個哈欠道：「三哥，作詩有什麼好看的，有這個空，我寧願去回去臨摹瑞鶴圖。」說著，不平的握著粉拳：「我一定不能輸給他，教他嘲笑我。」

三哥笑了起來，道：「紫蘅連那個他是誰都不得而知，就記恨人家了嗎？」

紫蘅俏臉一紅，慍怒的道：「人家哪裡有記恨他，佩服都來不及呢，只是越佩服，就越不願意被他瞧不起，羞死了。」

三哥微微笑道：「有什麼可羞的，說不定他是個七旬老翁，鬢髮皆白，作了六十載的畫呢。浸淫了這麼多年，才有這樣的筆意。」

紫蘅歪著頭，撇嘴道：「才不是呢，我瞧他最多是而立之年，與這曾公子一樣年輕，若是七旬老翁，只怕連筆桿子都握不動了。」說著說著，臉就紅了，心裏說：「啊呀，我怎麼能和三哥說這些話。」很難爲情地偷偷看了三哥一眼，見他將注意力又轉到鬥詩上去了，這才放下了心，隨即也繼續看鬥詩，心裏卻在恍惚地想著心事。

曾公子得了好評，洋洋得意地朝沈傲努努嘴，挑釁似的口吻道：「沈公子，該你了。」

沈傲懂詩，但是並不會作詩，好在腦子裏還依稀記得一些北宋之後的詩詞，可以拿來充充場面。至於什麼侵犯智慧財產權，他是一點也不在乎的，詩這東西和版權一樣，先到先得，今日沈傲打算先註冊幾首，讓百年後的原創者哭去吧。

他昂起頭，也故意去看房梁，奶奶的，原來仰頭就是才子，沈傲算是有了心得了，這頭一仰，脖子就有點兒痠麻了，沈傲心裏感慨：「看來才子也不是好當的，早晚會鬧出歪脖子的職業病來。」

曾公子見他不吱聲，以爲他技窮了，冷笑著催促：「沈兄還耽擱什麼？要腳踩汴京才子，難道就這幾分本事？」

沈傲道：「馬上就好，再等等。」他裝作陷入深思的樣子，昂著頭來回踱步。

紫蘅見了有趣，對三哥道：「這人真奇怪，爲什麼瞪著眼睛，仰頭望房梁？」

三哥抿嘴笑了笑，搖頭不語。

其實沈傲是做才子不到家，人家曾歲安雖然仰頭，卻是闔著眼睛，一副陶醉其中的樣子。而沈傲卻是瞪著眼睛死死盯住房梁，雖然只是微小的不同，可是效果就全然不同了。

「有了。」沈傲總算是恢復了正常的樣子，迎著曾歲安的目光徐徐道：

「桂花浮玉，正月滿天街，夜涼如洗。風泛鬚眉並骨寒，人在水晶宮裏。蛟龍偃蹇，觀闕嵯峨，縹緲笙歌沸。霜華滿地，欲跨彩雲飛起。記得去年今夕，釃酒溪亭，淡月雲來去。千里江山昨夢非，轉眼秋光如許。青雀西來，嫦娥報我，道佳期近矣。寄言儔侶，莫負廣寒沈醉。」

話音剛落，便有人道：「不錯，好詞。」

詩詞不分家，倒是沒有人說沈傲做的詞與題不符。這首詞是文徵明做的，可憐那幾百年後的江南四大才子之一的傢伙，還沒有生出來就讓沈傲赤裸裸的剽竊了。

樓中的才子們紛紛咀嚼回味著這首詞，先只是有人叫好，隨即便有人拍案叫奇了。說起來，短時間內作詞要比作詩難得多，因爲詞牌的格律限制的更嚴格，每一個字都需長時間的推敲，沈傲能在片刻的功夫作出一首百言長詞就已經很不容易，更何況，這首詞的意境竟是與曾公子不遑多讓。

有人站起來搖頭晃腦道：「此詞浮想殊奇，造語浪漫。上結『欲跨彩雲飛起』，有超俗之想，下結『莫負廣寒沉醉』，又顯感傷，大起大落中，將矛盾的心態淋漓吐出。果然堪稱絕妙，好得很。」

又有人道：「這倒是兩難了，到底誰做的詩詞更好呢？」

於是便有人爭辯起來，這個說：「自然是曾公子的好，曾公子的詩寓意深刻，令人感觸良多。」

又有人反對道：「我看沈公子的詞好，短促時間能作出如此好詞，在場之人誰能做到？」

有人道：「我們爭個什麼，有陳濟陳相公在，自有公斷，先看陳濟相公怎麼說？」

陳濟此刻總算尷尬地站出來，他想不到，沈傲竟還真作出了一首好詞，可是現在他又陷入兩難了，這兩首詩詞可謂旗鼓相當，各有自己的特點，很難評出高下。

若是自己說曾歲安的詩詞好，顯然對沈傲有失公允，可要是說沈傲的詞好，必定有人會猜測自己與沈傲關係不淺，是偏愛沈傲。

好在他老奸巨猾，年輕時雖然耿直過，如今卻總算懂了一些做人的道理，靈機一動，道：「這一次算是平局，再比一場吧。」不偏不倚，誰都說不出閒話來。

下一輪仍是作詩，先是以荷花爲題，曾歲安今日超常發揮，竟是摘到不少偶得的佳句，洋洋得意之餘，又警惕起來。沈傲這個傢伙並沒有他想像的好對付，明明曾公子以爲自己穩贏之際，沈傲的詩詞就脫口而出，語境和用詞竟是遠遠超出他的水準。

唯一令曾公子慶幸的是，沈傲雖然詩詞好，可是有些詩詞卻不貼合題意，不能引起許多人的共鳴，如此一來，兩個人唇槍舌劍、你來我往，還是不分伯仲，分不出勝負。

曾歲安的優勢在於每一句詩詞都是自己的感觸，而這種感觸往往摻雜著喜怒哀樂，頗爲動人。而沈傲的詩詞都是極品佳作，可畢竟是剽竊摘抄，有些時候讓人覺得詞不達意，雖然叫好，卻感觸不多。

在邃雅山房的門口，許多不能進入的文人仍然徘徊不去，每隔一炷香時間，吳六兒便會拿著一張紅榜，將裏面的境況、新作的詩詞貼出來。

譬如某公子應詩如何如何，某某相公如何作對，某某又被淘汰。這種新穎的方式，倒是讓不少人有了瞧熱鬧的機會，雖然無緣去聆聽才子們的風采，可是從詩詞中也能得知不少裏面的情況。

「是那靈隱寺的神童要和曾公子對決了。神童做的詞真好，果然是敢和曾公子挑釁的人，看來也不是個草包。」

「讓一讓，咦，這首詞倒真是不錯，很有意思。不過還是曾公子的詩好。」

「哇，曾公子的詩有什麼好的，還是這個叫沈傲的文采斐然，作詞不比作詩，哪裡能一蹴而就，可是看看沈公子，嘖嘖，出口成章啊。」

「來了，來了，又換榜了，我看看，哦，原來陳濟陳相公判了個平局，也罷，既是平局，就可以再比一場，我們依舊瞧熱鬧。」

榜單不斷的更換，氣氛達到了高潮，曾公子一首，沈公子一首，竟是源源不斷，一個時辰，兩人已做了四首詩詞了。場中仍然沒有分出勝負，可是樓外卻已鬧成一團了，曾公子的粉絲們振臂高呼：「把靈隱寺那不知天高地厚的傢伙趕出來，憑他也配和曾公子放對。」

也有支持沈傲的，大聲嚷嚷：「曾公子雖有急智，可是比起沈傲卻是差得遠了，一目了然，你看那『欲跨彩雲飛起、莫負廣寒沉醉』寫得多好，曾公子做得出這樣斐然的詩詞嗎？」

正在不可開交之際，放榜的吳六兒又出來了，樓外黑壓壓的人踮腳引脖去看，只看那榜文上寫著：「下一局，作對。」

「詩詞鬥的好好的，為什麼又比作對了？」

「這還不明白，比詩詞難分勝負，要分出個高下，唯有作對才行。」

詩詞就像美人，各有特色，一百個人中，就有一百個西施。可是對子就不同了，總能分出個高下。這個要求，是曾歲安提出的，曾歲安一時難勝沈傲，已經有些不耐煩了，堂堂汴京公子，若是再不讓沈傲拱手稱臣，說出去也是個笑話。

眾人聽說作對子，也紛紛來了興致，一個勁的說好。沈傲也不拒絕，此刻春風得意，笑吟吟的看著焦頭爛額的曾歲安，很輕鬆很開心。話說他只是個無名小卒，贏了就贏了，輸了就輸了，一點壓力都沒有。可是曾歲安不同，他的名氣太大，輸了壓力更大，就是維持這種不輸不贏的局面，也足夠他怒火攻心了。

單從氣勢上，沈傲已經占了上風。

做對子，沈傲不會啊，不過沈傲一點也不擔心，昂著頭，目空一切。要玩，隨時奉陪，輸人不輸陣，裝酷就要裝到底，臉皮厚才能在才子界存活。

第十八章
名師出高徒

陳相公是什麼人？

天下知名的狀元公，更是讀書人的偶像，不為五斗米折腰的直臣，

誰若是能做他的門生，那真是三生有幸了。

沒想到陳相公竟已收了弟子，這個弟子還真是不簡單，名師出高徒啊。

曾歲安冷笑一聲，臉色已經有些蒼白了，沉吟片刻，率先出題，道：

「寵辱不驚，看庭前花開花落。」

曾歲安話音剛落，許多人便開始沉吟了，雖說是觀戰，可是這些人畢竟是文人，有了上聯，就忍不住思考下聯。這個題目倒是有些難度，尋常人一時半刻也是對不出來的，於是許多人皺眉，開始思考答案。

再看沈傲，還是那一副叉手挺胸的模樣，彷彿胸腹之中已經有了答案，這氣勢，就是李白、杜牧再生，也要被他壓下一頭。

「哇，看沈公子的模樣，想必已是成竹在胸了，厲害，果然厲害，難怪敢向曾公子挑釁。」許多人愁眉不展，見到沈傲這模樣，頓時拜服了。

曾歲安心裏也有些忐忑了，口裏問：「沈兄莫非已經有了答案嗎？」

「沒有！」死鴨子嘴硬，還是那樣的很有氣勢。

「哇……」無數人目瞪口呆，沒有？沒有你還一副胸有成竹的樣子，還回答的這樣理直氣壯，哇，這人臉皮太厚了，太無恥了。

曾歲安心裏想：「莫非是他有了答案，卻故意拿我取笑嗎？」

這個對子其實對曾歲安來說並不難，沈傲作爲他這種級別的高手，自然也是輕而易舉。曾歲安先拿出這個上聯，就像行軍打仗一樣，是先派出一小股部隊去試探對方的虛實，然後再增加難度，和對方一決死戰。

可是沈傲卻說沒有想到答案，這就讓他匪夷所思了。曾歲安試探的問：「若是沈兄對不出，那麼這一場便算沈兄輸了。」

他原本以為沈傲會說再想想，或者猛地對出下聯來，誰知沈傲理直氣壯的道：「好，這一局我輸了。」

曾歲安臉色一窒，頓時狂喜，原來這個傢伙真的不會作對子，好極了。

角落裏的紫蘅一下子提起精神，一雙幽深的美眸望著昂頭挺胸的沈傲，忍不住笑了，對三哥道：「這人很有意思呢，明明不會，還要作出一副已將對手打敗的樣子，真好笑。」

三哥卻是沉眉，口裏喃喃道：「榮辱不驚，看庭前花開花落。嗯，這對子有意思，去留無意，望天空雲卷雲舒。不知這個下聯是否恰當。」

紫蘅見三哥渾然忘我的想著對聯，便一下子又覺得無趣起來，托著削尖的下巴，美眸一張一合，又去想心事了。

「好了，方才是曾兄出題，現在該是我出題了吧。」沈傲很矜持的笑，擺出一副曲高和寡、寂寞如雪的樣子。

曾歲安冷笑：「沈兄請出題。」他勝券在握，顯得很大度。

「煙鎖池塘柳，請曾兄對出下聯。」沈傲又著手，高高在上的昂起頭。看房梁很累啊，不過沈傲似乎有點兒上癮了。

「煙鎖池塘柳？」曾歲安先是微微一笑，隨即臉色一變，面如土色。

這個上聯可謂絕對，上聯五字，字字嵌五行爲偏旁，且意境很妙。看似簡單好對，其實很難，有人甚至認爲它是「天下第一難」。這一上聯出來，難怪曾歲安開始不安，這樣的絕對不說曾歲安，就是集合天下才子，在短時間也絕不可能找到答案。

沈傲有恃無恐，就是還記得幾個千古絕對，對子不多，卻足夠立於不敗之地了。

非但是曾歲安，眾才子們此刻也都一個個陷入沉思，竟都是癡了。

曾歲安此時已是臉色蒼白，他想破了腦袋，也找不到下聯來，時間慢慢過去，沈傲已不耐煩了，高聲道：「曾公子，下聯可對出來了嗎？」

曾歲安苦笑搖頭。

沈傲嘿嘿笑：「那麼這一局你輸了。」

曾歲安無奈點頭：「我來出題。」他擰起眉，陷入深思，雖然遭遇小挫，不過畢竟是汴京才子，此刻又恢復了瀟灑倜儻。心裏想：「此人很可怕，只怕不如想像中那樣輕易對付，要沉住氣，和他慢慢周旋。」

曾歲安定了定神，眼眸又恢復了神采，微微一笑，道：「破鏡重圓溫舊夢，請沈兄出下聯。」

沈傲叉著手，氣勢洶洶的道：「對不出來！」

「哇……」又是全場譁然，方才沈傲那一句「煙鎖池塘柳」已讓許多人費盡了腦汁，卻苦苦尋不到答案，正暗暗奇怪，沈公子明明連「寵辱不驚，看庭前花開花落」都對不出來，卻能出「煙鎖池塘柳」這樣絕佳的對題。

不過這傢伙真的很無恥，曾公子出題，他連想都不想，就直接說對不出，換作是別人，哪裡有他理直氣壯，有他氣勢洶洶，有他得意洋洋。

曾歲安又是一愣，就聽到沈傲繼續道：「那麼接下來我出對了，曾公子聽好了。寂寞寒窗空守寡，下一聯是什麼？」

寂寞寒窗守空寡？樓內已經騷動起來，方才那煙鎖池塘柳就已是令人頭痛，如今這一個對子顯然不在煙鎖池塘柳之下。究其緣由，概因爲這上聯字字嵌有同一偏旁，而語意又流暢貫通，如若沒有神來之筆，光憑一兩個凡夫俗子豈能隨意點破？

「寂寞寒窗空守寡」之所以是句絕聯，其實還不只是因爲那文字裏的精巧機關，而是實在沒有下文可以配得上這「寂寞」二字。這樣的上對，任誰再生，也絕不可能尋找出答案。

曾歲安頓時又陷入沉思，沉默片刻苦笑搖頭：「曾某不才，這一局曾某輸了。」

「好，那就請曾兄繼續出題。」沈傲很乾脆，很俐落。

「白水泉邊女子好，少女更妙。請沈兄作答。」

「答不出。」沈傲搖頭，下巴仍是微微抬起，差點尾巴都要翹起來了。

曾歲安道：「那麼就請沈兄出題。」

「好。」沈傲遲疑片刻，道：「水冷灑，一點水，二點水，三點水。請曾兄作答。」

「呃……」無語，又是一個絕對，對中處處都是機關，非但隱含著拆字，且寓意深刻，別說讓曾歲安立即作出，就是回去想個一年半載，也不一定能想出最佳的下聯來。

「曾兄對不出嗎?那麼就請曾兄出題吧。」沈傲笑得很有意味，似乎在暗示著什麼。

到了這個時候，許多人突然醒悟了，這個沈傲不簡單啊，不只是不簡單，是相當的不簡單。試問，一個能想出如此對題的人，會被曾公子的幾個對子難倒嗎?就好像是一個獲得了諾貝爾獎的數學家，會連一加一等於二都不知道?絕不可能。

那麼爲什麼沈公子屢屢搖頭呢，答案只有一個，許多人已經猜測出來了。哇……有隱情啊，沈公子故意不去接曾公子的對子，是不是不屑答這麼簡單的對聯?

道理很簡單，若是一個連中三元的狀元，卻被人問及是否看過四書五經，這是不是對狀元公的侮辱？既是侮辱，狀元公自然與對方繼續交談下去。

是了，絕對是這樣，你看看，沈公子叉手昂頭，王八之氣蓬勃而出，很鮮明很出眾，一副勝券在握的樣子。雖然那個瞪眼睛看房梁的站姿總是有那麼一點點怪異，當然，吹毛求疵是要不得的，重要的還是看水準，有水準，沈公子就是趴著，那也是才子風流，是瀟灑倜儻。

角落裏的三哥收攏小白扇子，喃喃道：「此人深不可測，有意思。」

紫蘅眸中閃過一絲疑惑：「三哥，你說的是誰？」

三哥用扇柄指了指臺上的沈傲：「還能有誰？就是他。」

紫蘅不屑的撇撇嘴：「就是那個眼睛長在房梁的傢伙？他有什麼深不可測的，依我看，只有那位祈國公府的神秘公子才配得上這個評語。」

紫蘅不懂對子，只癡迷作畫，當然不明白方才沈傲連出的幾個對題有多麼的可怕，三哥莞爾一笑，道：「曾公子輸了。」

紫蘅道：「我怎麼看曾公子比這看房梁的傢伙厲害得多。況且，他不是也回答不出曾公子的對題嗎？」

三哥搖頭：「只看對題，這二人的高下已經分出來了，曾公子的對題淺顯，而沈公子的對題卻是深不可測，依我看，沈公子不是對不出曾公子的對題，而是不屑對之。」

紫蘅咦了一聲，道：「他對的出故意不對，這又是爲什麼？」

三哥抿嘴笑道：「若有人說你不會作畫，你會不會畫一幅畫來證明自己會作畫？」

紫蘅搖頭：「我爲什麼要證明自己？我的畫功莫非需要向無知的小人證明嗎？噢……」她恍然大悟，道：「是了，這眼高於頂的傢伙定是覺得曾公子的對題太簡單了。」

三哥道：「正是如此。」

不但是三哥和紫蘅這樣認爲，場中眾人都深以爲然，就是曾歲安，此刻也發現了癥結所在。不禁臉上一紅，那爭強好勝之心頓時淡了，遇到這樣強大的對手，若是再對下去，只是自取其辱，他微微一嘆，朝沈傲行禮道：「沈公子的才學，曾某嘆服。」說罷，就要退出場去。

「這樣就贏了？」沈傲此時卻不得意了，眼睛從房梁挪回地面，從高處不勝寒、曲高和寡、不食人間煙火的大才子變成了普通人，真摯地握住曾歲安的手，道：

「曾公子這是什麼意思？勝負未分，爲什麼要退場？」

曾歲安以爲沈傲故意替他遮醜，感激地看了他一眼，道：

「沈兄不必客氣，輸了就是輸了，曾某有自知之明。沈公子大才，今日能與沈公子放對，曾某三生有幸。」

沈傲心裏樂呵呵的，很享受這種恭維，話說沈某人只是看著房梁出了幾個絕對就制服了汴京才子，古往今來，也找不到第二個吧。不過，這個時候一定要矜持，要低調，木秀於林風必摧之，千萬不要太狂妄，成了別人的眼中釘。

他作出一副受寵若驚的樣子，連忙說：「曾公子太客氣了，沈某很僥倖，恰好想到了幾個好對題，說起作對，是萬萬及不上曾公子的。我與曾公子的才學只在仲伯之間，若不是我的老師……」沈傲在這裏刻意頓了一下。

「噢，原來這位沈公子還有個老師，不知他的老師是何方高人？」許多人開始猜測起來。

倒是坐在評委席上的某人背脊一寒，額頭上冷汗直流，老師？這傢伙什麼時候有老師了？他不是說自己是無師自通嗎？哪裡冒出來的老師。這小子詭計多端，不會……

某人猜對了，只聽沈傲厚顏無恥的道：「若不是我的老師陳濟相公調教有方，要贏曾公子只怕千難萬難。」

「哦，原來這人是陳相公的高徒，難怪了。」眾人恍然大悟，又嫉又羨，陳相公是什麼人？天下知名的狀元公，更是讀書人的偶像，不為五斗米折腰的直臣，注定要留名青史的人物。誰若是能做他的門生，那真是三生有幸了。沒想到陳相公竟已收了弟子，這個弟子還真是不簡單，名師出高徒啊。

陳濟的臉頓時黑了，太無恥，太無恥了，自己一沒有收到拜師的紅包喜禮，二沒有接受跪禮，這傢伙居然就打著自己的名頭四處招搖撞騙，偏偏他又不能當場反駁，就是有理也講不清楚。完了，一世英名，早晚要被這傢伙害死。

曾歲安的臉色舒緩了一些，原來如此，沈公子是陳相公的高徒，這就解釋的通了。如果沈傲只是無名小卒，曾歲安這一敗一定很難堪，堂堂汴京公子，輸在一個無名小卒手裏，傳出去也是笑話，可是陳相公的高徒就不同，輸在他手裏總算還有個臺階下。

曾歲安緊緊握住沈傲的手：「沈公子原來是陳相公的高徒，失敬，失敬，方才若有得罪的地方，望沈兄不要見怪。」

沈傲同樣緊握曾歲安的手，很真摯很動情的道：「曾兄詩詞做的很好，以後我還要向你多多討教。」

這是一個團結的詩會，一個充滿了友愛的詩會，最後沈傲和曾歲安把手言歡，眾人一齊以茶代酒，慶祝沈公子與曾公子同歸於好。茶是好茶，喝起來很爽口，先是一陣微澀，隨即便感覺到口齒之間殘存著淡淡的清香，五臟六腑頓時都舒暢起來。

「好茶啊。有空閒一定還來邃雅山房喝一喝這茶水。」

唯一虎著臉的，只怕唯有陳濟了，被人眼睜睜的擺了一道，心裏很不舒服，尤其是這個沈傲很不靠譜，怎麼說呢？就是少了那麼一點安全感，爲人做事雖然圓滑，但是不謹慎，現在整個汴京城都知道他是自己的弟子，將來他鬧出什麼事來，自己的一世英名……

陳濟搖頭苦嘆，舉起茶盞來吹著茶沫，茶還沒有喝，口裏就泛出了一絲苦澀。

吳三兒趁機走上台來，笑嘻嘻的朝眾人拱手，道：

「諸位才子，邃雅山房今日開張大吉，汴京城第一屆詩會也圓滿成功，吳某先恭賀沈公子拔得頭籌……」

他裝作和沈傲不熟的樣子，朝沈傲行了個禮，眼前這個傢伙可是邃雅山房赤裸裸的托啊，好在吳三兒跟沈傲久了，臉皮也厚了幾分，演起來很自然，沒有破綻。

接著又道：「從今日起，在座的諸位可以免試加入邃雅山房的會員，每月的會員費一貫錢……」

「停……」沈傲虎著臉叉腰道：「什麼？就這破茶樓也好意思收人一貫錢的會員費？做了這裏的會員有什麼好處？」

吳三兒笑嘻嘻的道：「沈公子不知，邃雅山房是高級茶樓，自然不比尋常的茶肆，爲了甄別，邃雅山房只有會員才可進入，而要成爲會員，就不簡單了。」

「哦?莫非這也有蹊蹺?」沈傲滿臉疑惑的樣子。

吳三兒道：「這是當然，只有通過了山房的認定，才可成爲會員，尋常的凡夫俗子就是有萬貫家財也斷斷不能進的。」

「哦，原來如此。」沈傲臉色緩和下來，又道：「不過，若只是這樣，也不必一貫錢的會費吧。」

吳三兒笑吟吟的道：

「沈公子別急，聽我慢慢道來。邃雅山房不單是飲茶，更可以享受到許多周到的服務。而且每月，我們都將在山房舉辦詩會，所有會員都可參加，我們會派專人抄錄下各位公子、相公們的詩詞，再雕刻印刷數千份，裝訂成詩集賣出去。如此一來，諸位公子、相公的大作就可四處傳誦。」

一些公子搖著紙扇子加快了節奏，雕刻印刷?成書?哇，好，好得很，若能如此，別說一貫錢的會費，就是十貫錢也值得。

要知道這個時代要成書可不簡單，憑他們的水準，是絕不可能著書立傳的。若是邃雅山房真能將他們的作品著成書籍，在汴京廣爲發售，對於相當一部分公子、相公來說很有吸引力。

名垂千古的誘惑力很大啊，就算只占一個小小的角落，那也是光宗耀祖的事。才子們不差錢，就恨不得在自己臉上貼上自己的作品四處招搖，現在邃雅山房給了他們這個機會，誰願意錯過。

沈傲此時已經很感興趣了，問：「若只是喝茶和著書，也不必一貫錢吧？」

吳三兒理直氣壯的道：「一貫錢算什麼？邃雅山房是提供才子們相互交流的場所，能進來這裏的人都是汴京翹楚，相互之間討教詩書，談論經典，這樣，所有的會員都可以在討教中相互進步，世間的污濁和這裏無關，銅臭煩惱暫且都可以忘記。進了這裏，不但可以施展才華，更可以增長知識。試問，天下還找得到這樣的地方嗎？」

沈傲頓時啞然，許久才道：「不錯，很有吸引力，本公子很喜歡。好吧，我入會。」

赤裸裸的托啊，還說這裏與銅臭、污濁無關，這兩個傢伙一唱一和，還不就是爲了騙錢？骯髒，太骯髒了。陳濟是最瞭解內情的，很無語。

這個時候，周恆竄出來道：「我也入會。」

「咦？你不就是祈國公府的世子嗎？」吳三兒不「認得」周恆，不過，邊上一個店裏的夥計認出了他，口裏說：「東家，我聽說祈國公世子是出了名的不學無術，他怎麼混進來了？」

「噢，原來是周公子。」許多公子哥頓時笑嘻嘻的朝周恆打招呼，方才周公子躲在一個偏僻的角落，竟是沒有看見他。

沈傲對吳三兒道：「這位周公子是我的好友，是我把他帶進來的。」

吳三兒頓時虎起臉來，朗聲道：「來，把他叉出去，周公子沒有通過考驗，別說入會，就是進這邃雅山房也是萬萬不許的。」

幾個夥計如狼似虎，便衝過去要趕人。周恆高聲道：

「且慢，先聽本公子說，這邃雅山房我很喜歡，若是讓我入會，我願出一百貫會費。喂，誰敢碰我？我可是國公世子，瞎了你的狗眼嗎？」

他惡狠狠的打掉一個夥計的手，隨即又笑嘻嘻的朝吳三兒道：

「掌櫃，一百貫行不行？若是不夠，你開個價，本公子給你捧場，你斷不會將客人趕走吧？」

「是啊，是啊，周公子雖然才學差了一點點，但是看在他真摯的份上，就不要趕人嘛……」

才子、相公們開始裝模作樣的做好人，說一句好話能與國公世子結交，獲得他的感激這有什麼不好？其實大家的心裡還是很不屑的，紛紛在想：「這個草包也敢來邃雅山房和我們廝混，趕走最好。」

吳三兒義憤塡膺的叉著手，很正義凜然的朝周恆道：

「今日若是爲了一百貫讓你國公世子混進來，明日就有人出一千貫也要進來，邃雅山房只給飽學詩書的才子提供茶水，至於周公子……請吧。」

「哇……沒天理啊，打開門做生意就這樣對待客人。」悲情的男配角被人叉出去，發出悲吼。

第十九章
賣的是什麼

「三兒，我們和他們不同，我們賣的不是茶……」

沈傲推開百葉窗，深邃的眼眸在陽光的照耀下閃閃生輝：

「我們賣的是服務，賣的是面子，是一種精神上的享受，所以一百文的茶一點都不貴……」

什麼是檔次？這就是檔次，國公爺世子都不能進的地方，我們能進。一百貫都買不到的茶水我們能喝。有了周恆這一幕，在座之人的身價就出來了，太有面子了。而且，這裏的東家連蘄國公世子都敢得罪，可見這東家的背景不一般。

大家的心裏樂滋滋的，爽啊，痛快，尤其是周恆那個人渣那悲劇的嘶吼還在耳邊繚繞。平時見了這個紈褲少爺，在座之人都不得不陪笑低頭，可是在這裏，他們就是大爺，周恆算個什麼東西，呸！

「我要入會！」說話的是張一刀，張一刀熱淚盈眶，雖說他每個月只有兩三貫的月錢，可是爲了這身價，他也得交了會費，能在這裏喝茶的，不是世家公子就是秀才貢士，和他們待在一起，將來也多個營生。

「本公子也要入。」溫公子也急不可耐了，他是富家公子，現在滿腦子都想著那小姐，只要入了會，以後還有邂逅的機會。錢不算什麼，尤其是對他這種家境殷實的公子來說。

「入會，入會……」許多人叫嚷起來。著書很吸引力，成爲會員之後，那種獨一無二的感覺也很有吸引力，小姐很有吸引力，切磋討教經史典籍增長學識也很有吸引力，這裏的大多數人，壓根就不在乎一貫小錢。

汴河邊某個陰暗的角落，周恆捋了捋皺皺的新衣，不平的咒罵：

「還說是重要的角色，能夠烘托整個山房的氣氛，原來是讓本公子做丑角。好吧，看在生意的份上，本公子忍……」

他展開扇子，望著汴水滔滔而過，很自在的搖了搖，忍不住又笑了：「本公子雖然沒有才學，可是演戲的才華還真不是蓋的，哈哈，很有前途。」

大家入會的情緒很高，店夥、小姐們紛紛出來，給公子們斟茶倒水，奉送上糕點，大家各自坐下，等待店夥來登記會員。

吳三兒朝沈傲努努嘴，說：「沈公子，隨我樓上去一趟，今次你成了詩會魁首，邃雅山房有樣東西送你。」

兩個人猥褻的提著褲裙上樓。

總算沒人了，吳三兒笑得很奸詐，已經頗具奸商的雛形：

「沈大哥，今日開張，我們的會員怕有一百五十之多，每個月淨賺一百五十貫，一年就是一千五百貫，這樣一來，邃雅山房的生意是不愁了。不過，沈大哥說要印刷詩冊，只怕糜費不少，一個月若是數千本，只怕一千貫都不夠呢。」

沈傲嘿嘿地笑，道：「你還不夠機靈，羊毛出在羊身上，每本詩冊到時候定價兩貫錢好了，印製一千冊就淨賺一千貫，三千冊淨賺三千貫。」

吳三兒吃驚道：「兩貫錢一本？這詩冊莫非是銀子鑄的？哪有這麼貴，到時候誰買？」

沈傲戳弄著發痠的脖子，剛才看房梁看出來了一些職業病，脖子痠痠麻麻的，看來以後要有點節制，不能什麼時候都去看，看一會，便要休息一會，要勤於看房梁，更要善於用科學的方法看房梁。

「就是印個三五千本也保證有人買的，你要學會抓住文人的心理，他們最想要什麼？」

吳三兒苦笑：「我又不是文人。」

「笨。」沈傲恨鐵不成鋼：「文人要的是面子，想想看，若是你的詩抄錄進了詩冊，你要不要買個十本八本的回去，去送送人或者留作收藏？」

吳三兒開竅了：「我懂了，買詩冊的人到時候還是這些公子、相公？」

「也不全是，不過只有他們捨得出大價錢，所以你儘管去印，最好精美一些，不怕沒有銷路的，單這一項，一年拋去成本，至少就能賺萬貫以上。」

吳三兒連忙道：「好，至於茶水錢又怎麼算？」

沈傲沉吟片刻：「不要什麼都問我，有些時候還要你自己拿主意，這樣吧，就定個一百文一壺好了。我們厚道人，不要把價錢定的太高，聽說過一句諺語嗎？老老實實做人，厚厚道道經商，這句話告訴我們，做人不要心太黑，要有節制。在經商的同時，還要有一顆愛心，愛心很重要的，這是檢驗一個人的唯一標準，就比如本書僮，就很厚道很有愛心。你秉承著愛心去做事，早晚有一天會昇華我的境界，好好努力。」

吳三兒都要哭了，說：「沈大哥，別人一壺茶賣三四文錢，你賣一百文，這也叫厚道？」

「哇……三四文錢，他們不如去搶，哪個茶樓這麼黑，這是惡意競爭，是無恥的擾亂市場秩序，太無恥了。」沈傲大罵，隨即又道：「三兒，我們和他們不同，我們賣的不是茶……」

沈傲推開百葉窗，目光投向遠方的汴河，深邃的眼眸在陽光的照耀下閃閃生輝：「我們賣的是服務，賣的是面子，是一種精神上的享受，所以一百文的茶一點都不貴，恰恰相反，我認爲還太便宜了。想想看，那些才子相公們平日在這裏吟詩作對，喝的茶才三四文錢，這是不是降低了他們的身價？是不是讓他們無地自容？只有一百文的茶，才配得上他們的才華，才切合他們的身分。」

「太黑了，真是伸手不見五指。」吳三兒心裏想，不過沈傲這樣說，倒是很有道理：「沈大哥，雖說這裏的會員大多家境殷實，可也有一些家底不豐厚的，一百文的茶只怕他們吃不起。」

沈傲道：「這簡單，再賣一種十文錢的茶好了。」

吳三兒想了想：「若是推出了十文錢的茶，一百文錢的豈不是沒有人喝了？」

沈傲毀人不倦的教誨道：「有錢人的公子會在乎這點錢嗎？會拉下面子去喝十文錢的茶？三兒，你太不開竅了。」

吳三兒點頭，很開心的道：「沈大哥這麼一說，我心裏就有底了，沈大哥，我們下樓去，看看會員都辦好了沒有。」

兩個人換了一副面孔下了樓，這時，夥計、小姐們正在分發會員的雀兒袋，所謂雀兒袋，其實就是個懸掛在腰間的熏香袋子，不過外面的紋飾卻很好看很精緻，會員可以佩戴在身上，作爲邃雅山房的信物。

一個夥計拿著紙筆，走到角落處，對那紫蘅和三哥道：「兩位公子，可要加入會員嗎？」

三哥搖著紙扇，沉吟片刻道：「好吧。」

紫蘅道：「三哥，你一年都不定會來這裏一趟，加這會員做什麼？」

三哥大笑：「這裏很有意思，尤其是那沈公子。」

紫蘅道：「我最討厭那個抬頭看房梁的傢伙。」

三哥抿嘴不語，拿過筆簽上自己的名字。那店小夥拿回去看了一眼，便道：「公子，哪裡有人姓名叫三哥的，公子是不是弄錯了？」

紫蘅慍怒道：「他就叫三哥，我也是這樣叫的。」

店小夥咂舌，連忙說：「好好好，就是三哥。」連忙去別桌了。

三哥道：「紫蘅，你今日是怎麼了？」

紫蘅俏臉一紅，道：「沒什麼，我想起一些事。」她顯得有些慌亂，勉強笑了笑掩飾住那掠過的一絲慌張，說：「時候不早了，我們回去吧。」

三哥的眼睛卻彷彿洞悉到了什麼，道：「你也猜出來了？」

「猜出來什麼？」紫蘅低垂著頭，耳根都紅了。

三哥收攏扇子道：「作畫之人就在邃雅山房。」

「嗯。」紫蘅的聲音低若蚊吟，晶瑩剔透的指甲彷彿要嵌入手心裏。

三哥嘆了口氣：「紫蘅一定很失望吧，哎，人生便是如此，許多人畫作的好，卻並不一定是翩翩公子，你太癡了，以畫去度人，肯定要碰跟頭的。祈國公府除了陳濟相公，又有誰能作出這樣的畫。」

紫蘅抿著嘴不說話了。這一對兄妹已看出了端倪，陳濟住在祈國公府是汴京皆知的事，周恆突然出現，讓他們突然醒悟，整個祈國公府，除了陳濟相公，又有誰能作出這樣的畫？不消說，周恆背後的這個畫師，一定是陳濟。

想到這裏，紫蘅便感覺到一股情緒壓在心頭，很沮喪也很傷心。女孩兒總是這樣，癡了某樣東西，便對這東西有聯繫的事物充滿了幻想，等到發現並不如意時，整個心兒便都要碎了。

三哥、紫蘅入了會員，領了雀兒袋子，這袋子很精緻，紫蘅很喜歡，把玩在手裏，稍稍有些喜意上了眉梢，少女不知愁，方才還是苦著個臉，此時總算沖淡了一些陰鬱，對三哥道：

「時候不早了，我們還是速速回去吧。」

三哥點頭。

沈傲恭恭敬敬的朝著陳濟行了個師禮，在眾目睽睽之下對陳濟道：「夫子，是時候該回去了。」

陳濟很不情願，可看到許多目光注目而來，又不好破壞氣氛，逢場作戲，只好哼哼哈哈的由著沈傲扶起，口裏向眾人道別。

「恭送陳相公，沈公子再會。」許多人連忙站起來，送別陳濟。

曾歲安最熱絡，一直陪著沈傲說話，將他送出去，口裏說：「沈兄有暇，一定要時常來邃雅山房，往後還要多向沈兄學習。」

沈傲心裏竊笑：「邃雅山房就是我的，我不來誰來。」臉上卻很真摯：「我們這是不打不成交，往後我們還要多多親近，曾公子不必送了，我送夫子回去，過幾日還來。」

曾歲安笑道：「好極了，屆時恭候沈兄大駕。」

出了邃雅山房，外頭已是人潮洶湧，原來許多人還沒有走，見沈傲、曾歲安、陳濟一道出來，頓時轟動，有人高呼：「陳相公，學生有禮。」

陳濟今日笑得臉都抽搐了，別人對他笑，他就笑吟吟的回禮，可是對他笑的人太多，臉上的肌肉有點僵硬。

這個時候，有幾個公人推開人群出來，其中一個都頭模樣的中年壯漢手中拿著鐵尺，神氣活現的在眾差役的拱衛下排眾而出，口裏問：

「哪個是沈傲？」

陳濟心裏咯登一下，頓時臉都黑了，剛剛被沈傲當場認了師父，眾目睽睽之下這學生就要出事，這……這……

倒是沈傲顯得很鎮定自若，口裏道：「我是。」

都頭厲聲大喝：「沈傲，你東窗事發了，來，將他鎖拿起來，隨我到衙門裏去一趟。」

都頭身後的公人紛紛拿了木枷、鎖鏈上前，陳濟大喝一聲：「且慢！」沒辦法，上了賊船，這件事要先問清楚再說，這一聲大喝，倒是中氣十足，詰問道：

「他所犯何事？又有什麼罪名？」

都頭見陳濟被許多人拱衛著，又穿著一件儒衫，便客氣了許多，道：

「該犯詐騙錢財，如今苦主已經告到了衙門，我們奉李通判之命，前來提人。」

陳濟望了沈傲一眼，見沈傲臉色平靜，此時是有苦說不出，只好道：「是非自有公論，既沒有定罪，又為什麼要鎖拿？還怕他跑了嗎？」

曾歲安也道：「沈兄斷然不會做不法之事的，你這樣貿然鎖拿，是侮辱我們讀書人的清白。」

曾歲安極力維護沈傲，也不知是真情還是假意，不過他這樣做確實很聰明，剛才做對子曾歲安輸了，這個時候越是維護沈傲，就越能表明他的大度，證明他的心胸寬廣，學問比別人差不可怕，品行好一樣能獲得別人的尊重。

都頭道：「你是何人？我們衙門做事，還要你來教嗎？」

曾歲安恭謙的朝都頭行禮，道：「鄙人曾歲安，見過公人。」

曾歲安？這個名字很耳熟，噢，想起來了，此人的父親好像是御史中丞，這樣的人惹不起。都頭那無名火立即沒了，笑嘻嘻地道：

「既是曾公子求情，想必沈傲也是被人誣告。既如此，那麼就不必鎖拿了，沈傲，你隨我們去吧。」

沈傲點點頭：「請大人帶路。」他顯得很篤定，沒有一點慌張，告他的人只有一個，潘仁的家眷。不過沈傲將那一場局設的滴水不漏，沒有任何把柄授予人手，若是講證據，他不怕。可要是有人要仗勢欺人，沈傲更是有恃無恐。

眾人見沈傲篤定從容，便都覺得他是被冤枉居多，今日他出盡了風頭，如今又遇到官司，許多人也興致勃勃的隨著他去，想要看看熱鬧。

結果尾隨的人越來越多，到了後來，連一些貨郎也跟著來了，有逢人就問發生什麼事的，有吆喝叫賣的，很熱鬧。

到了京兆府衙門，許多人便止步了，只探頭探腦的看，都頭帶著沈傲進了大門，沿著中軸線上磚鋪的甬道，繞過屏牆，就到了第二道儀門。儀門內是集中政務功能的大堂院落，共有六扇，不過此時也只是三開間，一般進深僅一架。六扇門通常是緊閉的，只有在上官來到或州縣官的長輩來臨才會打開，州縣官在此迎送。

儀門的正前是一塊碑石，沈傲路過時看了一眼，便看到「爾俸爾祿，民膏民脂，下民易虐，上天難欺」十六個朱紅大字。

「這就是傳說中的戒石銘了。」沈傲心裏想著。

放眼望去，只看到三間洞開的門扇中凜立著一夥緇衣差役，各執水火棍等候多時。更深處是一個堂官，看不清面容，在明鏡高懸的匾額下，倒是多了一分氣勢。堂中跪著一人，像是個婦女，再往上一些則是一個小几子，几子旁的矮凳上，一人在慢吞吞的喝茶。

沈傲深吸了口氣，身爲藝術大盜，對衙門他是很有忌諱的，不過既然來了，他也沒有膽怯的道理。

都頭很可惜的望了沈傲一眼：「相公是讀書人？哎，你不好好的讀書，爲何要惹上宮裏的人，你好自爲之吧。」說著囑咐沈傲道：「你先在這裏候著，我去回稟堂官。待會堂官叫你進去，你恭敬一些，或許還有迴旋的餘地。」

沈傲很真摯的對都頭道：「多謝都頭提醒，宮裏的人？可是與教坊司有關嗎？」

都頭拍拍他的肩，低聲道：「正是，這內宦不一般，就是通判大人也得敬著他，苦主是這內宦的嫡親姐姐。」

沈傲點點頭，笑道：「我知道了，就請都頭去通報吧。」

都頭板起了臉，一副公事公辦的樣子道：「沈傲，進了這公門，需小心回稟，若有冤屈，自有大人爲你伸冤，若有橫行不法之事，可莫怪國法無情。」說罷走入大堂，朝案後的堂官朗聲道：「疑犯沈傲帶到。」

那堂官約莫四十上下，穿著雲雁細錦的官服，橫眉冷面，威風凜凜，拿起驚堂木朗聲道：「傳！」

「傳。」

在一陣威武低喝聲中，沈傲從中門進去，那跪地的婦人見到沈傲，一副咬牙切齒的樣子，恨不得上前咬上沈傲一口。

這婦人年過中旬，大腹便便，一副尖酸刻薄相，一對眼睛死死盯住沈傲，大聲道：「大人，就是他，是他騙了我夫君的錢財。」

沈傲不去看那婦人，朝堂上的判官拱手行禮道：「草民沈傲見過大人。」

他的目光一瞥，眼角的餘光又看到判官之下一個「男人」冷著眼看著自己，這人穿著一件似官服又不是官服的袍子，臉蛋光潔，面白無鬚，嘴角微微揚起，冷笑連連。

「太監！」沈傲對這種特殊的生物很好奇，忍不住多看了他一眼。

那判官也是冷著臉，驚堂木一拍，喝道：「你就是沈傲？」

「正是。」沈傲迎著判官的目光，很磊落的頷首。

第二十章
官家御畫

差役們後退一步，就連那通判也駭然起來，官家的御畫，為何在這人手裏？

單這幅畫在身，他要動刑之前也得掂量掂量，

更何況聽這人的口氣，好像畫是官家贈予此人的，

那麼這個人與官家是什麼關係？

判官方正著臉，冷漠無情的樣子，只是心裏卻在叫苦，今日正巧趕上他當值，誰知遇到這等狗屁倒灶的事。

這個案子太匪夷所思了，說是騙案，可是苦主卻拿不出一樣有力的證據，原本這件案子根本不必審，直接打回即是。只不過這苦主卻是曹公公的親眷，曹公公是教坊司副使，在宮裏頭並不顯赫。可是，據說此人與宮中不少實權人物有瓜葛，判官就不得不小心在意了，一個不好，這烏紗帽就會丟了！

所以，一開始判官便打算給沈傲來個下馬威，先嚇嚇他，若是他主動招供，自己自然向曹公公有了個交代。可若是沈傲不招，就只能用刑了。因此，看到沈傲堂而皇之地進來，判官便虎著個臉，心裏卻是爲他可惜。多好的一個少年，什麼人不好惹，偏偏去惹宮裏的人。

判官冷笑一聲，驚堂木又是一拍，高聲道：「你可是有功名在身？」

沈傲搖頭：「並無功名。」

判官又問：「莫非你承襲了爵位？」

「更無爵位。」

「妙極了！」判官心裏暗喜，大聲喝道：「既如此，你不過是草民，見了本官爲何不跪？你是要公然蔑視王法嗎？來人，教他跪下。」

幾個差役立即過去，要強逼沈傲跪下，沈傲不慌不忙的道：「且慢！」

差役們沒有見過這樣膽大的人，非但不拜官，通判大人發了雷霆之怒，他也不懼怕，一副有恃無恐的模樣，倒是令他們有點心虛了。

事有反常即爲妖，先看看這人怎麼說，再給他個下馬威不遲。

沈傲不徐不慢地道：「草民不跪，是爲了大人好，若是草民跪了，只怕大人擔待不起。」他笑了起來，笑得很燦爛，很詭異，一副很爲通判擔心的樣子。

倒像是他成了高高在上的通判，而通判成了疑犯一樣。

差役們面面相覷，當了這麼多年的差，這樣的人犯，他們可是見所未見。這人到底是瘋了，還是真有倚仗，令人看不透，心裏糾結得慌啊。

那通判一時也被沈傲的話唬住了，汴京城不比其他州路，豪強不少，哪一個都不是他一個通判能得罪的，這個人……莫非背後有人？想到這裏，通判反而謹慎起來，拿眼角去望那喝茶的曹公公。

曹公公此時也是微微一愣，放下茶盞冷笑道：「好大的口氣，須知進了這衙門，哪裡有你放肆的地方。」說著向通判道：「王大人還顧及什麼，他咆哮公堂，蔑視王法，先打了再說，教他吐出銀子來，再刺配流放即是。」

那跪在堂下的婦人見曹公公如此說，連忙呼天搶地的配合喊冤：「大人，奴家冤枉啊，大人爲民婦做主……」

有了曹公公這句話，通判的底氣就來了，管他是誰，有曹公公擋著，還怕什麼。驚堂木一拍：「好一個刁民，來，叉下去，大刑伺候。」

另一邊，且說吳三兒聽了消息，頓時嚇得面如土色，也來不及召集夥計結賬了，立即要去尋周恆，在他心裏，只有周恆才有辦法把沈大哥給弄出來。只可惜周恆自被叉出去之後，便不見了蹤影。吳三兒急匆匆的去周府尋人，到了周府，門丁是認識他的，也知道他近來贖了身，做起了大買賣，立即便圍過來吳三哥吳掌櫃的要巴結，吳三兒卻是跺腳，道：「我要找周少爺，周少爺在哪裡？」

那門丁道：「周少爺一早和沈傲出去了，現今還未回來呢，怎麼?吳三哥尋他有什麼事？」

吳三兒更是急了，道：「那我去見夫人。」便要進去。

門丁踟躕不決，說起來吳三兒已不再是周府的人了，讓他進去，於理不合，可是誰都知道，吳三兒與周公子近來關係不錯，經常見他們廝混一起，又不好得罪，只好道：「吳三哥要進去便進去，只是夫人在內府，吳三哥只怕進不去。」

吳三兒哪裡管這麼多，風風火火的衝進去，心裏卻在想：「沈大哥，今日我一定要將你救出來，衙門可不是好玩的地方，還不知那些差役有沒有爲難你。」

他想著想著，淚水便磅礴出來，沈大哥被官府鎖拿了，他彷彿一下子被人抽去了主心骨，心裏亂糟糟的，彷徨無依。

到了進內府的月洞，便有人攔住他：「你要到哪裡去？這裏是公爺親眷所在，是你隨意闖得的嗎？」

「我要去見夫人。」一向有些懦弱的吳三兒此刻不知從哪裡來的勇氣，大聲吼叫。

「快走，快走，夫人豈是你說見就見的。」內府的門丁要趕人。吳三兒卻要往裏面衝，兩個人衝撞起來，廝打在一起。

恰在這個時候，有人慢悠悠的過來，威嚴莊正的喊：「放肆，你們在做什麼？真是豈有此理。」

兩個人放開，身上都滿是抓痕，吳三兒認得來人，原來是趙主事。

趙主事長得頗爲端正，又穿著一件洗得漿白的衫子，有一種莊嚴的氣息，他的眸子落在吳三兒身上，微微一愣，臉上便笑了起來：

「吳三兒，你不是已經贖身了嗎？怎麼又回來了？哎呀呀，你也是我們沈府的老僕了，怎麼連規矩都忘了，發生了什麼事？」

吳三兒這時亂了方寸，更不知道趙主事與沈傲之間的齷齪，見了趙主事，便如見了親人，嗚咽著道：「趙主事，求你讓我進去見夫人，我……我有事要稟告，再遲，沈大哥只怕要完了。」

趙主事聽到沈大哥三個字，關切的問：「沈傲怎麼了？是不是遇到了麻煩？」

吳三兒道：「沈大哥被公人捉走了，牽涉到了官司。」

趙主事心裏狂喜，卻是皺眉道：「官司？沈傲一向並不惹事的，是不是得罪了誰？呀，這可不妙，這件事得通報國公爺，讓國公爺設法營救。」

吳三兒愕然，道：「國公爺會救嗎？」

趙主事道：「這個自然，不管怎麼說，沈傲也是國公府的書僮，若他真的蒙冤，國公豈會坐視？你在這裏等著，我去通報。」

吳三兒感激的道：「那麼就拜託趙主事了。」

趙主事板著臉道：「你說的這是什麼話？沈傲這孩子我很喜歡，他出了事，我能袖手旁觀嗎？你也太小瞧我了，莫說只是去通報一聲，就是去爲沈傲奔走，那也是我分內的事，還稱謝做什麼。」

說著便囑咐吳三兒在這候著，急匆匆的去國公爺的書房了。

祈國公周正剛剛下朝回來，心裏正想著煩心事，在書房看了會兒書，便教人來，問起周恆的功課。這位國公爺每每有不順暢的時候總是如此，而每次問起周恆，多半是要尋這逆子出氣了。偏偏那些下人誰都不敢說周恆壞話，便回答說現在太學還未開學，可是少爺在家裏也很用功。周正豈是好糊弄的，便教人去尋周恆，要考校他。

下人們哪個還敢爲這小祖宗說話，多半這紈褲少爺來了，若是答不上話，是少不得責罰的。

誰知周恆沒來，趙主事就心急火燎的來了，莽莽撞撞的道：「老爺，老爺，不好了，大事不好了……」

書房裏壁燈搖曳之下，周正倚著太師椅，手中握著書卷，一雙如電的眸子盡數落在書卷之中，彷彿對身邊的事物充耳不聞。

趙主事又喳喳呼呼地道：「老爺，府裏的書僮被官差拿了，京兆府欺負到我們國公府上來了。」

周正那張不怒自威的臉卻連抬都懶得抬起來，目光落在書卷上，斥道：「你是第一天進府來的？這般的沒有規矩，天塌下來也不必教你去頂，慌個什麼？」

趙主事愕然，連忙告罪，口裏說：「老僕該死，老爺恕罪，實在是事情緊急，老僕竟是連方寸都亂了。」

周正放下書卷抬起眸來，風輕雲淡的問：「到底是什麼事？」

趙主事道：「是這樣的，前些日子，夫人爲少爺選了一個書僮，今日不知怎的，竟給官差拿了。這書僮叫沈傲，是個頂好的人，闔府上下都很喜歡他，老爺，您要不要發個話，教京兆府放人？」

周正一聽，噢，原來是府上新近來了個書僮，這個書僮很招人喜歡，卻是在外頭犯了事，被京兆府拿了，鬧出了亂子。頓時勃然大怒，拍案道：

「國公府的書僮出去犯了事還教我去要京兆府放人？你老糊塗了嗎？他若真是觸犯了國法，流配殺頭由著他，和府裏沒有干係。」

趙主事苦著臉道：「夫人也很喜歡他的，老爺這樣做，是不是有些不近人情？」

周正皺起眉，道：「看來此人很狡詐，竟博了夫人的歡心，更是不能留了，這種橫行不法之徒該立即開革出去。」

趙主事連忙道：「老爺，不能啊，沈傲人很好，不但是夫人，就是少爺、小姐，還有尋常的下人都很喜歡他呢……」

趙主事越是這樣說，周正越是生氣，怒道：「不必再說了，這件事誰都不許管。」

趙主事只好怏怏不樂的走了。

出了書房，他忍俊不禁的笑起來，心裏想：「沈傲啊沈傲，你也有今日。嘿嘿，這一趟就算官司了結了，這府上你也待不下去了。」

他太清楚周正的秉性了，這位國公爺一向討厭那些刁鑽圓滑之人，這件事若是先通報夫人，夫人必然叫老爺過去，說些沈傲的好話，國公爺還真說不準要插手這件事了。可是自己急匆匆的過去，先是說他犯了法，國公自然很不痛快，再說此人在內府博取了許多人的歡心，國公會怎麼想？必然是認為這個沈傲陰險狡詐，又仗著國公府的干係在外橫行不法，有了這個想法，沈傲還能留嗎？

公堂下，聚來看熱鬧的人越來越多，紛紛議論沈傲這樁案子，這些人中，許多是從邃雅山房來的，此時見通判話都沒問，便聽一個宦官的話要叉沈傲下去行刑，頓時對沈傲多了幾分同情。當然，這種同情也源自於對那宦官的厭惡。

文人和宦官，那是延綿了千年的死敵，更何況這曹公公如此跋扈，跑到京兆府來教人判案。

幾個拿著水火棍的官差正要叉沈傲出去行刑，沈傲高聲道：

「大人，我要告狀！」

告狀？真是好笑，如今他就是人犯，還告的什麼狀。通判不去理會他，冷笑連連，這個少年太不曉事了，東窗事發，又得罪了李公公，到了這個時候，還在討巧賣乖，當真以為這京兆府衙門是客棧酒肆了，容得他胡鬧?!這麼一想，原本對沈傲存留的那點同情無影無蹤。

水火棍在沈傲胸前一叉，便有幾個差役扭住沈傲的肩膀向後拖拉，沈傲只好高聲道：「且慢，再等一等，既要行刑也由著你們，只不過我身上有一件寶物，爲防止被你們打爛，能不能容我把寶物先拿出來再打？」

哇，這個傢伙居然還想著寶物，而且一點緊張害怕的樣子都沒有，咆哮公堂，無禮太甚。差役們望著通判，等通判回應。通判驚堂木一拍，吹鬍子瞪眼道：

「叉下去，叉下去，掌嘴，杖打，先打了再說，等他知道了規矩，再教他來回話。」

沈傲被四五個人拉著，口裏大喊道：「大家都來做個見證，若是寶物損壞了，官家追究起來，可和我沒有干係，是通判要打的，還有你，你，你……」

沈傲說的你，是幾個很賣力的差役。切，混口飯吃而已，用得著在上司面前這麼賣力表現嗎？

官家？這個官司太有戲劇化，先是來了個公公，接著又撞見了個狂生，這也就罷了，居然連官家都牽扯進來了。公堂外許多人唏噓，都暗道自己不虛此行，這樣的場景當真是難得一見。

通判這時臉都變了，痛斥道：「大膽，這公堂之上，你胡說什麼？」

差役們總算是停止了拉扯，沈傲有了喘氣的機會，慢吞吞地道：

「草民沒有胡說，草民身上恰好有一件官家的畫作。這畫尚未裝裱，若是大人對草民行刑，那水火棍子不小心搗爛了畫，不止是草民，只怕這衙門裏所有人都脫不開干係。」

說著從袖子裏，徐徐抽出一卷畫來，微笑著將畫往身邊的差役手上塞，口裏說：「公差大哥，這畫你先拿著，再帶我去行刑，免得打爛了畫，連累了諸位。」

那公差哪裡敢去接，也不知是真是假，若是真的，這就等於是御賜之物。我的娘，官家啊，這可不是鬧著玩的。再看沈傲，卻是一副很真摯很從容的樣子，一雙眼睛很期盼的望著自己，彷彿在說：「小兄弟，拿了這畫，明天就有人來殺你的頭了，滿門抄斬的。」

哇，不過是混口公家飯而已，你也不必這樣害人吧。邊上五六個同僚，你給我做什麼？誰也不敢去接，連連後退。

沈傲又拿畫去塞給另一個差役，很動情的道：「公差大哥，這幅畫你先替我保存吧。若是我被你們打死了，官家問將起來，你便將這畫呈上去，就說沈傲命苦，被一群贓官、死太監害死了，不能與他老人家討教畫技。」

那公差目瞪口呆，很是無語，這樣的事，他一輩子都沒有遇見過，眼看那畫就要遞過來，嚇得他連忙用手去擋。

「喂，沒人幫忙拿畫嗎？好吧，既然你們都不拿，只好繼續寄放在我身上了。」沈傲把畫塞到懷裏，很悲壯的道：「打板子還是掌嘴？老虎凳、辣椒水有沒有？來吧，草民生受了。」

沈傲大義凜然的要受刑，目光中閃露出嘲諷和不屑。當著這麼多人的面，沈傲不信有人敢動他一根手指頭。

差役們後退一步，就連那通判也駭然起來，官家的御畫爲何在這人手裏？單這幅畫在身，他要動刑之前也得掂量掂量，更何況，聽這人的口氣，好像畫是官家贈予此人的，那麼這個人與官家是什麼關係？難怪這人有恃無恐，原來是這個緣由。

請續看《大畫情聖》二　鑑寶大會

大畫情聖 一 畫龍點睛

作者：上山打老虎
出版者：風雲時代出版股份有限公司
出版所：風雲時代出版股份有限公司
地址：105台北市民生東路五段178號7樓之3
風雲書網：http://www.eastbooks.com.tw
官方部落格：http://eastbooks.pixnet.net/blog
Facebook：http://www.facebook.com/h7560949
信箱：h7560949@ms15.hinet.net
郵撥帳號：12043291
服務專線：(02)27560949
傳真專線：(02)27653799
執行主編：朱墨菲
美術編輯：許芷姍

法律顧問：永然法律事務所 李永然律師
北辰著作權事務所 蕭雄淋律師

版權授權：蔡雷平
初版日期：2013年11月
初版二刷：2013年11月20日
ISBN：978-986-5803-26-1

總 經 銷：成信文化事業股份有限公司
地　　址：新北市新店區中正路四維巷二弄2號4樓
電　　話：(02)2219-2080

行政院新聞局局版台業字第3595號 營利事業統一編號22759935

定價：280元　特惠價：199元

國家圖書館出版品預行編目資料

大畫情聖／上山打老虎 著. -- 初版. -- 臺北市：
風雲時代，2013.08 -- 冊；公分

ISBN 978-986-5803-26-1（第1冊；平裝）

857.7　　　　102015353